HETIER

10|18
12, avenue d'Italie — Paris XIIIe

Sur l'auteur

Elena Arseneva est née en 1958, de mère russe et de père italien. Elle est très tôt initiée à la lecture et aux langues étrangères par sa grand-mère, qui lui transmet son enthousiasme pour la littérature française. Dans les années 1980, après une maîtrise d'histoire à Moscou, elle quitte l'URSS, non sans difficultés, et s'installe à Paris. Elle s'inscrit à la Sorbonne en lettres modernes, fait une escapade théâtrale au cours Florent et se passionne pour les auteurs français du XVIIIe siècle. Elena Arseneva traduit en français des ouvrages russes, anglais ou italiens.

L'ÉNIGME
DU MANUSCRIT

PAR

ELENA ARSENEVA

10|18

INÉDIT

« *Grands Détectives* »
dirigé par Jean-Claude Zylberstein

*Du même auteur
aux Éditions 10/18*

LE SCEAU DE VLADIMIR, n° 2890
LA PARURE BYZANTINE, n° 2891
AMBRE MORTEL, n° 3012
LA NUIT DES ONDINES, n° 3121
L'ESPION DU PRINCE OLEG, n° 3245
LA FOURCHE DU DIABLE, n° 3412
▶ L'ÉNIGME DU MANUSCRIT, n° 3484

© Éditions 10/18, Département d'Univers Poche, 2003.
ISBN 2-264-03260-X

PRINCIPAUX PERSONNAGES

Vladimir	prince de Tchernigov
Artem	boyard, chef de droujinniks et conseiller de Vladimir
Mitko	Varlet, collaborateur d'Artem
Dimitri	peintre enlumineur
Iakov	jeune peintre enlumineur
Théodore	haut dignitaire byzantin
Ludwar	jeune boyard, futur Garde des Livres
Alexei	gouverneur de la forteresse de Loub
Siméon	intendant de la forteresse de Loub
Fédote	boyard de Tchernigov
Milana	comédienne
Lina	comédienne

PROLOGUE

Fraîche et ensoleillée, la première journée de mai de l'an de grâce 1074 touchait à sa fin. Le soleil couchant teintait d'or l'eau du Dniepr et faisait briller les pointes des huit tours de la forteresse de Loub. Érigée par Vladimir Ier au siècle précédent, elle s'entourait d'une haute muraille, surplombant la forêt au nord et le fleuve à l'ouest. À l'est et au sud, son enceinte doublée d'un fossé profond empiétait sur la ville.

À l'époque de sa construction, la citadelle jouait un rôle essentiel dans la défense des terres russes contre les nomades. Après que Iaroslav le Sage les eut repoussés au fin fond de la steppe, elle perdit son importance militaire. Désormais, les princes de Tchernigov[1] venaient y passer quelques jours pendant qu'on levait tribut dans la région; ou encore, ils s'y arrêtaient pour la nuit quand ils partaient en guerre vers la frontière sud de la principauté.

Le dernier suzerain du fief, le jeune Vladimir, délaissait la vieille citadelle. Située à une quarantaine

---

1. Ville d'Ukraine, à 130 km au nord de Kiev à vol d'oiseau. Mentionnée pour la première fois en 907, elle devient, après la fondation d'un évêché (998), une des principales cités de la Russie kiévienne.

de verstes[1] de la capitale, elle était le plus souvent occupée par les courtisans qui venaient chasser dans les bois environnants. Ils restaient festoyer des journées entières dans la résidence princière qu'on appelait « palais ». Cet imposant édifice dominait la forteresse et frappait ses visiteurs par sa majestueuse architecture et le luxe de ses décorations intérieures.

À cette heure paisible, les derniers rayons du soleil couchant pénétraient dans la résidence par ses hautes fenêtres au cadre de bois ciselé. Au deuxième étage, des volets s'ouvrirent brusquement, et un flot de lumière inonda une chambre située à l'écart. Peu spacieuse, elle comprenait pour tout mobilier deux fauteuils, une large banquette longeant les murs et un lit dissimulé derrière un rideau de tissu rouge.

Deux hommes se penchèrent sur le corps nu d'une jeune fille blonde, bien en chair, affalée sur la banquette. L'un d'eux tentait de lui prendre le pouls, pressant le bout de ses doigts contre la tempe à la peau translucide.

— Rien à faire! lança-t-il avec irritation. Inutile de l'examiner davantage.

— Je voulais seulement l'empêcher de crier au moment où vous êtes arrivés, toi et les autres visiteurs, gémit son compagnon en essuyant les gouttes de sueur qui perlaient sur son front pâle. Malheur à moi! Qu'allons-nous faire maintenant?

— Pour commencer, arrête de pleurnicher, coupa l'homme irrité. À qui la faute?

— Ne sois pas trop sévère! Les deux filles m'ont suivi de leur propre gré. Tout se déroulait sans anicroche, comme d'habitude. Personne ne nous a vus pénétrer dans la forteresse, ni dans le palais. Après les

---

[1]. Voir la postface en fin de volume, ainsi que le glossaire des termes russes, page 253.

avoir amenées dans cette chambre, je leur ai fait boire la potion, et elles se sont endormies comme deux anges du paradis. J'ai alors voulu...

Il s'interrompit et jeta un coup d'œil nerveux vers le cadavre de la blonde potelée puis vers le lit masqué par le rideau cramoisi.

— ... avoir l'avant-goût de la gâterie que tu t'étais réservée pour ce soir, enchaîna l'homme irrité avec dédain.

— Ma foi... un peu plus tôt, un peu plus tard, qu'est-ce que ça change ? observa son interlocuteur en haussant les épaules. Bref, la brune n'a pas bougé, mais la blonde s'est réveillée alors que je venais de la déshabiller. Elle s'est mise à se débattre et à pousser des cris comme une truie qu'on égorge. C'est alors que j'ai entendu un claquement de sabots dans la cour : un groupe de courtisans arrivait à la résidence. Il fallait faire cesser ces hurlements, mais comment clouer le bec à cette folle ? Pris de panique, j'ai saisi un coussin et l'ai pressé contre son visage... Quand je l'ai ôté, la fille ne respirait plus. Ce n'est qu'un malheureux accident !

Évitant de regarder le cadavre allongé sur la banquette, il se tordit les mains et se mit à marcher de long en large devant le rideau.

— Qu'importe à présent, ce qui est fait est fait ! grinça l'homme irrité. Ce que je te reproche, c'est d'avoir mal choisi le moment pour notre petite récréation secrète. Le prince sera là ce soir, et Dieu sait qui encore il décidera d'amener avec lui.

— Pourtant, combien de fois t'ai-je vu arriver ici mêlé à une foule de convives, courtisans ou militaires ! Leurs banquets bruyants ne nous ont jamais empêchés, euh... de rencontrer en privé nos invitées personnelles. Personne ne se doute de ce qui se passe dans ces murs. Même les gardes ne se sont aperçus de rien. Nous avons eu de la chance avec ces paresseux ! Ils passent leur temps à traîner en ville, et les autorités compétentes n'ont encore jamais songé à renforcer la discipline de la garnison.

— Il n'y a aucune raison que la chance nous abandonne. De tels changements ne dépendent ni du chef de garnison, ni du gouverneur de la forteresse, ni même du Conseil militaire du prince ! Seul Vladimir peut en décider, et jusqu'à présent, il s'est toujours désintéressé de Loub. Voilà pourquoi je suis un peu inquiet, maintenant qu'il s'est décidé à venir ici. Tu as entendu parler de son caractère soupçonneux, et tu sais à quel point il hait la débauche et le stupre.

À ces mots, son compagnon esquissa une grimace douloureuse.

— Pourquoi faut-il que tu emploies des mots aussi déplaisants ? Ils m'écorchent les oreilles ! Et puis, parle plus bas, pour l'amour du ciel !

— Il n'y a personne à cet étage, et ce n'est pas *elle* qui risque de nous entendre, souligna âprement l'homme irrité en contemplant le cadavre.

Il tourna ses yeux vers le lit dissimulé par le rideau et demanda d'un ton méfiant :

— Ne m'as-tu pas affirmé que l'autre fille ne risquait pas de se réveiller ?

— Exact, je lui ai fait boire une bonne gorgée de cette mixture, le rassura son complice.

Celui-ci passa la tête entre les pans de tissu cramoisi avant de confirmer avec un visible soulagement :

— Tout va bien, elle dort à poings fermés. Mais comment pouvais-je prévoir la visite de Vladimir ? enchaîna-t-il en levant les bras. Je ne suis pas devin ! Et maintenant, comment allons-nous nous tirer de ce mauvais pas ?

Les traits déformés par le désespoir, il serra sa tête entre ses mains et se remit à arpenter la chambre. De temps en temps, son regard s'arrêtait sur le corps nu aux formes épanouies de la jeune morte, et il se mettait à bredouiller :

— Par saint Théodule le Juste, quel gâchis ! Et quelle malchance !

— Calme-toi ! lança l'homme irrité. Il n'y a aucune raison de céder à la panique. J'ai évoqué Vladimir parce que je voulais que tu prennes conscience du danger. Mais inutile d'en faire une montagne !

— Tout de même, nous avons un cadavre sur les bras ! se lamenta son interlocuteur.

— C'est *toi* qui as un cadavre sur les bras, rectifia le premier. Ne me rends pas responsable de tes bêtises ! Au demeurant, celle-ci est facile à réparer. Il te suffira de te débarrasser du corps comme la dernière fois. Malheureusement, je ne pourrai pas te donner un coup de main ; ce serait trop risqué. Je dois éviter de me séparer des autres convives et de quitter mes appartements trop longtemps.

— Je comprends. Ah ! Quand je pense qu'il faut que je la transporte jusqu'à... Mais je suppose que c'est la seule solution. Je le ferai au milieu de la nuit.

— Quant à l'autre poulette, ajouta l'homme irrité en désignant le lit du menton, tu n'as qu'à la maintenir endormie jusqu'à demain matin, quand le prince repartira pour la capitale. Si elle commence à s'éveiller, redonne-lui de la potion, mais, de grâce, apporte-lui aussi à boire et à manger ! Tâche de ne pas nous encombrer d'un autre cadavre ! À l'avenir, on devrait se passer d'accessoires aussi embarrassants, tu ne trouves pas ?

Il eut un sourire sarcastique en voyant son acolyte esquisser une grimace de souffrance comme s'il avait mal aux dents.

— Trêve de bavardage, poursuivit le premier d'un ton grave. À présent, il faut que je te laisse ; je crains que les autres ne s'aperçoivent de mon absence. Fais comme je t'ai dit, et tout ira bien. Si je peux, je repasserai ici en coup de vent cette nuit ; sinon, ce sera pour demain matin.

L'homme adressa un bref salut à son complice et quitta la pièce. Ce dernier le suivit des yeux puis fixa le corps inerte, étendu sur la banquette. Il le contempla un long moment, secouant la tête et poussant des soupirs à fendre l'âme. Enfin, il lorgna vers le lit, sembla hésiter...

Il passa derrière le rideau rouge et se pencha sur la jolie brune toute nue, profondément endormie au milieu d'une vaste couche aux draps froissés rouge sang. Son regard s'arrêta sur le visage doux et rond de la jeune fille. Un grain de beauté sur sa joue gauche lui donnait un charme piquant, sensuel... Puis l'homme admira les courbes voluptueuses de ce corps splendide qui semblait s'offrir à lui. L'instant d'après, il se glissait entre les draps de soie et étreignait la belle...

CHAPITRE PREMIER

Trois cavaliers ralentirent l'allure de leurs chevaux et scrutèrent l'épaisse forêt qui s'étendait à gauche de la route. Du carrefour où ils se tenaient, ils ne pouvaient apercevoir le Dniepr masqué par la masse verdoyante des arbres, mais un étroit chemin s'enfonçait dans les fourrés; il devait les conduire vers la petite ville de Loub.

— Regardez! dit le jeune prince Vladimir, désignant trois aiguilles dorées qui brillaient au loin, émergeant d'un océan de feuillage, dans les derniers rayons du soleil couchant. On ne voit pas encore les tours de la forteresse mais on peut déjà distinguer les pointes des églises de Loub. J'avais raison! En prenant ce raccourci, nous arriverons avant l'heure du souper, et nous aurons tout loisir d'examiner le merveilleux psautier du boyard Alexei!

— Oui, nous aurons parcouru quarante verstes de chemin difficile en moins de deux heures, mais cette prouesse en vaut-elle la peine? bougonna le droujinnik Artem, conseiller du prince. Tu es encore faible, prince, tu as perdu beaucoup de sang...

— Je récupère vite, et tu le sais! l'interrompit Vladimir avec un sourire radieux. Je ne peux pas encore me servir de mon bras droit, mais je tiens les rênes et guide mon cheval d'une seule main aussi fermement que d'habitude. Je me sens en pleine forme, et cela se voit, pas vrai ?

Le droujinnik s'abstint de répondre et examina son jeune suzerain d'un regard affectueux. Vêtu avec sa discrétion coutumière, celui-ci portait une chapka bordée de zibeline et un caftan bleu nuit très sobre. Seule sa magnifique épée au fourreau orné de pierreries révélait son rang. Son ample cape brune dissimulait à moitié son bras droit, bandé et soutenu contre sa poitrine par un foulard de soie noué derrière le cou.

Vladimir avait été blessé quelques jours plus tôt, alors qu'il poursuivait la horde de Koumans qui avait attaqué une bourgade frontalière. Sa blessure ne l'empêchait pas de monter à cheval, mais elle le privait de son plaisir favori, la chasse. Par ailleurs, sa ravissante épouse était partie passer quelques jours à la cour de Kiev, et le prince s'ennuyait ferme.

C'est pour cette raison que, le matin même, il avait décidé de visiter la forteresse de Loub. Il se trouvait en compagnie d'une nuée de courtisans et de deux peintres enlumineurs quand la conversation tomba sur le célèbre psautier d'Illarion, appelé ainsi d'après le nom du moine grec qui avait orné le manuscrit de merveilleuses enluminures.

Vieux de plus d'un siècle, l'ouvrage avait fini par aboutir, une dizaine d'étés auparavant, dans la bibliothèque personnelle du boyard Alexei, gouverneur de la citadelle de Loub et ancien compagnon d'armes du grand-prince, mais aussi bibliophile et érudit notoire.

C'est en évoquant le fameux psautier, dont son père lui avait déjà vanté la beauté, que Vladimir avait exprimé le désir de l'examiner. Les deux artistes et quelques courtisans souhaitaient eux aussi admirer le manuscrit. Flatté, Alexei les avait invités à visiter sa bibliothèque à la première occasion.

Or ils étaient tous d'accord pour profiter de cette belle journée ensoleillée et se rendre à la forteresse sur-le-champ. Il fut alors décidé qu'ils dîneraient et passeraient la nuit sur place, dans la résidence princière, pour ne retourner à la capitale que le lendemain matin.

Cependant, obligé de présider une séance du Tribunal, Vladimir n'avait pu partir en même temps qu'Alexei et les autres convives. C'est à la fin de la réunion qu'Artem avait proposé au prince de l'accompagner, et de se faire escorter par le Varlet Mitko, fidèle collaborateur du droujinnik.

— Toute ta bravoure ne suffit pas pour dissimuler ta pâleur, prince, déclara enfin Artem. Tu n'avais pas besoin de me prouver ta vaillance... et encore moins ton obstination ! souligna-t-il d'un air malicieux. Enfin, je suis content que Mitko et moi puissions t'accompagner. Avec toutes ces forêts que nous devons traverser, la route est loin d'être sûre, et la fatigue du voyage n'est rien à côté des dangers qui guettent un cavalier solitaire, handicapé en outre par une blessure récente.

— Ce n'est tout de même pas pour me servir de garde du corps que tu as voulu venir avec moi à Loub ? s'enquit Vladimir tandis qu'il mettait sa monture au trot et s'engageait sur le chemin qui se faufilait entre les arbres.

— N'ordonne pas de me châtier, mais ordonne de me pardonner, prince ! intervint le Varlet qui portait son uniforme réglementaire, heaume pointu et cotte de mailles complétés par une courte cape en soie jaune et rouge. Sans fausse modestie, tu n'as pas besoin d'autre garde du corps quand Mitko est là. Tu connais ma réputation : je suis celui qui peut terrasser dix hommes d'une seule main !

Vladimir hocha distraitement la tête tout en scrutant le dense feuillage qui bordait le sentier. Quant à Artem, il ne put retenir un sourire. Vantard mais pas menteur,

Mitko exagérait à peine ses mérites. Ce géant blond comme les blés, au teint rose de jeune fille et au tempérament conciliant, pouvait devenir un combattant redoutable, montrant une force et une ténacité herculéennes. Quand il ne participait pas aux campagnes militaires en qualité de Varlet, il assistait Artem dans son travail d'enquêteur, si bien que l'épée ou les poings de Mitko avaient plus d'une fois tiré son chef d'un mauvais pas.

Le droujinnik lui-même avait combattu dans l'armée du grand-prince Vsévolod avant de renoncer à sa carrière militaire à cause d'une blessure au genou. Il avait mis au service du prince Vladimir son talent de fin limier rompu aux enquêtes les plus difficiles, toujours soucieux de faire triompher la justice et la loi. Devenu son conseiller privé, il se consacrait désormais aux affaires criminelles qui dépassaient la compétence des autres hauts fonctionnaires du Tribunal.

Chemin faisant, les trois cavaliers débouchèrent dans une clairière. Artem en profita pour devancer le prince et se placer en tête de leur petite troupe, laissant Mitko fermer la marche. Comme ils reprenaient le sentier devenu étroit et sinueux, ils durent ralentir leur allure et avancer au pas.

Depuis leur départ, le temps avait fraîchi, et le droujinnik se félicita d'avoir choisi pour cette expédition une chapka bordée de renard argenté et une cape fourrée assortie, sous laquelle il portait un caftan gris doublé de soie noire. À son large ceinturon de cuir pendait une épée en acier de Damas au fourreau incrusté d'argent.

Le soir tombait rapidement ; les branches des arbres formaient au-dessus de la sente une voûte que la lumière crépusculaire transperçait à peine ; les chants des oiseaux s'étaient tus, et la forêt paraissait plus sombre et plus menaçante que jamais. L'œil aux aguets, l'oreille à l'affût, Artem posa la main sur la garde de son épée, prêt à la tirer de son fourreau à la moindre alerte.

Mais tout restait calme. De fait, le prince lui avait affirmé que les courtisans venaient trop souvent chasser dans les forêts autour de Loub pour que les bandits de grand chemin et les serfs en fuite osent y montrer le bout de leur nez.

Petit à petit, le droujinnik se détendit ; son fin visage orné d'une longue moustache tombante, hommage à ses ancêtres, guerriers varègues, prit une expression mélancolique. Il songeait aux deux personnes chères à son cœur qui, pour une fois, n'avaient pu l'accompagner dans son déplacement : Philippos, son fils adoptif, et Vassili, fidèle collaborateur et compagnon d'armes de Mitko. Le garçon faisait partie de la garde d'honneur qui devait escorter la princesse à Kiev. Quant au Varlet, il avait été chargé par Vladimir d'une mission secrète auprès d'un khan kouman. Au fond, reconnut Artem, le célèbre psautier enluminé n'était pour lui qu'un prétexte pour tromper l'ennui et cesser de se languir en l'absence de Philippos.

S'arrachant à ses pensées, il vit que les broussailles inextricables et les arbres centenaires au sombre feuillage épais avaient fait place à un bosquet de bouleaux. Bientôt, les cavaliers sortirent de la forêt et, laissant derrière eux quelques isbas isolées, pénétrèrent dans la petite ville de Loub.

Elle s'entourait d'une enceinte en bois vieille d'un siècle, dont une partie avait brûlé une trentaine d'étés auparavant et n'avait jamais été reconstruite. En revanche, la forteresse avait été restaurée et rénovée par le précédent suzerain de Tchernigov, Oleg, le belliqueux cousin de Vladimir. Avant de perdre le trône, Oleg avait eu le temps de décorer la salle de réception du palais avec un luxe digne des résidences les plus luxueuses de Kiev et même de Tsar-Gorod[1].

---

1. Nom que les Russes donnaient à Constantinople. *Gorod* signifiant « ville » en russe, le terme pouvait s'entendre autant comme « ville-reine » que comme « ville du tsar ».

Traversant la place principale où se dressait une gracieuse église à trois bulbes dorés, ils s'engagèrent dans la rue qui menait vers la citadelle. Un profond fossé et une solide muraille en bois renforcée d'argile séparaient celle-ci des maisons les plus proches. Le soldat posté sur la tour de guet avait dû être averti de leur arrivée. Il se pencha pour les examiner rapidement à la lumière des torches fixées au portail, leur adressa un salut militaire puis s'empressa d'abaisser le pont-levis.

Les voyageurs suivirent un étroit passage pavé de bois reliant cette première entrée à la seconde, son portail massif flanqué de deux tours. Tout en haut, penchées au-dessus de la balustrade crénelée qui couronnait les tours, deux autres sentinelles lancèrent des vivats enthousiastes à l'adresse du prince.

L'instant d'après, les lourds battants cloutés de fer s'ouvrirent, et les cavaliers pénétrèrent dans la « cour de la Garde », ainsi appelée parce qu'elle abritait le bâtiment où logeait la petite garnison de Loub. À côté se trouvait l'entrée de la prison, qui comptait une dizaine de cellules situées sous terre. Le reste de la cour disparaissait dans l'obscurité, mais Artem savait qu'il devait y avoir une forge, un atelier de charron, des écuries, ainsi qu'une étable, une porcherie et un poulailler.

Le prince salua chaleureusement les soldats accourus à sa rencontre. Le commandant chargea l'un d'eux d'escorter le souverain et ses compagnons jusqu'à la résidence de Vladimir. Ils empruntèrent la « voie du Prince » : situé dans le prolongement du couloir reliant les deux entrées, ce chemin pavé de madriers de chêne et bordé de torches allumées mesurait au moins six coudées de largeur. Il traversait la cour de la Garde et menait au donjon. Sans passer sous cette tour impressionnante, il était impossible d'accéder à la cour principale.

En sortant du donjon, ils reprirent le même chemin pavé de chêne qui conduisait, à travers la cour, jusqu'à la résidence princière — le « palais », ainsi qu'on le disait ici. Artem aperçut sur sa gauche les cuisines brillamment éclairées et une multitude de serviteurs portant des plateaux chargés de mets vers l'entrée de service. Derrière les cuisines et les dépendances, il distingua l'écurie personnelle de Vladimir. À droite de la voie du Prince se dressaient la chapelle et, derrière elle, les bâtiments de bains. Plus au fond, d'innombrables entrepôts à un étage longeaient l'enceinte de la forteresse. Comme autrefois, ils contenaient assez de vivres pour supporter un siège de plusieurs lunes.

Quant au palais, haut de deux étages, il s'adossait à la muraille qui surplombait le Dniepr et dominait toute la forteresse à l'exception du donjon. La façade principale, ainsi que les colonnes décoratives de part et d'autre de l'entrée, s'ornait de bas-reliefs et de motifs floraux en bois sculpté.

Voyant Artem détailler le palais, le prince pointa l'index vers l'immense terrasse située au second étage dont la balustrade en bois ajouré courait tout au long de la façade.

— C'est ici qu'on organise les banquets en mai et durant l'été, expliqua-t-il. Mais les nuits sont encore fraîches ; je suppose que l'intendant a décidé de faire servir le repas dans la salle de réception.

Le droujinnik acquiesça, resserrant frileusement sa cape autour de son corps. Il espérait que l'intendant avait aussi eu la bonne idée d'allumer un feu dans l'âtre.

Son regard glissa de la terrasse vers l'élégant balcon situé au premier étage.

— C'est la bibliothèque, précisa Vladimir en désignant d'un signe de tête la haute fenêtre éclairée à côté du balcon. On a dû y laisser de la lumière pour que les convives puissent venir admirer le psautier d'Illarion à tout moment.

Le reste de l'étage était plongé dans l'obscurité. Ici, songea Artem, devaient se trouver les appartements du prince et ceux des invités mais, pour l'heure, tous les volets étaient clos.

Aidé par le garde, Vladimir descendit de cheval tandis que Mitko et Artem sautaient à terre à leur tour. Le soldat emmena leurs montures en direction des écuries. Comme ils se dirigeaient vers le perron, la porte s'ouvrit et un homme vêtu d'un caftan vieillot, mais de bonne qualité, un trousseau de clés attaché à sa ceinture, apparut sur le seuil. Il s'inclina jusqu'à terre puis recula pour laisser entrer les nouveaux arrivants. Brun, maigre comme un clou, il avait un nez busqué et des yeux ronds au regard fixe. Ce physique évoquait un oiseau de proie et contrastait de manière étrange avec son air obséquieux.

— Dieu soit loué! s'écria-t-il. Sa Seigneurie est saine et sauve! Je me rongeais d'inquiétude... Mais où est sa garde personnelle? Je ne vois que le boyard...

Il s'inclina de plus belle et s'interrompit, essayant sans doute de se rappeler s'il avait déjà rencontré Artem.

— Inutile de chercher dans ta mémoire, c'est la première fois que je viens à la forteresse de Loub, remarqua celui-ci avec un sourire courtois. Je suis Artem, fils de Norrvan, et voici Mitko, de la droujina des Varlets.

— C'est nous qui avons assuré la protection du prince, plaça ce dernier d'un ton satisfait. Si nous ne l'avions pas accompagnée, Sa Seigneurie serait partie seule!

L'homme prit un air catastrophé, mais, à cet instant, Vladimir lui dit :

— Il me semble que j'ai déjà vu ton visage... Qui es-tu, mon brave?

— Sa Seigneurie a raison, j'allais me présenter, s'empressa de répondre celui-ci en lissant nerveusement les pans de son caftan ocre. Je suis Siméon, l'intendant de la forteresse. J'accueille les boyards de la capitale qui viennent chasser et festoyer ici. Hélas, notre souverain ne nous honore pas souvent de ses visites ! Mais c'est Sa Seigneurie qui m'a recommandé au gouverneur il y a deux étés. Ayant déjà rempli des fonctions similaires, j'avais alors adressé une requête.

Vladimir l'interrompit d'un geste et acquiesça d'un ton aimable :

— Oui, je m'en souviens maintenant.

Il adressa quelques mots bienveillants à l'intendant. Un sourire béat aux lèvres, celui-ci exécuta une courbette avant de les débarrasser de leurs capes, qu'il remit à un vieux domestique au pas traînant. Les voyageurs se dirigèrent vers l'escalier en chêne sculpté qui menait au premier étage. Siméon fit mine de les escorter puis esquissa une nouvelle révérence devant Vladimir.

— Sa Seigneurie doit être épuisée ; souhaite-t-elle que j'ordonne de servir le souper tout de suite ? demanda-t-il.

— Pas avant d'avoir contemplé le trésor du gouverneur, le psautier enluminé ! s'exclama le prince. J'ai vu de la lumière dans la bibliothèque ; je parie que les autres convives ne l'ont pas quittée depuis leur arrivée.

— Euh... je l'ignore, mais je vais y conduire Sa Seigneurie de ce pas, puisque tel est son désir.

Soudain, l'intendant bondit de côté : il avait failli se faire renverser par un individu vêtu d'un luxueux caftan brodé d'or qui dévalait les marches. Marmonnant des excuses, celui-ci se hâta de s'incliner devant Vladimir.

Artem reconnut le boyard Ludwar. Dans le visage légèrement hâlé, les yeux bleus brillaient, aussi froids et durs que deux morceaux de glace. Son expression distante, presque hautaine, contrastait de façon étrange avec ses lèvres sensuelles. Ludwar était aussi fier de sa belle apparence que de ses origines varègues, dont témoignaient sa longue moustache blonde et son menton glabre. Il était fils d'un vaillant guerrier qu'Artem avait jadis connu en combattant dans la droujina du grand-prince. Fort savant malgré son jeune âge, Ludwar semblait préférer une carrière à la cour. On racontait qu'il briguait le poste vacant de Garde des Livres, et que sa nomination officielle n'était plus qu'une question de jours.

— Prince, je t'ai vu par la fenêtre et j'ose te presser de monter à la bibliothèque, déclara Ludwar sans préambule. Les deux artistes, Dimitri et Iakov, ont un différend. Ils sont fort échauffés, surtout ce dernier...

— C'est la suite de la querelle de ce matin, soupira Vladimir. Je commence à regretter d'avoir confié ma commande à ce jeune enlumineur si impétueux. En vérité, on croirait Iakov plus habitué à manier l'épée que le pinceau !

Il parlait de la dispute à laquelle Artem et tous les futurs visiteurs de la forteresse avaient assisté à Tchernigov, le matin même. Le plus âgé des deux artistes, Dimitri, logeait au palais et jouissait d'une certaine célébrité pour avoir enluminé un manuscrit à la demande de Vladimir.

Son confrère Iakov venait d'un lointain monastère ; il n'avait encore jamais exercé son métier en dehors de ce couvent, et il ne fréquentait la cour que depuis une quinzaine de jours. Bien que Vladimir continuât de manifester des signes de bienveillance envers Dimitri, c'est Iakov qu'il avait chargé de sa dernière commande : enluminer un psautier tout juste sorti de l'atelier de calligraphie du palais. C'est à cause de cette discussion enflammée sur l'ancienne et la nouvelle manière de peindre que le prince avait souhaité examiner le célèbre psautier d'Illarion.

— Si tu ne parviens pas à les calmer, ils risquent d'en venir aux mains ! avertit Ludwar d'un air lugubre.

Fronçant les sourcils, Vladimir monta l'escalier quatre à quatre, suivi par le futur Garde des Livres. L'intendant puis Mitko voulurent leur emboîter le pas quand Artem les arrêta tous les deux.

— Veuille montrer à mon assistant sa chambre et la mienne, l'ami, et assure-toi que nous ne manquerons de rien, ordonna-t-il à Siméon.

— Boyard, je ferais mieux de courir à la bibliothèque prêter main-forte au prince ! s'exclama le Varlet avec fougue en retroussant les manches de sa cotte. Il va tâter de mes poings, cet enragé ! Je me demande ce qu'on lui a appris dans son monastère perdu au milieu de la forêt.

— Je suis certain que Ludwar a exagéré, répliqua le droujinnik en dissimulant un sourire. Ce genre de disputes ne fait pas long feu ; d'ordinaire, les artistes s'insultent copieusement mais préfèrent éviter la bagarre.

Mitko se rembrunit et jeta un coup d'œil à Siméon ; à en juger par sa mine déçue, lui aussi avait espéré assister à un éclat. Arrivé sur le palier du premier étage, Artem aperçut une porte entrouverte par laquelle lui parvenaient des bribes de phrases lancées par des voix coléreuses.

— Boyard, voici la bibliothèque — impossible de te tromper ! commenta l'intendant d'un ton aigre. Tes appartements se trouvent de l'autre côté du palier, au bout du couloir. La chambre du Varlet est située au-dessous de la tienne, au rez-de-chaussée.

Il s'inclina devant le droujinnik et s'éloigna en compagnie de Mitko.

CHAPITRE II

Artem pénétra dans la bibliothèque, vaste pièce au mobilier de bois sombre comprenant quelques coffres à documents, trois lutrins et des dizaines de rayonnages qui couvraient les murs du sol au plafond. Un des pupitres supportait un gros manuscrit ouvert qui laissait voir deux enluminures aux couleurs éclatantes; c'était le fabuleux psautier d'Illarion.

Au milieu de la pièce, Dimitri et Iakov se tenaient l'un en face de l'autre comme deux coqs de combat, la poitrine bombée, l'œil écarquillé de fureur. L'un et l'autre portaient une tunique de lin et une courte veste matelassée, mais la ressemblance s'arrêtait là.

Massif et doté de muscles impressionnants malgré son embonpoint, Dimitri avait un visage charnu encadré d'une tignasse roussâtre et d'une épaisse barbe bouclée. « On dirait un ours mal léché! » remarqua Artem en pensée.

Quant au jeune Iakov, les traits émaciés, le teint d'une pâleur anémique, il était maigre et dégingandé comme un enfant grandi trop vite. Il se tenait raide comme un piquet, figé dans une attitude de défi, les yeux jetant des éclairs.

Chacun des deux hommes brandissait telle une arme un long et mince rouleau de tissu. Il s'agissait du support habituel que les peintres utilisaient pour leurs ébauches : un grand carré de lin, au bord fixé à une baguette permettant de l'enrouler.

Le droujinnik regarda le prince à la dérobée : il observait les deux rivaux d'un air impuissant. À ses côtés, le gouverneur Alexei se dandinait d'un pied sur l'autre avec une expression de souffrance. Derrière eux se profilait la fringante silhouette de Ludwar. Artem ne voyait pas son visage, car le jeune boyard venait de se pencher sur le psautier enluminé.

— Mes amis, je suis persuadé qu'il s'agit d'un malentendu, déclara Vladimir en levant sa main valide d'un geste conciliant.

Sans l'écouter, les deux hommes se rapprochèrent encore l'un de l'autre, si bien que leurs nez se touchaient presque.

— Impie ! s'écria Iakov. Il faut être impie ou insensible pour tenir de tels propos, et tu es sûrement les deux !

— Cela vaut mieux que d'être hypocrite ! gronda Dimitri. Rien n'est plus éloigné de la vérité que ton discours sentencieux !

— Il suffit ! rugit Vladimir, perdant patience. Si chacun de vous croit détenir la vérité, vous n'êtes que des sots prétentieux, l'un comme l'autre !

Iakov sursauta ; Dimitri jeta un coup d'œil penaud au prince, puis baissa la tête d'un air contrit.

— Continuez à vous chamailler, et vous écoperez d'une belle amende, poursuivit Vladimir d'un ton sévère. Que chacun expose calmement son point de vue, et nous en débattrons ensuite ensemble.

Les deux hommes acquiescèrent de concert. Après un long silence gêné, Iakov s'éclaircit la voix et prit la parole en désignant le manuscrit que Ludwar examinait toujours :

— N'ordonne pas de me châtier, mais ordonne de

me pardonner, prince ! Le psautier d'Illarion illustre la manière en vogue il y a plus d'un siècle, à l'époque où les défenseurs des images saintes venaient de triompher de leurs adversaires. Depuis ces temps-là, l'ancienne école n'a pas complètement disparu, mais l'art de représenter le divin a bien évolué !

Tout en parlant, Iakov déroula le carré de tissu qu'il tenait à la main.

— Avant de me mettre en route, j'ai eu l'idée de prendre avec moi cette ébauche afin de la montrer ce soir, prince, expliqua-t-il.

L'esquisse représentait la Vierge à l'Enfant. Le beau visage allongé de la Théotokos avait une expression austère, et ses immenses yeux sombres fixaient le spectateur avec sévérité. Ses bras supportaient l'Enfant Jésus à l'attitude aussi majestueuse que s'il se tenait sur un trône. Il regardait au loin d'un air grave et solennel ; on aurait dit qu'il pouvait apercevoir son propre corps fixé sur la croix.

— Mon dessin préparatoire illustre le style que le monde orthodoxe a adopté dernièrement, poursuivit Iakov avec fierté. On le pratique aujourd'hui à Byzance, mais aussi en Russie. Cette manière est considérée comme la plus apte à laisser percevoir le souffle de l'Esprit et à élever l'âme du spectateur. La nouvelle école magnifie l'art...

— Sottises ! l'interrompit Dimitri. Cette école n'enseigne que l'art de dissimuler la pauvreté de son inspiration sous des propos affectés. Personne ne peut peindre l'être divin, l'idéal, mais on peut capter son reflet dans une forme qui tend elle aussi vers l'idéal. Or qui a su le mieux approcher de la perfection, sinon les artistes de la Grèce antique ? En appliquant la technique et les principes élaborés par eux, on exprime le rayonnement de la beauté absolue !

À son tour, il déroula l'esquisse qu'il avait dû

apporter de Tchernigov à l'exemple de son confrère. Dimitri avait choisi le même sujet ; pourtant, on avait l'impression que son dessin représentait n'importe quelle jeune mère portant son premier-né, plutôt que la Sainte Vierge et le divin Enfant. La Théotokos avait le visage doux et rond d'une jeune fille à peine sortie de l'adolescence. Elle penchait la tête vers son fils blotti contre sa poitrine. La mère et l'enfant se regardaient tendrement, et un vague sourire semblait flotter sur leurs lèvres.

— Regarde et compare, prince ! reprit Dimitri. D'un côté, tu as l'amour, la joie de vivre et la beauté du corps humain tel que le Très-Haut l'a créé ; de l'autre, on te montre des formes dénaturées, longues comme un jour sans pain, et une sécheresse d'expression qui serait effrayante si on pouvait la trouver dans la réalité. Je l'ai déjà dit ce matin : loin de traduire le rayonnement divin, la nouvelle école ne laisse même pas s'exprimer le génie de l'artiste !

— S'agirait-il de ton génie personnel ? remarqua Iakov d'un ton acide. Il serait plus sage de laisser aux autres le soin de...

— Justement, laissons parler les autres, le coupa Vladimir, espérant éviter une nouvelle prise de bec entre les deux hommes. Artem, mon ami, que penses-tu de ces esquisses ? Et vous, boyards ? ajouta-t-il à l'adresse du gouverneur et de Ludwar.

— Elles reflètent chacune une approche différente, mais elles sont également réussies, répondit avec prudence le droujinnik.

— Ce n'est pas une réponse, trancha Iakov en secouant ses longues boucles blondes. Eh bien, boyards, qui d'entre vous osera critiquer les nouveaux canons imposés par Tsar-Gorod, le centre universel de la chrétienté ? Toi, savant Ludwar, qu'en dis-tu ?

Tout le monde se tourna vers le futur Garde des

Livres, toujours occupé à étudier le psautier d'Illarion. En entendant son nom, il détacha les yeux du manuscrit et déclara avec une froide assurance :

— En peinture comme en enluminure, tout dépend du thème que l'artiste se propose de travailler. En l'occurrence...

— En l'occurrence, grinça Iakov, tu te moques de nous ! Tu ne t'es même pas aperçu que Dimitri et moi avons traité le même thème. À l'évidence, tu méprises notre pauvre barbouillage qui n'a pas le prestige d'une œuvre ancienne... Et moi, je te dirai que ton avis vaut autant que celui d'un pharisien !

L'expression impassible de Ludwar disparut, son visage se couvrit de larges taches rouges. Il ouvrit la bouche pour riposter mais s'étrangla de colère.

— Ancienne ou pas, il se trouve que cette œuvre a été créée par le célèbre enlumineur Illarion, intervint le gouverneur. Rien d'étonnant, donc, que Ludwar soit fasciné par ce psautier. Quant à moi...

— Quant à toi, boyard Alexei, le coupa Iakov, tu es bien moins fasciné par ce psautier que par sa renommée ! Au moment où nous sommes arrivés, tu ne te rappelais même pas dans quel coin tu avais rangé cette perle de ta bibliothèque. Voilà qui en dit long sur l'intérêt que tu y portes... Bien que tu aies sûrement payé une petite fortune pour l'acquérir !

Le gouverneur s'empourpra, mais une quinte de toux sèche l'empêcha de répondre.

Artem, lui, hésitait entre l'indignation et l'envie de rire. Iakov semblait furieux contre la terre entière. Comment un être aussi jeune pouvait-il manifester tant de rancœur ?

— Il suffit, Iakov ! s'exclama Vladimir. Ludwar n'a rien d'un pharisien, et je sais que mon père admirait la science avec laquelle Alexei commentait ce psautier, texte et enluminures. Tes critiques sont aussi impertinentes que déplacées. Je n'aurais pas dû passer une commande importante à un gamin... mal élevé, par-dessus le marché!

Cette fois, ce fut le fougueux artiste qui changea de couleur. Son arrogance s'était évanouie, et son visage exprimait un tel désarroi qu'il faisait peine à voir. Artem rencontra son regard désespéré. Pris de pitié, il tenta de détendre l'atmosphère.

— À propos, Ludwar a raison de rappeler que le thème détermine en grande partie la façon dont l'artiste décide de le traiter, déclara-t-il. Prince, as-tu déjà choisi les sujets des enluminures pour ton nouveau psautier?

— Assurément! fit Vladimir, ravi de voir la conversation s'engager sur un terrain neutre. Mon choix est fait — encore que je n'aie pas pu le noter, ajouta-t-il en désignant son bras blessé. Tiens, pourquoi ne pas dresser la liste des thèmes sans tarder? C'est une excellente idée! Boyard Alexei, as-tu ici de quoi écrire?

Le visage émacié du gouverneur s'illumina.

— Tout ce que Sa Seigneurie peut désirer : plumes, stylets, écorce de bouleau, tablettes de cire, parchemin et même vélin.

— Qu'on prépare donc une plume, de l'encre brune et un parchemin. Aurais-tu l'obligeance de me servir de scribe, boyard? J'ai déjà eu l'occasion d'admirer tes dons de calligraphe.

— Je le ferais avec joie, mais... Il faut que je prévienne l'intendant qu'on peut commencer à servir les boissons et les mets froids dans la salle de réception. Je dois aussi aller voir le chef de la troupe...

Comme il croisait le regard intrigué de Vladimir, il s'empressa d'expliquer :

— Mais je ne t'en ai pas encore informé! Cet après-midi, des comédiens ambulants de passage à Loub sont venus jusqu'à la forteresse. J'ai pensé qu'un spectacle pendant le souper pourrait te divertir, et je les ai engagés pour ce soir. Voilà pourquoi il faut que je voie le chef de la troupe : il doit me dire ce qu'ils ont choisi de jouer.

Le prince approuva, ravi de cette agréable surprise. Alexei s'apprêtait à partir s'occuper des derniers préparatifs pour la soirée quand Ludwar proposa de s'en charger à sa place. Libéré ainsi de ses obligations, le gouverneur alla chercher dans un coffre un parchemin, un pot d'encre, une plume bien taillée, et s'installa devant un lutrin.

Vladimir se mit à arpenter la pièce, indiquant les sujets des miniatures destinées à orner son nouveau psautier. De temps à autre, il s'arrêtait pour réfléchir, ou pour demander son avis à Iakov; manifestement, il avait renoncé à mettre à exécution la menace d'annuler sa commande.

Artem voulut enfin admirer le célèbre psautier, mais Dimitri le devança, occupant l'unique siège devant le lutrin chargé du manuscrit. Pendant quelques minutes, le droujinnik écouta Vladimir, tout en observant le gouverneur d'un œil distrait. Grand, un peu voûté, cheveux et barbe poivre et sel, Alexei avait un visage mobile aux yeux vifs et intelligents. Vêtu d'un luxueux caftan pourpre, il devait compter entre trente et quarante étés, mais son teint parcheminé et ses épaules tombantes rendaient son âge difficile à préciser.

Comme Alexei finissait d'écrire sous la dictée du prince, Iakov s'empara de la liste, promit d'y réfléchir dès à présent et la rangea dans la poche de sa veste. Vladimir décida alors d'examiner à son tour les enluminures d'Illarion. Dimitri s'empressa de libérer le siège devant le lutrin et le prince s'y installa, tandis que le gouverneur et les deux artistes se pressaient autour de lui. Artem réprima un soupir, se demandant s'il aurait l'occasion d'approcher du fameux psautier avant de quitter la forteresse.

Il écouta toutefois avec intérêt les commentaires qu'Alexei faisait à mesure que le prince tournait les pages. En observant sa longue silhouette décharnée, Artem se souvint de l'avoir croisé quelquefois dans les couloirs du palais princier de Tchernigov. En revanche, le droujinnik n'avait jamais rencontré Dimitri, bien que celui-ci profitât de l'hospitalité du prince depuis plusieurs lunes. Son visage rougeâtre aux lèvres charnues évoquait un fêtard aimant la bonne chère, les femmes, les danses bruyantes, les chevauchées endiablées... Lors de sa dispute avec Iakov, Artem avait remarqué que ses gestes étaient mal assurés, et que ses mains tremblaient. Visiblement, en attendant l'heure du souper, Dimitri avait déjà trouvé le chemin des cuisines et vidé quelques coupes de vin ou d'hydromel !

« Espérons qu'il n'y aura plus d'altercations ni d'esclandres pendant notre séjour ici », songea Artem, la mine sombre.

Il réalisa soudain que, au sens strict du terme, il ne connaissait aucun des convives réunis à la forteresse. Était-ce la raison pour laquelle il se sentait vaguement mal à l'aise depuis son arrivée ? Absurde ! Certes, il détestait autant la compagnie des courtisans que toute la cour avec ses longues cérémonies pompeuses et ses banquets bruyants, et il n'y participait que quand Vladimir exigeait sa présence. Mais le sentiment d'ennui et de dégoût qu'il éprouvait alors ne ressemblait point au malaise qui l'oppressait à présent.

La porte s'ouvrit à cet instant, et l'intendant apparut sur le seuil, annonçant que le souper était servi. En sortant de la bibliothèque, Artem se dirigea d'abord vers ses appartements. Pendant qu'il enfilait une cotte de lin fraîche — il ne quittait jamais Tchernigov sans emporter deux ou trois tuniques de lin ou de soie propres dans ses fontes de selle — Mitko l'attendait dans le couloir en sifflotant.

Quelques minutes plus tard, montés au deuxième étage, ils pénétrèrent dans la salle des banquets. Appelée aussi salle de réception, elle frappait par le faste de ses décorations : le sol était revêtu d'une mosaïque de marbre multicolore au motif géométrique, le plafond peint en bleu intense s'ornait d'une multitude d'étoiles dorées, et les murs disparaissaient derrière de magnifiques tapisseries byzantines représentant des scènes de guerre et de chasse. De l'autre côté de la salle, trois portes-croisées — immenses fenêtres serties de carreaux de mica et descendant jusqu'au plancher — ouvraient de plain-pied sur la terrasse. Au centre de la pièce s'étendaient trois longues tables de chêne dont une recouverte d'une nappe rouge brodée d'argent. On pouvait installer dans cette salle une centaine de personnes, mais ce soir-là le nombre de convives se limitait à dix.

Ils étaient déjà tous là. Artem alla saluer les deux personnes qu'il n'avait pas encore rencontrées, et d'abord Fédote, un noble originaire de Tchernigov. Vêtu d'un caftan de brocart framboise bordé de zibeline, coiffé d'une haute chapka assortie, il était le seul à arborer la lourde et tapageuse tenue d'apparat des boyards. Ce petit homme grassouillet et barbu passait pour un des plus riches collectionneurs de la capitale. Il collectionnait des curiosités, mais aussi des armes, ainsi que des manuscrits. Pourtant, il n'avait jamais été vaillant guerrier, encore moins bibliophile. Sa trogne rubiconde trahissait surtout son penchant immodéré pour le vin et la bonne chère. Artem se souvint qu'à la cour on parlait moins souvent des trésors de ses collections que des banquets fastueux qu'il donnait dans sa demeure familiale.

Après avoir échangé quelques formules de politesse avec Fédote, Artem le laissa examiner d'un œil gourmand les mets disposés sur la table. Il s'approcha de celui que Vladimir considérait comme son hôte d'honneur : Théodore, l'ambassadeur de Byzance à Kiev. Ami du grand-prince, il connaissait également Vladimir et venait souvent passer quelques jours à la cour de Tchernigov.

Corpulent et de belle prestance, le dignitaire grec avait des manières suaves et un peu condescendantes. Son rang de magistros [1] le plaçait parmi les vingt-quatre dignitaires les plus importants de l'Empire, et le luxe de sa tenue rappelait sa haute fonction. Sous une cape de soie blanche brodée d'or, il portait un splendide manteau de cérémonie rouge cerise, la poitrine couverte d'insignes d'or correspondant à son rang.

Théodore répondit au salut d'Artem à la façon byzantine, s'inclinant et touchant le sol de sa main droite. Comme Artem baissait le regard, il aperçut les chaussures du Grec : pourpres, brodées de perles, elles s'ornaient de petites clochettes d'argent attachées aux empeignes qui émettaient un tintement harmonieux chaque fois que le magistros remuait les pieds.

— Il s'agit de mes chaussures d'apparat, je ne les porte pas tous les jours, expliqua en souriant le Grec qui avait remarqué l'attention d'Artem. Elles sont belles, n'est-ce pas ? Les croix de perles représentent notre Saint Empire, et les clochettes d'argent symbolisent le zèle de l'humble fonctionnaire que je suis à servir le basileus et l'État. Aussi tout ce luxe apparent possède-t-il un sens symbolique profond...

Par chance, l'ambassadeur dut interrompre son discours sur le sens profond des détails vestimentaires : le prince venait de prendre place en tête de table et l'invi-

---

1. Conseiller de l'empereur investi de hautes fonctions, souvent très variées. Ils ne furent que deux au VIIIe siècle, mais, à l'époque décrite, leur nombre atteint vingt-quatre. Ce titre très élevé constitue la cinquième des dignités supérieures.

tait à s'installer à sa droite. Artem poussa un soupir de soulagement et s'empressa d'aller s'asseoir à côté de Mitko.

Les autres invités s'installèrent les uns en face des autres, sur les bancs recouverts de coussins et de peaux de bêtes. Devant chacun étaient disposées des assiettes en terre cuite peintes de vives couleurs. Le reste de la table disparaissait sous des aiguières d'argent et des bassins aux anses ouvragées remplis d'hydromel frais, des carafons d'eau-de-vie, ainsi que des plats d'or et d'argent remplis de poisson séché, cornichons, choux, pommes, prunes et autres fruits et légumes marinés. En outre, on venait d'apporter deux immenses plateaux chargés de rôtis de sanglier, assaisonnés à l'huile de chènevis et accompagnés de sauce aux airelles.

Sa première faim assouvie, Artem voulut engager la conversation avec son voisin, Dimitri, mais il déchanta aussitôt. La mine hargneuse, celui-ci vidait coupe sur coupe, tout en jurant et pestant dans sa barbe. Il avait sans doute espéré que, excédé par les impertinences de Iakov, Vladimir aurait fini par le charger, lui, de sa nouvelle commande.

— À peine attablé, il est soûl comme une grive, ne put s'empêcher de marmonner Artem dans sa moustache. Et en plus, il a le vin mauvais. Je n'ai vraiment pas de chance !

Il se tourna vers Mitko, assis à sa gauche.

— Tu as dû bavarder avec l'intendant pendant que je me trouvais dans la bibliothèque, lui dit-il à voix basse. T'aurait-il parlé des autres convives ? Il doit les rencontrer souvent puisqu'ils fréquentent tous cette citadelle.

Le Varlet, qui avait déjà englouti un pâté de volaille et une énorme tranche de sanglier, jeta un regard de convoitise vers le canard aux concombres.

— Siméon est moins loquace qu'il n'en a l'air, mais

j'ai discuté un peu avec les domestiques, répondit-il en se servant à nouveau copieusement. À propos, j'ai fait installer un brasero dans ta chambre, boyard, il y faisait glacial... Veux-tu que je te renseigne sur les courtisans ou sur le peintre ? Des deux artistes, seul Dimitri est déjà venu ici plusieurs fois.

— Non, parle-moi plutôt des boyards. De Ludwar, par exemple.

Mitko reposa à regret une cuisse de canard dégoulinante de jus.

— Il n'y a pas grand-chose à raconter à son sujet. Il participe aux parties de chasse organisées dans les forêts autour de Loub, mais il assiste rarement aux banquets. Autrefois, il venait assez souvent accompagné de son frère aîné, Rérik, mais on ne voit plus celui-ci depuis quelques lunes ; il paraît qu'il est trop occupé à gouverner le domaine familial. Ludwar, lui, n'est pas très aimé ici. On dit qu'il est froid comme un glaçon, arrogant et pingre, par-dessus le marché. Le gouverneur Alexei passe au contraire pour un homme généreux, mais trop complaisant. Il faut dire que les soldats profitent de sa santé défaillante...

Mitko s'interrompit pour mordre avec volupté dans la cuisse de canard.

— Oui, c'est d'ailleurs pour cette raison qu'il a quitté la droujina du grand-prince il y a trois étés, se remémora Artem. Résolu à se consacrer à sa passion des livres, il s'est alors mis à chercher un poste tranquille, en un lieu dépourvu d'importance stratégique.

— Pour être tranquille, il est bien tranquille ici ! articula le Varlet, la bouche pleine. Alexei n'a rien fait pour renforcer la discipline dans la garnison, il se désintéresse des exercices militaires, et il se montre à Loub à peine plus souvent que tous ces chasseurs, buveurs et goinfres qui viennent faire la fête à la résidence.

— L'amour des livres et la santé fragile ne constituent pas une excuse pour négliger ses responsabilités, déclara Artem d'un ton sec. Je lui toucherai deux mots à ce sujet avant que nous repartions pour la capitale.

— Mais celui que les domestiques trouvent le plus insupportable, c'est le noble et savant Théodore, notre vénérable hôte byzantin.

— Il est déjà venu ici ? s'étonna Artem. Ce matin, quand cette expédition fut décidée, Vladimir a pensé qu'elle pourrait intéresser le magistros Théodore, amateur des arts et grand érudit. Ce dernier n'assistait pas à notre discussion, et le prince a demandé au gouverneur de rédiger une invitation au nom de l'ambassadeur. Vladimir et Alexei l'ont signée tous les deux, et un serviteur a couru la remettre au Grec en main propre. Théodore a donc eu le temps de se joindre à la petite troupe avant qu'elle parte... Mais pourquoi tant de cérémonies si ce n'est pas la première fois qu'il vient à Loub ?

— Vladimir sait que le bonhomme est drôlement porté sur l'étiquette, expliqua Mitko. Comme le prince l'aime bien, il respecte cette manie. À Tchernigov comme à Loub, les gardes et les serviteurs sont obligés de traiter le Grec avec autant d'égards que si c'était le basileus en personne !

Il lorgna vers le magistros qui, assis à la droite de Vladimir, occupait un siège d'apparat tapissé de cuir et décoré de clous argentés en forme d'étoile. Il détailla son riche manteau de cérémonie et sa magnifique cape blanche, ornée d'une image stylisée de l'aigle impériale brodée au fil d'or.

— Il suffit de le regarder pour comprendre à qui on a affaire ! chuchota le Varlet en pouffant. Ce n'est pas un aigle qu'il faut broder sur ses vêtements, mais un paon !

— Théodore a essayé de m'expliquer le sens profond de tout ce luxe qu'il étale sans vergogne, murmura Artem. Ainsi, les croix de perles cousues sur ses chaussures représentent l'Empire, tandis que les clochettes d'argent symbolisent son zèle à servir l'État.

— C'est ça ! grogna Mitko. Et qu'en est-il du zèle à gravir au plus vite les échelons de sa carrière de dignitaire impérial ? Voilà qui explique son accoutrement, ainsi que son amour du protocole... Mais aussi, le goût de tous les courtisans grecs pour les compliments hypocrites et les révérences obséquieuses !

— On dirait que tu as passé ta vie au palais impérial ! remarqua le droujinnik en souriant dans sa moustache.

Mitko n'eut pas le temps de répliquer car, à cet instant, l'intendant se leva et frappa dans ses mains pour attirer l'attention des convives.

— Que Sa Seigneurie le prince et ses honorables compagnons daignent me prêter l'oreille ! Certains d'entre vous savent déjà que le boyard Alexei a eu l'heureuse idée d'engager une troupe de comédiens pour qu'ils donnent une représentation à la fin de ce souper. Je me suis assuré en personne — profitant de l'avis précieux du boyard Ludwar — que les scènes choisies pour être jouées ce soir n'ont rien de licencieux, et que ni les yeux ni les oreilles des visiteurs ne seront offensés par un spectacle indigne d'eux.

Se tournant vers le prince, Siméon s'inclina, puis cria en direction de la porte d'entrée :

— Vous pouvez commencer !

Deux femmes pénétrèrent alors dans la salle et s'avancèrent vers les convives pour s'arrêter à quelque vingt coudées de la table. La plus âgée, jolie brunette d'une trentaine d'étés, avait des formes épanouies que sa veste moulante et sa jupe évasée mettaient fort en valeur. Sa frimousse ronde aux pommettes hautes et ses yeux noirs un peu bridés témoignaient que le sang des nomades coulait dans ses veines. La beauté de sa compagne était très différente : grande et svelte, elle avait le visage ovale et le nez droit d'une déesse grecque, mais ses cheveux très clairs, presque blancs, évoquaient les filles des peuples du Nord. Sa robe en fin tissu bleu laissait deviner un corps mince et souple comme un roseau.

La brune avait apporté des gousli[1] et une petite chaise pliante. Une fois installée sur son siège, elle posa l'instrument sur ses genoux et fit glisser ses doigts sur les cordes. Un son doux et plein s'éleva dans la salle, et les deux jeunes femmes entamèrent une chanson mélancolique, la complainte d'un guerrier solitaire adressée à la Terre-Mère. La musicienne avait une belle voix de poitrine, alors que celle de sa compagne rappelait une clochette argentée.

Artem était encore sous le charme de l'air qu'il venait d'entendre quand la jeune fille blonde sortit une flûte de la pochette suspendue à sa ceinture. Une mélodie pleine d'entrain résonna, et sa compagne brune se lança dans une danse effrénée. Elle évoluait avec légèreté et souplesse en faisant tournoyer son ample jupe au-dessus de ses chevilles, et un sourire d'une gaieté irrésistible illuminait son visage en feu.

Quand enfin elle s'immobilisa, des cris enthousiastes fusèrent dans la salle. La jeune femme s'inclina puis, le sourire toujours aux lèvres, promena un regard aguicheur sur les spectateurs en l'arrêtant sur chacun d'entre eux.

Ceux-ci n'étaient pas restés insensibles au charme

---

1. Ancien instrument de musique russe à cordes pincées, de même type que la cithare. D'habitude, on le posait sur les genoux et on en pinçait les cordes des deux mains. Comme la cithare, les gousli (le mot s'emploie toujours au pluriel) servaient d'accompagnement à la voix.

de la sémillante brunette, et Artem scruta avec amusement leurs visages qui reflétaient un mélange d'admiration et de concupiscence. Seul Ludwar affichait un air blasé et semblait accorder plus d'attention aux serviteurs, qui venaient de débarrasser la table et d'apporter un immense gâteau en forme de cygne saupoudré de sucre.

Cependant, trois nouveaux comédiens avaient rejoint les jeunes femmes. Un homme âgé mais puissamment bâti, le visage buriné encadré d'une belle crinière blanche, s'empara des gousli et s'installa sur la chaise pliante. Un adolescent gracieux comme un éphèbe, armé d'un tambourin, vint se placer près de lui. Le troisième acteur, grand gaillard au corps leste et musclé, portait un masque rudimentaire et une barbe postiche.

Le vieux musicien frappa vigoureusement les cordes de son instrument et entonna un chant consacré aux amours de Dobrynia, l'oncle de Vladimir le Soleil Rouge [1], resté dans la mémoire du peuple comme le pécheur le plus endurci et le débauché le plus corrompu que la terre eût jamais porté. La ballade racontait l'histoire d'une jeune paysanne que Dobrynia avait enlevée au nez et à la barbe du fiancé de la belle. Pendant que le barde chantait en s'accompagnant de ses gousli, le jeune garçon agitait son tambourin pour marquer le rythme de la mélodie. En même temps, il mimait le fiancé bafoué ; mais son jeu manquait de conviction, se dit Artem. En revanche, le gaillard au visage dissimulé était très drôle dans le rôle du vieux boyard lubrique, et les deux jeunes femmes imitaient à merveille l'une, le courroux de l'épouse légitime, l'autre, le désespoir de la jeune vierge. Le dénouement

---

1. Vladimir Ier, nommé aussi Vladimir le Saint ou le Grand (v. 956-1015).

fit sourire le droujinnik : touché par les larmes de la captive, son bourreau décidait non seulement de la libérer, mais encore de la pourvoir d'une dot substantielle et d'envoyer de riches présents à son promis.

Ensuite, les comédiens amusèrent les spectateurs par des couplets comiques qu'ils chantaient tantôt en chœur, tantôt à tour de rôle. Pour finir, ils mimèrent la célèbre ballade qui racontait les fiançailles de Vladimir le Soleil Rouge. Le récit évoquait la maladie du prince suivie de sa guérison miraculeuse, son baptême à Tsar-Gorod puis ses noces avec la princesse byzantine Anna. Mais le droujinnik regardait la représentation d'un œil distrait. Se retenant de sourire, il observait à la dérobée le fidèle Mitko, grand amateur du théâtre de foire, dont la physionomie reflétait tous les états d'âme par lesquels passaient les personnages.

Enfin, les comédiens s'alignèrent devant la table et s'inclinèrent profondément, salués par des vivats.

— Quelle merveille que ces deux filles ! s'extasia Mitko. Quand elles chantent, on dirait des anges du paradis, mais elles ont des charmes... à faire damner un saint ! La brune s'appelle Milana et la blonde, Lina ; j'ai déjà eu l'occasion de bavarder avec elles pendant que tu étais dans la bibliothèque, boyard. Cette nuit, les comédiens dormiront ici, ajouta-t-il en baissant la voix. Les filles occupent une chambre tout près de la mienne, et j'ai bon espoir que Milana m'accordera ses fav...

Comme le droujinnik lui jetait un regard sévère, Mitko partit d'une quinte de toux. S'étant éclairci la voix, il termina sa phrase d'un air innocent :

— ... que Milana m'accordera la faveur de chanter quelques couplets en privé, rien que pour moi. Je vais d'ailleurs l'y encourager tout de suite, ajouta-t-il en faisant briller une petite pièce d'argent dans sa paume.

Au même instant, Milana tapota les vastes poches de

sa jupe d'un geste suggestif et commença à faire la quête. Le gouverneur avait déjà payé le chef de la troupe, mais tous les convives offrirent volontiers quelques piécettes à la ravissante brunette, et elle remercia chacun par des vœux de prospérité et un sourire enjôleur.

Lorsque les comédiens eurent quitté la salle, la grande clepsydre en terre cuite installée dans un coin indiquait le dernier quart avant minuit. Son bras blessé serré contre sa poitrine, le prince se leva et se dirigea vers la porte. Les autres invités le suivirent avec une certaine lenteur : la plupart avaient déboutonné leurs caftans et défait leurs ceintures pour avoir trop bien honoré le repas. Rajustant leurs toilettes à la hâte, ils gagnèrent la sortie l'un après l'autre.

Quittant la salle à son tour, le droujinnik retrouva les convives attroupés sur le palier dans un silence respectueux, écoutant Vladimir féliciter les comédiens. Le prince avait retenu ces derniers au moment où ils s'apprêtaient à se retirer, leurs instruments et costumes rangés dans un gros panier en osier.

Artem décida qu'il était temps pour lui de tirer discrètement sa révérence. Laissant Mitko tenter sa chance auprès de la belle Milana, il se glissa vers l'escalier. Un instant, il hésita à profiter de l'heure tardive pour examiner à loisir le psautier d'Illarion, puis il se ravisa. Le vin grec capiteux que l'intendant avait tant vanté lui avait donné un début de migraine. Il préféra donc sortir faire une courte promenade en respirant l'air frais de la nuit.

Comme le vieux domestique lui tendait sa cape, Artem s'en emmitoufla et quitta le palais. Il traversa la vaste cour et passa par le donjon sans rencontrer âme qui vive. Dans la cour de la Garde, il croisa deux soldats qui avançaient en titubant ; l'un racontait une histoire grivoise d'une voix pâteuse, tandis que l'autre semblait dormir debout au sens propre du mot. À l'évidence, songea le droujinnik, la garnison avait dignement fêté l'arrivée du prince.

Il s'approcha de la tour de guet, emprunta l'étroit escalier raide et monta tout en haut. Ainsi qu'il l'avait soupçonné, il n'y avait personne, et la sentinelle devait cuver son vin en quelque coin discret. Secouant la tête avec désapprobation, Artem s'accouda à la rambarde et scruta la ville qui s'étendait de l'autre côté du fossé. Le disque ébréché de la lune illuminait quelques toits pointus, les bulbes d'une église, une place bordée d'échoppes aux volets clos. Voilée par les ténèbres, la petite bourgade paraissait étrange et mystérieuse. Une seule taverne restait encore ouverte, les fenêtres en étaient éclairées et la porte entrebâillée. Le droujinnik pouvait entendre des éclats de rire et des voix avinées, ainsi qu'une chanson paillarde que quelqu'un braillait à tue-tête.

Artem se sentait mieux à présent, sa migraine s'était dissipée et il avait sommeil. Étouffant un bâillement, il se mit à descendre précautionneusement l'escalier escarpé de la tour. Il quitta la cour de la Garde et repassa par le donjon sans apercevoir personne. Alors qu'il retraversait la cour principale en longeant le chemin pavé de bois, il leva le regard sur la résidence princière...

... Et il s'arrêta net, cloué sur place, les yeux écarquillés.

Au second étage, à gauche de la terrasse donnant sur la salle de réception, des volets s'ouvrirent brusquement. Une silhouette de femme surgit dans la lueur vacillante d'une bougie. Elle s'élança vers la fenêtre, s'agrippa au chambranle et se pencha, comme si elle avait voulu se précipiter dans le vide. Aussitôt, un homme se profila derrière elle. Il la saisit par les épaules et, d'un geste brutal, la tira en arrière. L'instant d'après, les volets se refermèrent et tout disparut.

La vision avait duré une fraction de seconde, et le droujinnik n'avait distingué que deux ombres se découpant sur un fond à peine éclairé. Il avait cependant remarqué que l'inconnue était complètement nue et avait une longue natte ; son geôlier au contraire était habillé et portait une chapka ; voilà tout ce qu'Artem aurait pu dire.

Revenu de sa stupeur, il lança un coup d'œil à la ronde, mais il se trouvait seul dans la cour, personne d'autre n'avait assisté à la scène. Il se rua vers le perron et entra en trombe dans le vestibule qui séparait les deux ailes du rez-de-chaussée. Quelques torches fixées aux murs permettaient de voir, de part et d'autre de l'entrée, le début du couloir qui conduisait aux chambres occupées par les domestiques. Celle où devait dormir Mitko se trouvait aussi au rez-de-chaussée. Artem appela le Varlet par son nom d'une voix de stentor puis, sans perdre une seconde, décrocha une torche de son support en fer ouvragé et s'élança vers l'escalier. Il gravit les marches aussi prestement que sa légère claudication le lui permettait. Parvenu au second étage, il dépassa la salle de réception plongée dans l'obscurité et longea rapidement le couloir de l'aile gauche, les talons de ses bottes claquant sur le parquet. Presque aussitôt, un autre bruit de pas résonna derrière lui, et le fidèle Mitko le rejoignit au moment où Artem poussait une porte.

— Ah ! ce n'est pas ici ! grommela le droujinnik en éclairant une chambre inoccupée. Il se passe des choses bizarres dans cette somptueuse demeure, expliqua-t-il à la hâte au Varlet. J'ai aperçu une scène inquiétante par la fenêtre d'une pièce située au bout de cette aile, la dernière ou l'avant-dernière avant l'angle.

Comme dans toutes les résidences de Vladimir, la plupart des pièces ne fermaient jamais à clé. Artem et Mitko purent inspecter l'une après l'autre toutes les chambres qui se trouvaient à l'extrémité de l'aile gauche. En vain! Ils ne découvrirent rien de suspect dans ces appartements rangés avec soin; personne ne semblait y avoir logé depuis au moins une lune. Cependant, alerté par ce remue-ménage, le prince apparut au bout du couloir, sa cape jetée par-dessus une longue cotte de soie. Il portait un grand chandelier d'argent garni de bougies allumées.

— Que se passe-t-il? Que cherches-tu ici, boyard? demanda-t-il en dévisageant Artem avec surprise.

Le droujinnik lui raconta la brève vision qui l'avait tant troublé. Vladimir fronça les sourcils d'un air perplexe.

— Cette partie de l'étage reste toujours inoccupée, sauf bien sûr les jours où toute la cour vient festoyer ici, précisa-t-il. Un gaillard coiffé d'une chapka, essayant de maîtriser une femme nue, dis-tu? Diable! J'ai du mal à imaginer une scène aussi extravagante en ces lieux!

— Une femme nue, ici? répéta une voix. Qu'est-ce que c'est que cette fable inepte?

Le droujinnik se retourna pour découvrir Ludwar, caftan déboutonné et pieds nus.

— Il s'agit de la réalité, j'en ai bien peur, affirma Artem d'un ton patient en reprenant son récit.

Pendant qu'il parlait, il vit l'intendant surgir derrière le prince et Ludwar. Vêtu d'une cotte entrouverte, il écoutait le droujinnik en tendant le cou, l'air ahuri. Sa main crispée serrait un chandelier avec une bougie à moitié consumée dont la cire dégoulinait sur le sol. Il fut repoussé par le gouverneur qui arrivait en courant, Dimitri et Iakov sur ses talons. Entièrement habillés, ils étaient tous trois armés de torches, et Alexei avait la main sur la garde du poignard suspendu à sa ceinture. Derrière eux se profilait l'imposante silhouette de l'ambassadeur grec drapée dans une luxueuse tunique de nuit.

— Que se passe-t-il ? Sommes-nous en danger ? s'enquit Théodore, tandis qu'il s'approchait dans un tintement affolé de clochettes.

Le collectionneur Fédote, qui accourait aussi vite que son embonpoint le lui permettait, entendit ces mots et écarquilla les yeux. Sa bouche s'ouvrait déjà pour lancer un cri de panique quand Artem leva les mains d'un geste rassurant.

— Il n'y a rien qui menace aucun d'entre vous, boyards, déclara-t-il d'une voix forte. Je pense néanmoins qu'une femme est en danger en ce moment, au sein de ce palais.

Pour la troisième fois, il raconta ce qu'il avait entraperçu depuis la cour en regagnant la résidence. Il entendit se lever un murmure incrédule et haussa la voix pour le couvrir :

— Cela se passait dans cette partie du bâtiment, selon la disposition des pièces ; mais force est de constater que personne n'a récemment pénétré dans aucune de celles que je viens de visiter. Peut-être y a-t-il une chambre secrète à cet étage ? s'enquit-il en se tournant vers le gouverneur.

Alexei haussa les épaules d'un air sceptique.

— Ni ici ni ailleurs dans cette citadelle, du moins à ma connaissance. Pourtant, il n'est pas rare que les anciennes forteresses en possèdent, concéda-t-il. Quand celle-ci a été restaurée, on a dû refaire le plan détaillé de chaque bâtiment. Inutile d'ajouter que le prince Oleg n'a pas attendu Sa Seigneurie Vladimir pour le lui transmettre, rappela-t-il avec un petit sourire entendu. Il a tout emporté en s'enfuyant.

— C'est exact, confirma le prince. Par ailleurs, dès que mon père m'a attribué ce fief, j'ai chargé mes architectes d'étudier et de décrire chacune de mes résidences secondaires. Je me rappelle fort bien le plan qu'ils m'ont remis ; il n'indiquait ni pièces ni couloirs secrets, hormis les passages souterrains qui relient le palais et le donjon à la ville. Mais la citadelle a perdu son importance militaire depuis si longtemps que j'ai ordonné de murer ces passages infestés de rats.

— Si tes architectes n'ont pas réussi à découvrir cette chambre secrète, cela ne prouve pas pour autant qu'elle n'existe pas, intervint Mitko. Certains serviteurs savent peut-être où elle se trouve. Je parle de ceux qui étaient employés du temps d'Oleg et qui sont passés au service de notre prince.

— Bien raisonné, approuva Artem. Serait-il possible de les interroger, Siméon ?

— Ah ! J'ai bien peur que... bégaya l'intendant. Depuis cette époque, tous les domestiques ont été remplacés excepté Trofim, l'ancien garde des clés, mais il est très âgé et perd la mémoire. Il ne sait plus très bien s'il sert Oleg ou Sa Seigneurie, et il lui arrive de s'égarer au sein même de la résidence. On lui confie certaines tâches faciles par pure charité, car le pauvre vieux n'a ni maison ni famille... En ce qui me concerne, je n'ai jamais entendu parler d'une telle chambre. Par contre, on raconte certaines histoires qui font penser à... hum... Ce ne sont peut-être que des ragots colportés par des ignorants, mais cela donne vraiment la chair de poule.

— De quoi s'agit-il ? demanda Vladimir, intrigué.

Il passa à Ludwar le chandelier massif qu'il avait tenu d'une seule main et, frictionnant son bras bandé, fixa Siméon d'un œil étincelant de curiosité.

Fidèle à lui-même, celui-ci marmonna encore quelques « euh... », « eh bien... » avant de commencer son récit.

Furieux, Artem pensa qu'on ne pouvait plus espérer secourir qui que ce soit à cause de cette discussion interminable. En outre, le droujinnik n'avait aucun moyen de découvrir l'emplacement de la chambre secrète. Mais il lui restait à déterminer si un crime avait été commis et par qui. Il s'efforça de maîtriser sa colère et continua de réfléchir à cette énigme, écoutant Siméon d'une oreille distraite.

— Sa Seigneurie a entendu les comédiens évoquer tantôt les aventures galantes de Dobrynia, ce débauché dont parlent les légendes. Partout où il passait résonnaient les plaintes et les gémissements des jeunes filles déshonorées, des épouses violentées... Eh bien, il se trouve que cet impie a vécu quelque temps dans la forteresse de Loub, d'ailleurs construite par son neveu, Vladimir le Soleil Rouge.

— Nous savons tous cela, intervint le gouverneur d'un ton sec. Quel rapport avec la scène que le boyard Artem a décrite ?

— Un jour, Dobrynia a enlevé trois jeunes filles et les a enfermées dans une pièce du deuxième étage. On l'appelait « la chambre rouge » à cause de la couleur des tentures fixées aux murs, et du rideau qui dissimulait le lit ; c'est là que ce vieux démon se livrait à ses orgies. Une des filles a profité d'un moment d'inattention de leurs geôliers et s'est tuée en se jetant par la fenêtre. Mais les deux autres se sont procuré un poignard, j'ignore comment, et ont tenté d'assassiner leur bourreau au moment où il s'apprêtait à consommer son crime. Dobrynia est entré dans une rage folle. Il a ordonné de condamner la porte et la fenêtre de la chambre rouge, et il a laissé les deux belles mourir de faim et de soif. Cela s'est passé il y a près de cent étés et, depuis, on dit que les fantômes des malheureuses hantent la forteresse de Loub. Il paraît que, certaines nuits, on peut les entendre murmurer et soupirer dans les couloirs du palais ; que, parfois, on voit une fenêtre s'ouvrir sur la cour ; on peut alors distinguer leurs ombres qui s'agitent dans la chambre rouge et vous font des signes...

— Ah! Ah! J'ai compris à présent! s'écria le collectionneur Fédote avant d'ajouter d'une voix sépulcrale : Si je l'avais su, je serais resté chez moi. On peut dire ce qu'on veut de mon épouse, mais elle n'est pas un esprit!

Dimitri hocha la tête avec gravité, tandis que Iakov haussait les épaules, mi-figue mi-raisin.

— Ce seraient donc des revenants que j'ai aperçus tout à l'heure? s'exclama Artem, un sourire sarcastique aux lèvres. Le spectre du vieux gredin, trépassé il y a près d'un siècle, et celui de sa victime? Allons donc!

Mais les autres auditeurs paraissaient impressionnés par le récit de Siméon. La plupart avaient l'air aussi troublé que Fédote et les deux artistes, qui s'étaient mis à discuter à voix basse en jetant des coups d'œil apeurés à la ronde. Ludwar, les yeux grands ouverts, semblait en proie à quelque sombre rêverie. Le gouverneur, lui, s'entretenait avec l'ambassadeur grec d'un air soucieux, alors que le droujinnik s'était attendu à le voir afficher une expression sceptique. Artem l'entendit murmurer :

— Certes, la discipline laisse à désirer, mais je doute qu'un étranger ait pu s'introduire dans la forteresse...

Quant à Vladimir, il se tourna vers le droujinnik, l'œil pétillant de malice.

— Es-tu certain, boyard, que ton imagination fertile ne t'a pas joué un tour? lui demanda-t-il.

— Voilà qui arrangerait tout le monde, gronda Artem. Mon imagination débridée expliquerait tout, à moins que ce ne soit ma vue défaillante... Mais ce sont surtout ces excellents vieux fantômes qui ont bon dos. Les occupants de la forteresse subissent leurs petites plaisanteries depuis un siècle, cela fait trois générations de témoins! Allez, dites-moi que j'ai tort de ne pas y croire ! Mon propre collaborateur est prêt à m'en convaincre.

De fait, il savait que, si le brave Varlet n'hésitait pas à affronter seul une horde de nomades, il tremblait comme une feuille à la moindre évocation de sorciers, revenants et autres créatures diaboliques décidées à perdre les bons orthodoxes. À la surprise d'Artem, le colosse blond lui jeta un regard de reproche et répliqua d'un air digne :

— Boyard, ton collaborateur est prêt à faire son travail, et il n'a qu'une chose à dire : tous les discours savants ne pourront sauver une femme en péril. Le scélérat voulait sans doute la violenter, il faut l'arracher à ses griffes !

— Mitko, mon fidèle ami, merci de ton soutien ! répliqua Artem, touché, et en même temps conscient de l'ironie amère de la situation. Hélas, il est un peu tard pour voler au secours de notre mystérieuse inconnue. Quelles qu'aient été les intentions de son bourreau, il a eu tout loisir de les réaliser. Mais si nous ne pouvons plus rien pour sa victime, je te promets que ce coquin n'échappera pas au châtiment qu'il mérite. Il ne perd rien pour attendre, lui !

Le Varlet acquiesça en silence. Les autres accueillirent cette déclaration avec des haussements d'épaules et des murmures surpris ou désapprobateurs.

— Pour l'heure, il ne nous reste qu'à nous séparer, poursuivit Artem en embrassant les convives du regard. Je suis désolé de vous avoir tous, ou presque tous, tirés du lit.

— Inutile de t'excuser, répliqua le prince avec bienveillance.

— Moi, je t'assure que j'aurais réagi de la même façon, déclara Dimitri d'une voix pâteuse. Et puis, tu ignorais si les autres étaient déjà couchés ou pas. Iakov et moi, par exemple, nous nous trouvions dans la bibliothèque.

— Seuls ? demanda Artem.

— Au début, oui, nous étions seuls. Mais le gouverneur nous a rejoints peu de temps après. Nous avons discuté avec lui et admiré à nouveau le psautier d'Illarion, ajouta-t-il, laissant échapper un hoquet sonore.

— Vous avez dû apprécier les commentaires savants qu'Alexei a autrefois écrits dans les marges, observa Vladimir. C'est mon père qui m'en a parlé ; il a eu l'occasion d'en prendre connaissance du temps où Alexei vivait à la cour de Kiev. Dans ces notes, tu évoques souvent Platon, ainsi que saint Jean Bouche d'Or, n'est-ce pas, boyard ?

Un sourire satisfait aux lèvres, le gouverneur s'apprêtait à répondre mais Iakov l'interrompit.

— Savantes ou pas, ce ne sont que des notes de la main du boyard Alexei, jeta-t-il. Alors, quel intérêt ? Dimitri et moi, nous regardions les enluminures peintes par ce moine grec.

D'indignation, le teint parcheminé du gouverneur vira au pourpre, mais Ludwar enchaîna à cet instant :

— À propos, il y a aussi des croquis très amusants dans les marges, et il semble bien qu'ils ont été faits par le même artiste ! Ils se réfèrent à l'époque où le manuscrit a été enluminé, celle où les ennemis des images religieuses ont enfin été chassés de Byzance. Je me rappelle un dessin qui représente je ne sais plus quel métropolite avec des oreilles d'âne, occupé à effacer des icônes avec de la chaux. Son nom était indiqué... Ah ! Je l'ai oublié. Iakov, t'en souviens-tu ?

Iakov resta silencieux. Il parut soudain absent, plongé dans ses pensées. L'ambassadeur grec répondit alors à sa place :

— Il s'agit de Jean VI le Grammairien, patriarche de Constantinople, remplacé par Méthode Ier en 843, lorsque les iconophiles triomphèrent de leurs adversaires. Mais dites-moi, ajouta-t-il en fixant tour à tour

Dimitri et Iakov, le gouverneur est-il arrivé *avant* que vous ayez entendu le boyard Artem appeler son assistant... ou en même temps, voire après ?

— Oh, bien avant, répondit Dimitri en étouffant un bâillement.

— Il nous tenait compagnie depuis un bon quart d'heure quand les cris du boyard nous ont alertés, précisa Iakov. En quoi est-ce important ?

— Demandez-le donc au droujinnik lui-même, fit le magistros avec un sourire en coin. Je ne fais que devancer ses questions. Je parie qu'il s'apprête à nous interroger sur ce que chacun faisait, à peu près au moment où lui-même a vu le coquin étreindre sa belle captive nue... Encore que cette démarche soit assez superflue ! Notre tenue vestimentaire témoigne avec éloquence de nos faits et gestes : chacun était déjà étendu entre les draps, ou sur le point de s'y glisser. En ce qui me concerne, j'étais occupé à réciter mes prières avant de me coucher. Que penses-tu de mes observations, boyard ? conclut-il d'un ton satisfait.

Avant de répondre, le droujinnik se pencha vers Mitko et lui murmura quelques mots à l'oreille. Alors que le Varlet s'éloignait le long du couloir vers l'escalier, Artem déclara :

— Noble Théodore, un homme de ta valeur ne recherche point les compliments ; je ne vais donc pas tourner autour du pot. Je te propose de te charger à ma place de l'enquête sur les mystères de la forteresse hantée.

Le Grec se mit à protester vigoureusement. Comme le droujinnik l'avait espéré, sa suggestion avait tempéré le zèle du magistros, qui risquait sinon de l'importuner avec ses conseils et ses réflexions. À cet instant, Fédote coupa la parole à l'ambassadeur :

— Pardonnez mon intervention, mais je dois poser au boyard une question qui ne saurait attendre, grondat-il d'un air renfrogné en se tournant vers Artem. Si j'ai bien compris, tu continues à prendre cette apparition pour un incident réel... Et tu sembles croire que l'un d'entre nous — pourquoi pas moi, honnête collectionneur de haute naissance — serait un criminel coupable de viol, ainsi que de meurtre pendant que nous y sommes !

— Fédote a raison, confirma Ludwar. En admettant que ce crime ait quelque réalité, quelle logique perverse te permet de nous suspecter, nous autres boyards et loyaux sujets du prince ? N'est-il pas évident que seul un étranger qui ignorait la présence de Sa Seigneurie dans ces murs a pu commettre un délit aussi grave et aussi audacieux ?

— Rassurez-vous, mes amis, intervint Vladimir, conciliant. Artem ne ferait rien qui puisse vous offenser. Cela dit, si je l'ai nommé à la tête de notre Tribunal, c'est qu'il est aussi rusé et méfiant qu'un vieux renard ! Il commence par soupçonner tout le monde, mais il n'a encore jamais accusé un innocent.

— Prince, je te remercie, mais il est juste que nos compagnons connaissent mon raisonnement, répliqua Artem. Quelque fugace qu'ait été ma vision, j'ai eu le temps de remarquer que l'homme portait une chapka, le couvre-chef habituel des boyards, des hauts fonctionnaires et des riches marchands ; un domestique d'ailleurs aurait été tête nue, et un garde, coiffé d'un casque. Il ne s'agit donc ni d'un serviteur ni d'un soldat de la garnison... et encore moins d'un étranger. On peut imaginer un vagabond ou un serf en fuite, un pauvre hère, se faufiler dans la forteresse dans l'espoir de dérober un quignon de pain aux cuisines ou de trouver une place pour dormir dans les écuries. Mais un personnage vêtu et coiffé comme un boyard n'a aucune raison de pénétrer ici en cachette, sans s'annoncer ! S'il veut éviter d'attirer l'attention sur lui, il lui suffit de se mêler à quelques visiteurs de son rang... tels que nous.

Le droujinnik croisa le regard incrédule du boyard Alexei et ajouta :

— Comme chacun de vous, le gouverneur répugne à l'idée que cette demeure puisse abriter un criminel. Je l'ai entendu parler, par hasard, il y a quelques minutes... Eh bien, lui aussi doutait qu'un étranger se soit introduit entre ces murs !

À court de répliques, Alexei haussa les épaules et se garda bien de protester. À cet instant, Mitko réapparut au bout du couloir. Il rejoignit Artem et, ayant repris son souffle, lui chuchota quelque chose à l'oreille.

— Voilà qui confirme mes suppositions, déclara le droujinnik en promenant son regard sur l'assistance. Vous n'ignorez pas que les comédiens ambulants logent cette nuit au sein de la résidence. J'ai donc voulu écarter toute possibilité d'explication liée à leur présence. Par exemple, j'aurais pu être abusé par un jeu de scène, une répétition, que sais-je...

Il fit signe au Varlet de continuer, et celui-ci enchaîna :

— À la demande du boyard, je viens de les interroger. Il faut préciser que les femmes occupent une pièce séparée, mais les hommes partagent celle où dorment deux garçons d'écurie. Selon ces derniers, les acteurs ont mangé avec eux aux cuisines ; ensuite, les femmes sont parties faire leur toilette, mais les hommes ont tous trois rejoint leur chambre, et les jeunes palefreniers jurent qu'aucun d'entre eux n'en a plus bougé.

— Ainsi, conclut Artem, aussi incroyable que cela puisse paraître, le coquin que j'ai vu malmener une femme nue se trouve parmi les honorables membres de l'assemblée ici présente.

Un silence hostile accueillit ces propos. Vladimir lui-même fronça les sourcils d'un air contrarié. Le droujinnik feignit de ne pas s'en apercevoir. Il prit congé du prince, de ses convives et du Varlet, descendit au premier étage et gagna ses appartements.

Comme tous les hôtes de marque, Artem occupait trois pièces assez spacieuses, aux murs ornés de belles tapisseries byzantines et au mobilier massif de chêne qui datait de l'époque de la construction de la forteresse. Il se déshabilla et se hâta de se glisser entre les draps. Le grand lit à dais était confortable, et le brasero chauffait agréablement l'air...

Pourtant, le droujinnik dormit fort mal. Il rêva de la bibliothèque ; sans qu'il sache pourquoi, cette pièce aux murs tapissés de livres lui inspirait un sentiment d'anxiété diffus mais persistant. Dans son rêve, il savait qu'il devait au plus vite examiner le psautier d'Illarion, que sa vie et celle des autres en dépendait. Il se vit s'approcher du pupitre chargé du manuscrit mais, à cet instant, un épais brouillard envahit la pièce, dissimulant le psautier à son regard. Lorsqu'il entreprit de le chercher à tâtons, ses mains ne rencontrèrent que le vide...

Artem s'éveilla en sursaut. Il chassa de son esprit l'image de la bibliothèque mais ne parvint pas à se débarrasser de l'étrange malaise né de son rêve. Longtemps, il resta étendu dans son lit, les yeux grands ouverts sur l'obscurité, avant de sombrer enfin dans un lourd sommeil agité.

Au même moment, dans la bibliothèque, un homme accoudé sur le lutrin chargé du psautier contemplait un corps immobile affalé sur le sol. Une mare de sang s'élargissait autour du crâne fracassé du cadavre. Le meurtrier songea qu'il faudrait sans trop tarder laver le plancher et nettoyer l'objet qui lui avait servi d'arme. Il réprima un soupir d'agacement. Il aurait choisi un moyen plus propre de régler cette affaire, mais les circonstances l'avaient contraint à improviser. Tout s'était passé tellement vite! Au fond, il n'était pas mécontent de lui; il avait eu le bon réflexe au bon moment.

Il était certain que le parquet vernissé ne garderait aucune trace suspecte; encore fallait-il qu'il se procure un chiffon et apporte de l'eau. Il se rappela alors la salle des ablutions au bout du couloir, les piles de serviettes de lin et les bassines remplies d'eau que les serviteurs avaient préparées pour le lendemain matin. Décidément, la chance lui souriait! Son entreprise s'annonçait moins laborieuse qu'il ne l'avait craint. Il entrouvrit la porte et passa la tête par l'interstice — précaution sûrement inutile à cette heure de la nuit — avant de longer le couloir désert.

Deux heures plus tard, le sol était lavé et astiqué, l'eau rougie par le sang jetée par la fenêtre dans les massifs de fleurs, la bassine rapportée dans la salle des ablutions. Le chiffon mouillé se consumait lentement au fond du poêle, dans sa chambre. Plus tard, il brûlerait de la même façon la serviette dont il avait enveloppé la tête ensanglantée de sa victime.

Debout devant le cadavre, l'assassin le fixa quelques instants d'un air songeur, se demandant ce qu'il allait en faire. Enfin, il esquissa un petit sourire satisfait. Il venait d'avoir une excellente idée.

CHAPITRE III

Tout au long de la nuit, Artem fut hanté par d'horribles cauchemars. Il se voyait égaré dans un dédale inextricable de galeries et de souterrains plongés dans la pénombre. En proie à un malaise persistant, il errait, avançant au hasard, avant d'arriver enfin au cœur du labyrinthe. C'était une vaste pièce octogonale entièrement vide à l'exception d'un grand miroir en argent poli qui se dressait au centre. Dans son rêve, Artem sentait une frayeur indicible le saisir tandis qu'il s'approchait de la glace pour s'y mirer : ce n'était pas son reflet qu'il apercevait, mais celui d'un horrible monstre. Pour retrouver son reflet, il devait passer de l'autre côté du miroir...

Il s'éveilla pour la dixième fois, haletant, inondé de sueur, le cœur battant à se rompre. Épuisé, il resta allongé entre les draps, les yeux rivés au baldaquin de son lit.

Le soleil s'était déjà levé quand il parvint à sombrer dans un lourd sommeil sans rêves.

Il dormait depuis deux ou trois heures quand il perçut une voix féminine qui poussait des cris perçants. Elle résonnait toujours plus fort, toujours plus près...

Artem finit par se réveiller et il entendit des vociférations bien réelles, qui semblaient provenir de l'aile gauche du rez-de-chaussée. L'épaisseur des murs étouffait la voix, mais Artem était maintenant presque certain qu'elle appartenait à un jeune garçon plutôt qu'à une femme.

Le droujinnik demeura quelques instants immobile, engourdi de fatigue. Puis il sauta du lit, s'habilla à la hâte, resserra son ceinturon auquel pendait son poignard et se précipita dans le couloir. Celui-ci était désert; les autres convives se trouvaient sans doute dans la salle des banquets, occupés à déguster un de ces repas fastueux qu'on servait trois fois par jour dans toutes les résidences princières. Artem s'élança vers l'escalier.

Descendu au rez-de-chaussée, il s'arrêta, indécis, car les cris semblaient à présent moins distincts. Pendant qu'il hésitait, Mitko surgit à ses côtés, secouant la tête d'un air interdit. Au même instant, le gouverneur dévala les marches et les rejoignit, la main sur la poitrine pour réprimer une quinte de toux. La mine renfrognée, il adressa une brève salutation aux deux hommes puis marmonna dans sa barbe :

— Je parie que c'est encore ce nigaud de Glinko! Ce jeune serviteur a été engagé il y a quelques lunes. Il n'est pas très futé, et peureux comme une femmelette avec ça! Il doit être dans l'escalier de service. Je me demande quel esprit malveillant il a encore rencontré!

Alexei entraîna Artem et Mitko au fond du couloir, où un étroit escalier montait vers les étages supérieurs. Poussant un soupir d'agacement, le gouverneur poursuivit :

— Ah, boyard! Hier, tu raillais Siméon et ses histoires de fantômes. Mais que diras-tu aujourd'hui en entendant ce benêt raconter qu'une belle créature diaphane, toute de blanc vêtue, a failli l'étouffer de caresses et l'entraîner en enfer? Car la plupart des domestiques sont persuadés que la forteresse est hantée ; ils passent leur temps à débiter des histoires à dormir debout, jurant leurs grands dieux qu'ils disent la vérité !

Suivi par Artem et Mitko, le gouverneur gravit une volée de marches en maugréant dans sa barbe. Il venait d'atteindre le minuscule palier aménagé entre le rez-de-chaussée et le premier étage, lorsque, soudain, il se tut.

Par-dessus l'épaule du gouverneur, Artem aperçut l'intendant Siméon. Celui-ci se tourna vers eux et les salua en silence, le visage livide et décomposé. Près de lui se tenait un adolescent grassouillet chargé d'un sac. Il tremblait de tous ses membres et jetait des coups d'œil terrifiés vers le coffre aux coins ferrés qui occupait presque toute la surface du palier exigu. Le gouverneur regarda dans la même direction et laissa échapper un petit cri. Artem avança à sa suite...

Il découvrit à son tour l'horrible spectacle.

Un homme gisait recroquevillé en bas des marches menant au premier étage. Manifestement, il s'était heurté le crâne à l'un des coins ferrés du coffre. Celui-ci était maculé de sang séché ; d'autres taches rouge sombre couvraient le sol près de la tête du cadavre. Artem ne voyait pas le visage du mort, mais il avait reconnu ses longues boucles blondes et sa veste matelassée. C'était Iakov.

Le droujinnik repoussa sans trop de ménagement Alexei, Siméon et le jeune serviteur, qui durent aller se réfugier sur les marches pour libérer le palier.

— Regarde bien la position du corps, murmura-t-il à l'adresse de Mitko qui s'était approché de lui.

Artem s'accroupit auprès du mort et le retourna, scrutant ses traits crispés et ses yeux vitreux. Il ressentit une bouffée de compassion en pensant à la jeunesse de l'enlumineur, à son talent et à toutes les belles œuvres qu'il ne créerait jamais. Étouffant un soupir, il entreprit d'examiner avec minutie la blessure fatale à la tempe, ainsi que les ecchymoses qui marbraient le visage et les bras de Iakov. La rigidité du corps indiquait que le décès remontait à plusieurs heures, sans doute au tout début de la nuit. L'artiste avait dû trébucher et dégringoler l'escalier, avant de se cogner la tête au coin du coffre.

Le droujinnik se releva, songeur, lissant sa longue moustache blonde.

— Où mène cet escalier ? s'enquit-il en dévisageant tour à tour l'intendant et le gouverneur.

— D'ordinaire, ce sont les domestiques qui l'empruntent, et je ne comprends pas... commença Siméon.

Il laissa sa phrase en suspens et se gratta la nuque d'un air désemparé. Tirant sur le devant de son caftan ocre, il précisa enfin :

— Cet escalier de service donne dans la bibliothèque au premier étage, dans la salle de réception au second, puis il monte jusqu'aux combles.

Le gouverneur lui lança un coup d'œil exaspéré.

— Inutile d'évoquer autant de détails ! Il est évident que le malheureux se trouvait dans la bibliothèque avant de faire sa chute fatale.

— C'est fort probable, acquiesça le droujinnik avant de s'adresser à l'adolescent potelé : Je sais que tu es encore bouleversé, mon garçon. Crois-tu pouvoir raconter comment tu as découvert le corps ?

— Ça va mieux, boyard, maintenant que je ne suis plus seul, répondit le jeune serviteur d'un ton mal assuré. Sur le coup, je n'ai pas pu m'empêcher de crier...

Il inspira profondément, montra le sac qu'il avait posé sur la marche près de lui et expliqua :

— Je voulais mettre quelques bûches dans l'âtre de la grande salle ; je le fais chaque fois qu'il y a du monde au palais. Alors, je me suis mis à monter l'escalier, comme d'habitude. J'arrive sur ce palier... et le voilà, effondré à côté du coffre ! Je me suis penché pour lui effleurer l'épaule, et j'ai tout de suite compris qu'il était raide mort !

Artem approuva d'un signe de tête. Il posa encore quelques questions au jeune domestique puis à l'intendant pour s'assurer qu'ils n'avaient rien déplacé.

— Ce coffre, que contient-il ? demanda-t-il à Alexeï.

— Des documents peu importants qu'on y a rangés il y a trois étés, quand j'ai été nommé gouverneur. La bibliothèque que tu as vue, boyard, est occupée par ma collection de manuscrits personnelle. Celle de la forteresse était pauvre, pour ne pas dire inexistante. Elle ne contenait que des récits presque identiques du règne d'Oleg, glorifiant ce prince et sa famille. J'ai rassemblé la plupart de ces chroniques dans la salle des archives, et quelques-unes ici, dans ce coffre.

— Sans Iakov, ce coffre serait encore dans la bibliothèque, remarqua Siméon, fixant son étrange regard sur Artem.

— Comment cela ? s'étonna celui-ci.

— Je l'ai fait déplacer hier après-midi. Les premiers des honorables hôtes venaient alors d'arriver, et nous nous trouvions tous dans la bibliothèque, en train d'admirer le manuscrit à miniatures. Il est vrai que cette pièce n'est guère spacieuse, nous étions un peu à l'étroit... et voilà Iakov qui s'exclame : « Peut-on apprécier une œuvre d'art quand on est serrés comme des harengs ? »

Artem tourna les yeux vers le gouverneur. Ce dernier toussota d'un air gêné, et le droujinnik ne put s'empêcher de sourire.

— Une pierre dans ton jardin, boyard ! commenta-t-il. Tu n'aurais pas dû inviter autant de monde.

— Sans doute, fit Alexei, tiraillant avec nervosité sa barbe poivre et sel. Cependant, fidèle à lui-même, Iakov n'a épargné personne ! Il a déclaré : « Ceux qui ne connaissent rien à la peinture n'auraient pas dû venir » et il a lancé un coup d'œil significatif vers Fédote et Ludwar. Ce dernier n'a pas bronché, mais le collectionneur est devenu cramoisi !

— C'est alors que j'ai ordonné qu'on descende ce coffre ici, sur le palier, conclut Siméon.

— Si j'ai bien compris, Iakov n'avait aucune raison de s'intéresser à son contenu, avança Artem.

— Que je sache, aucune, confirma Alexei. Pour s'en assurer, il suffit de demander la clé à Siméon, ajouta-t-il en désignant le cadenas massif.

— Parfait, le Varlet s'en chargera un peu plus tard, décida Artem en se tournant vers l'intendant. Pour l'heure, occupe-toi du corps de ce malheureux. Qu'on le transporte à la chapelle.

Sur ces mots, il gravit la volée de marches qui conduisait à la bibliothèque. La porte était entrouverte. Artem pénétra dans la pièce, l'embrassa du regard, puis se retourna vers le seuil et scruta à nouveau les hautes marches escarpées. Il tenta d'imaginer ce qui s'était passé : Iakov entend un bruit, ou bien une voix provenant de l'escalier de service ; il s'y précipite, fait un faux pas et dégringole... Sa chute n'aurait sans doute pas été mortelle sans ce gros coffre disposé sur le palier juste au-dessous. Qu'est-ce qui avait bien pu attirer son attention ?

À cet instant, Alexei et Mitko entrèrent à leur tour dans la bibliothèque. Les pensées du gouverneur avaient dû suivre à peu près le même cours que celles d'Artem car il marmonna dans sa barbe :

— Je me demande ce qui a pu inciter Iakov à emprunter cet escalier...

— Moi, c'est une question bien plus grave que je

me pose, déclara le Varlet en lançant un clin d'œil éloquent à Artem.

Intrigué, celui-ci le fixa d'un air interrogateur, et Mitko poursuivit avec emphase :

— Cette question, c'est *qui* ? Qui haïssait Iakov au point de le pousser dans l'escalier ?

Le droujinnik n'eut pas le temps de répliquer : la porte donnant sur le couloir s'ouvrit à toute volée et Vladimir pénétra dans la pièce d'un pas furieux, des jurons sonores à la bouche. Derrière lui, les autres convives firent une entrée plus discrète.

— Par les cornes et les sabots de Belzébuth ! C'est donc un meurtre ! rugit le prince. J'ai fort bien entendu : on a poussé Iakov dans l'escalier ! Au sein d'une résidence seigneuriale, au nez et à la barbe du souverain, on a osé attenter à la vie de son protégé ! Boyard, qui est ce coquin à l'audace inouïe ?

Artem joignit les mains dans un geste de supplication.

— De grâce, prince ! Permets-moi d'apporter quelques précisions. Ce n'est pas moi mais mon assistant Mitko qui a dit ces mots, et il n'a fait qu'émettre une hypothèse. En ce qui me concerne, je me fais une idée différente de la mort de l'enlumineur. Je crois qu'il s'agit d'un accident.

Il exposa ses observations puis conclut :

— Quelque chose a attiré l'attention de Iakov, l'obligeant à sortir dans l'escalier de service : un rat, un volet qui claquait, ou encore une voix ou un bruit de pas, peu importe. Veux-tu savoir, prince, pourquoi je ne pense pas à un crime ? Aucun meurtrier n'aurait pris le risque d'agir de cette façon : la volée de marches n'est pas assez escarpée pour qu'une simple chute soit mortelle, et Iakov avait toutes les chances de s'en tirer avec quelques égratignures. Il était absolument impossible de prévoir que le malheureux irait se cogner le crâne sur un des coins du coffre !

Les sourcils froncés, Vladimir réfléchit quelques instants pendant que les convives s'entretenaient à mi-voix. Il s'approcha enfin d'Artem et, prenant un air de conspirateur, l'entraîna au fond de la pièce.

— Boyard, et si la mort de Iakov était liée à l'étrange scène que tu as vue hier? murmura-t-il. Si l'enlumineur avait découvert quelque chose?

Artem se retint de sourire. Lissant sa longue moustache, il répliqua doucement :

— Prince, Mitko et toi, vous péchez l'un et l'autre par le même défaut — n'ordonne pas de me châtier, mais ordonne de me pardonner! Il consiste à avancer des hypothèses sans que le moindre indice vienne les étayer. Rien ne permet de supposer que l'enlumineur a été assassiné, ni d'ailleurs qu'il a appris quelque chose sur le coquin que, hier soir seulement, tout le monde préférait prendre pour un esprit.

Le visage assombri, il promena un regard aigu sur les invités qui discutaient avec animation entre eux. Comme Vladimir le dévisageait d'un air interrogateur, il reprit :

— Néanmoins, tu peux compter sur Mitko et moi, prince. Je mènerai jusqu'au bout l'enquête sur ce fantôme trop vivant à mon goût. Par ailleurs, j'examinerai à nouveau le lieu de l'accident et le corps de Iakov, pour que nous n'ayons plus le moindre doute sur les causes du décès.

— Soit, approuva Vladimir. Je suis convaincu que tu réussiras à éclaircir ces mystères! Maintenant, je te propose de nous accompagner dans la salle des banquets. Nous venions de commencer un repas aussi copieux que le souper d'hier soir quand Siméon nous a annoncé la triste nouvelle... Je parie que toi non plus, tu n'as encore rien avalé!

Artem hésita un instant avant de refuser courtoisement. Il repensait à la mort de Iakov. Un infime détail lui était soudain revenu, semant le doute dans son esprit. Il disposait d'une occasion idéale d'en avoir le cœur net pendant que les autres se restaureraient. Certes, il n'était pas obligé d'en informer Vladimir... à moins que ce détail troublant ne vienne confirmer les pires craintes d'Artem lui-même !

Cependant, cérémonieux à souhait, le prince invita l'ambassadeur grec à retourner dans la salle des banquets. Comme ils quittaient la bibliothèque, les autres convives les suivirent à la file. Artem fit signe à Mitko d'aller l'attendre dans le couloir, puis il s'empressa de rattraper le gouverneur et le retint par le bras.

— La mort de Iakov nous a tous bouleversés, et je n'ai pas pensé à te poser cette question plus tôt : où est le merveilleux psautier d'Illarion ? demanda-t-il en désignant le lutrin vide où le manuscrit enluminé avait été exposé la veille au soir.

— Ah ! j'espère bien qu'il est à sa place ! s'exclama Alexei en portant sa longue main osseuse à ses lèvres.

Il lança un regard inquiet vers les rayonnages situés sous le plafond puis déclara d'un air rassuré :

— Le voilà ! On peut le reconnaître à sa reliure en cuir et argent, en haut de cette étagère. Le vois-tu, boyard ?

— Tu l'as donc rangé ! constata Artem en apercevant la reliure ornée de motifs en argent ciselé.

À sa surprise, Alexei secoua la tête.

— J'ai prié Iakov de s'en charger, rectifia-t-il avant d'ajouter, le visage rembruni : Il s'agit sans doute de la dernière chose que le malheureux artiste ait faite avant de rendre son âme à Dieu.

— Comment cela ?

— Hier soir, Dimitri, Iakov et moi avons fini par retourner dans la bibliothèque après... euh, notre réunion nocturne consacrée à tes visions, boyard, dit le gouverneur d'un ton un peu sarcastique. Iakov s'apprêtait à veiller plus tard que son confrère et moi. Or, quand il s'agit de ma bibliothèque, je suis un maniaque de l'ordre, je l'avoue! J'aime que les manuscrits soient méticuleusement rangés... en dehors des moments où ils sont compulsés, bien sûr. J'ai donc laissé l'échelle près de l'étagère et prié Iakov de remettre le psautier d'Illarion à sa place, quitte à le ressortir ce matin.

— En réalité, c'est moi qui l'ai fait, intervint soudain une voix.

Artem se retourna pour découvrir Ludwar. Il avait dû entendre le début de leur conversation avant de les rejoindre.

— Je tenais à te le préciser, expliqua-t-il à l'adresse d'Alexei, tandis que son regard glacial s'adoucissait un peu. Je suis mieux placé que quiconque pour comprendre ton souci de l'ordre! Quand on possède une belle collection de manuscrits, on doit toujours savoir où se trouve chaque ouvrage et qui le consulte.

Comme le gouverneur approuvait avec conviction, Ludwar poursuivit :

— Je n'arrivais pas à m'endormir, et j'ai fini par me lever et gagner la bibliothèque. J'espérais admirer à nouveau les enluminures d'Illarion, sinon feuilleter un autre codex. Dimitri venait sans doute de partir; quant à Iakov, il était encore occupé à examiner le psautier. Nous avons échangé quelques mots en regardant les miniatures. Mais Iakov avait l'air de s'ennuyer. Très vite, il m'a laissé seul, sans oublier de me transmettre la demande du boyard Alexei. Un quart d'heure plus tard, j'ai donc rangé le précieux ouvrage avant de regagner ma chambre.

— Curieux... murmura le gouverneur. Pourquoi Iakov est-il retourné dans la bibliothèque — apparemment, juste avant sa chute fatale?

— C'est ce que je me suis demandé lorsque j'ai appris l'accident, acquiesça Ludwar. Il n'a pas ressorti le psautier d'Illarion... ni même déplacé l'échelle, qui est restée là où je l'avais posée. Mais la raison qui l'a amené à revenir pourrait être liée à celle qui l'a attiré vers l'escalier de service! Qu'en dis-tu, boyard?

— Rien, tant que j'ignore si cette question a la moindre importance, répliqua le droujinnik d'un ton bourru. En d'autres termes, tant que j'ignore si un crime a été commis ou pas.

— En tout cas, Iakov semblait d'une humeur massacrante, remarqua Ludwar en pinçant les lèvres. C'est à peine s'il a daigné desserrer les dents quand je lui ai adressé la parole. J'ai eu l'impression que ma présence lui était insupportable; si bien que je me suis senti soulagé quand il m'a quitté en toute hâte... Mais l'enlumineur, paix à son âme, était arrogant et coléreux en diable, il aurait su trouver des poux sur la tête d'un chauve!

Alexei acquiesça avec fougue. Ludwar et lui se dirigèrent vers la porte en discutant. Comme ils continuaient d'évoquer Iakov, Artem constata que ni l'un ni l'autre n'avait oublié les flèches que le jeune artiste leur avait décochées la veille.

Dans le couloir, Mitko rejoignit le droujinnik. Ils suivirent Ludwar et Alexei jusqu'à l'escalier où Artem s'esquiva discrètement, entraînant le Varlet vers le rez-de-chaussée. Lorsqu'ils furent sortis du palais, Mitko laissa éclater son mécontentement.

— Moi qui espérais ripailler avec les autres! maugréa-t-il. J'ai l'estomac dans les talons! N'as-tu donc pas faim, boyard?

— Le travail d'abord, le plaisir de la bonne chère ensuite, rappela Artem. Toi qui aimes les dictons...

— Le repu n'entend point l'affamé, déclama le colosse blond d'un air résigné. D'ailleurs, les moments de plaisir sont bien rares dans cette forteresse de malheur! C'est un miracle que la cuisine soit honnête.

Le droujinnik arbora un air sévère qui fit taire le Varlet. Mais alors qu'ils traversaient la cour, Artem songea que Mitko avait raison : il émanait de la citadelle une étrange impression de tristesse et de désolation, comme si on contemplait quelque sinistre ruine oubliée de Dieu et des hommes, et non pas une résidence seigneuriale où l'on venait festoyer et s'amuser.

Cependant, ils gagnèrent la chapelle, petit édifice gracieux aux décorations en bois ciselé construit sur l'ordre de Vladimir. Dissimulé par un drap blanc, le corps de Iakov reposait sur une table à tréteaux à droite de l'autel. Artem le découvrit et scruta une nouvelle fois ses traits figés. Puis il examina avec minutie la plaie qui marquait la tempe du cadavre. Au bout de quelques instants, il laissa échapper un juron.

— Comment décrirais-tu cette blessure ? demanda-t-il à Mitko.

— Elle est drôlement profonde, fit le Varlet. On dirait un sillon !

— C'est bien ce qui m'a fait tiquer tout à l'heure, gronda le droujinnik. Profonde, large et nette — trop nette pour avoir été provoquée par le coin d'un coffre... Courage, mon ami ! Nous déjeunerons plus tard aux cuisines, mais, à présent, nous devons revenir sur le lieu du crime.

Mitko fut tellement stupéfait qu'il en oublia sa déception.

— Il s'agit donc d'un crime ! Tu as fini par te ranger à mon avis, boyard ! constata-t-il avec satisfaction.

— Et je compte sur toi pour en prouver le bien-fondé, enchaîna Artem.

— Comment ?

— En trouvant l'arme qui a servi à assassiner Iakov.

De retour au palais, ils entreprirent d'inspecter le coffre aux coins ferrés et l'exigu palier où il trônait. Le meuble et le sol avaient déjà été lavés, mais le bois humide gardait encore quelques traces sombres.

— C'est bien pour donner le change que le meurtrier a maculé le coffre et le plancher du sang de la victime, commenta Artem. Maintenant, regarde bien ce coin ferré. Tu vois, le fer est un peu rouillé et se détache du bois de ce côté. La peau, en particulier les lèvres de la plaie, en aurait certainement été marquée... Jusqu'à présent, c'est le seul indice qui permet de conclure à un meurtre. À propos, est-ce que la position du corps t'a paru anormale ?

— Je n'ai rien remarqué de suspect, reconnut le Varlet. Si j'ai pensé à un crime, c'est à cause du mobile. Iakov ne s'est fait que des ennemis parmi les convives, chacun avait une raison pour le haïr !

— Il ne s'agit pas là du mobile, mais de circonstances utilisées par l'assassin, l'interrompit Artem. Maintenant, viens ! Si on veut comprendre ce qui est arrivé à Iakov, il faut passer au peigne fin le véritable lieu du crime : la bibliothèque !

Il entraîna Mitko en haut des marches, et ils pénétrèrent à nouveau dans la pièce qu'ils avaient quittée moins d'une demi-heure auparavant.

Artem n'était pas lui-même collectionneur de manuscrits, mais il éprouvait un vif plaisir en visitant les bibliothèques personnelles de certains boyards et marchands érudits. Celle d'Alexei lui rappelait par sa richesse le magnifique Dépôt des Livres de Vladimir. Le droujinnik s'efforça de ne pas se laisser distraire par la beauté des rayonnages chargés de parchemins reliés et de rouleaux d'écorce de bouleau ; par cette odeur si particulière, un peu âpre, évoquant à la fois le cuir, le bois et l'encre fraîche, à laquelle se mêlait la senteur des herbes de la steppe qui protégeaient les ouvrages des vers et des larves.

— Y a pas à dire, notre homme a une intelligence

diabolique! déclara Mitko, tirant Artem de ses pensées. S'il ne reste aucune trace de son acte, c'est qu'il a tout prévu dans les moindres détails!

— Qu'il ait prémédité son crime ou pas, il a été forcé de le commettre ici, dans la bibliothèque, fit valoir Artem d'un ton posé. Or Iakov a eu la tempe fracassée par une arme contondante...

— Telle une masse, ou, plutôt, un marteau, enchaîna le Varlet.

S'accordant un instant de réflexion, Artem promena son regard autour de lui.

— Je doute que l'assassin ait apporté son arme avec lui, déclara-t-il enfin. Il s'est peut-être servi d'un manuscrit à lourde reliure métallique...

— Ou encore, il a pu brutalement pousser Iakov, pour qu'il se cogne la tête sur le coin d'un lutrin ou d'une étagère, avança Mitko.

— Impossible, trancha le droujinnik. Pas plus que le coin ferré d'un coffre, aucun de ces meubles n'aurait laissé une marque aussi nette et profonde à la fois. D'ailleurs, l'objection est la même dans le cas d'une reliure de métal. Rappelle-toi la forme de la blessure! Il s'agit d'un objet lourd et lisse aux rebords nets, que l'assassin avait à portée de main...

Tout en parlant, le droujinnik fit le tour de la pièce, Mitko sur ses talons.

— ... Comme ceci, dit Artem en soulevant un pique-feu en cuivre.

— Regarde-moi ça, boyard! intervint le Varlet.

Le droujinnik se retourna vers Mitko, qui avait empoigné un grand chandelier en argent massif et l'étudiait avec soin.

— Ce candélabre a le pied un peu terni, observa le géant blond. On dirait qu'il a été nettoyé à la hâte! Il y a un bougeoir sur chaque lutrin, mais tous les autres brillent comme un sou neuf.

Il remit le chandelier à Artem. Après l'avoir comparé à ceux qui étaient posés sur les pupitres, le droujinnik acquiesça.

— Celui-ci a dû être astiqué et poli comme les autres, avant que quelqu'un s'en serve pour occire Iakov. Je vais l'emporter dans mes appartements, décida-t-il. Il vaut mieux que nous poursuivions notre discussion chez moi. Rien ne nous empêche d'ailleurs de le faire en mangeant !

Le visage lunaire de Mitko s'éclaira d'un large sourire. Artem tira de sa poche son mouchoir, un grand carré de soie bleue, et se mit à envelopper leur trouvaille tout en parlant :

— Va aux cuisines, choisis ce que tu veux et fais apporter le tout dans mes appartements. Nous avons mérité un repas aussi fastueux que celui que viennent de déguster nos honorables compagnons !

Mitko quitta la bibliothèque d'un pas allègre. La faim lui donnait des ailes, mais il se retint de courir par crainte de se donner en spectacle à ces rustres de domestiques. Comme il gagnait l'escalier sans croiser personne, il pressa le pas, dévala les marches et s'élança à travers le vestibule vers la sortie.

C'est alors qu'il faillit renverser un petit homme bedonnant, surgi comme par enchantement dans l'entrée déserte. Sa haute chapka vola sur le sol, découvrant le visage joufflu et les cheveux clairsemés, coupés au bol, du collectionneur Fédote. Lâchant un juron, Mitko le soutint par le bras, l'empêchant de s'étaler de tout son long.

— Par le Christ, on dirait que tu as le feu aux trousses, Varlet ! grommela Fédote tandis qu'il se dégageait et ramassait son superbe couvre-chef.

— J'ai une mission à accomplir, rétorqua celui-ci d'un air important. Je dois porter un message urgent et secret, je n'en dirai pas plus... Mais je vous croyais tous encore en train de ripailler !

— Nous avons quitté la table en même temps que le prince, il y a un quart d'heure, expliqua Fédote avant d'ajouter à mi-voix, d'un ton de confidence : Écoute, mon ami, je cherche la chambre des comédiennes. Tu as dit hier soir qu'elles occupaient la même pièce... mais laquelle ? Pourrais-tu me l'indiquer ?

— Pourquoi ? fit Mitko avec méfiance. Si tu espères gagner leurs bonnes grâces, tu peux toujours courir ! Crois-moi, elles t'enverront sur les roses. Et puis, leur troupe est déjà partie à l'heure qu'il est !

— Non, les acteurs sont encore là, insista le collectionneur. Il faut que je parle à l'une des deux femmes ; le reste ne te regarde pas.

— Que si ! Tant qu'elles n'auront pas quitté cette sinistre forteresse, elles seront sous sa protection, déclara Mitko d'un air menaçant, tandis qu'il gonflait ses biceps et remontait les manches de sa cotte.

— À ta guise, Varlet, se hâta d'acquiescer son interlocuteur. Ne t'inquiète donc pas ! Je voulais juste les engager pour une représentation, la prochaine fois que leur troupe passera par la capitale.

Mitko le considéra d'un œil suspicieux. Fédote mentait comme un arracheur de dents ! Pour s'en apercevoir, il suffisait de regarder sa trogne lubrique, enluminée par le vin. Ce vieux coureur s'imaginait déjà dans les bras d'une des actrices, et il en jouissait d'avance. Eh bien, il allait d'abord faire un peu de marche à pied ! décida le Varlet. Cela calmerait son ardeur et lui donnerait une petite leçon.

Il esquissa un vague geste de la main vers l'aile droite du palais.

— Leur chambre est par là, au fond du couloir, lâcha-t-il.

Prenant un air affairé, Mitko sortit du palais et se dirigea vers les cuisines. Un sourire satisfait jouait sur ses lèvres. Oh, il était bien placé pour savoir où se trouvait la chambre des deux comédiennes, et c'est exprès qu'il avait envoyé Fédote dans une fausse direction ! Il espérait bien que ce vieux trousseur de jupons resterait à tourner en rond pendant un bon bout de temps !

Et c'est ce qui arriva. Après avoir inspecté les deux ailes du rez-de-chaussée et frappé à une vingtaine de portes sans obtenir de réponse, Fédote manqua de s'égarer dans le dédale des couloirs interminables qui n'étaient habités que par les rats. Il se retrouva enfin dans le vestibule, son point de départ, Gros-Jean comme devant.

S'adossant au mur, il poussa un soupir exaspéré. Il se sentait à bout de forces et d'une humeur massacrante. Le maudit Varlet s'était moqué de lui ! Lui-même avait sans doute passé la nuit avec une des poulettes, mais voilà : cet ingrat ne voulait pas qu'elles accordent leurs faveurs à un autre que lui ! Pourtant, Fédote saurait récompenser l'élue de son cœur, la jeune blonde. Elle avait cet air chaste et pur qui excitait particulièrement le collectionneur.

Le grincement d'une porte le tira de ses pensées...

... Et soudain, il aperçut l'objet de sa passion.

Lina, la comédienne blonde, surgit de l'autre côté du vestibule. À l'évidence, sa chambre était située juste au début du couloir de l'aile gauche ; Fédote pouvait voir la porte qu'elle avait laissée ouverte.

La jeune femme lança un coup d'œil à la ronde sans remarquer le collectionneur. Haussant les épaules, elle retourna dans sa chambre et referma le battant sur elle.

Fédote se précipita à sa suite. Il avait perdu trop de temps, il allait passer à l'attaque ! songea-t-il, tandis qu'il frappait à sa porte, tremblant d'impatience et de désir.

Dès que Lina lui eut ouvert, il se faufila dans la pièce et se tourna vers elle, tout haletant. L'espace d'un instant, l'actrice le dévisagea en silence, les yeux écarquillés. Elle était seule et portait une robe d'intérieur qui laissait ses épaules dénudées. Fédote eut un accès de vertige.

— Boyard, que se passe-t-il? Qu'est-ce que tu veux? s'écria la jeune femme, revenant de sa stupeur.

Elle saisit le grand châle à fleurs qui était suspendu au dossier d'une chaise et s'en enveloppa à la hâte.

— Que c'est dommage! Pourquoi cacher tant de beauté? susurra le collectionneur.

Il tâtonna au fond de sa poche, cherchant la grivna d'argent toute brillante qu'il avait préparée pour la comédienne.

Au même moment, la porte s'ouvrit de nouveau et Milana, la compagne de Lina, pénétra dans la pièce. Elle décocha à Fédote une œillade incendiaire et un sourire entendu, avant de s'incliner avec un respect exagéré. D'un geste plein de coquetterie, elle rajusta les boucles brunes qui auréolaient son visage en forme de cœur. Puis elle tourna les yeux vers son amie et la détailla d'un regard pétillant de malice.

— Désolée de te surprendre en galante compagnie! lança-t-elle à l'adresse de Lina. Mais sois sans crainte, je ne reste pas; je prends mon châle et je m'en vais.

— Comment ça? s'exclama celle-ci. Je t'ai cherchée partout. On doit partir, tout est prêt, on n'attend que toi!

Sans l'écouter, Milana se dirigea vers le fond de la chambre et se mit à fouiller dans un énorme panier posé sur le sol. Elle en tira un châle à fleurs semblable à celui de Lina, le jeta sur ses épaules et revint vers la sortie.

— Je n'en ai pas pour longtemps, déclara-t-elle, debout sur le seuil. Allez, ne boude pas! Je t'expliquerai tout plus tard, c'est promis.

Lina esquissa un geste de dépit, mais son amie avait déjà refermé la porte.

Fédote passa le bout de sa langue sur ses lèvres sèches. Lina semblait contrariée, mais il songea à sa tenue suggestive et décida de battre le fer pendant qu'il était chaud. Il s'approcha de l'actrice en promenant un œil étincelant de concupiscence sur les courbes gracieuses de son corps. Puis il desserra la main et fit briller la pièce d'argent dans la maigre lumière qui parvenait à travers l'unique fenêtre de la chambre.

— Viens dans mes bras, ma douce, roucoula-t-il tandis qu'il rangeait la grivna dans sa poche. Si tu es gentille et docile avec moi, tu ne le regretteras pas !

— Quoi ? Mais qu'est-ce que tu crois ? vociféra la comédienne. Ma parole, tu ne t'es pas regardé !

— Viens, ma colombe...

Il dut s'interrompre. Furieuse, la jeune femme avança vers lui et le gifla à toute volée.

— Voilà pour toi, espèce de vieux bouc puant ! s'écria-t-elle.

Le collectionneur fit mine de s'offusquer, mais, à cet instant, Lina ôta un de ses souliers et essaya de l'en frapper. Se protégeant de son bras, il rentra la tête dans les épaules et battit en retraite. Lina le poussa vigoureusement dans le dos. Comme il déboulait dans le couloir, il entendit la porte claquer derrière lui.

— Pour qui se prend-elle, cette petite oie prétentieuse ? souffla-t-il en s'étranglant d'indignation. Quelle insolence !

Rajustant à la hâte son caftan et sa chapka, il jeta un coup d'œil à la ronde. Dieu merci, personne n'avait été témoin de son humiliation !

C'est alors qu'il aperçut une silhouette de femme au fond du couloir de l'aile opposée. Elle s'éloignait sans se presser, d'un pas provocant, en balançant les hanches. Comme elle passait devant une torche murale, il distingua son châle à fleurs. Pas de doute, c'était Milana, la jolie brunette !

Sans perdre une seconde, Fédote s'élança à sa poursuite. Son esprit fonctionnait déjà à toute allure. La comédienne devait avoir une aventure avec un des convives, et c'est justement son galant qu'elle allait rencontrer. De qui pouvait-il bien s'agir ? Il réprima une grimace en songeant à ce vaurien de Varlet. Mais Milana semblait fine mouche, son amant d'une nuit était sûrement un boyard. En épiant le couple, Fédote apprendrait l'identité de l'homme ; il saurait aussi si les amoureux comptaient se revoir, où et quand. Grâce à ces informations, il pourrait les surprendre, les humilier l'un et l'autre ; il trouverait le moyen de faire pression sur Milana, et donc sur son amie Lina... En un mot, songea-t-il, l'esprit en ébullition, il tenait sa vengeance !

Cependant, comme la jeune femme arrivait au bout du couloir, elle tourna à gauche et disparut de son champ de vision. Où pouvait-elle bien se diriger ? se demanda-t-il en pressant le pas. Quand elle était venue chercher son châle, il avait cru qu'elle s'apprêtait à sortir. Mais ce corridor n'avait pas d'issue ! Fédote l'avait constaté un peu plus tôt, en cherchant la chambre des comédiennes. Enfin, ce n'était pas une impasse non plus : tout au fond, il y avait une poterne qui donnait directement sur le Dniepr. Il n'avait pas osé l'ouvrir, mais il avait entendu le clapotis de l'eau et le choc sourd d'une petite embarcation contre la muraille à laquelle elle était amarrée. Les amants se proposaient-ils de faire une promenade en barque ?

Arrivé au tournant, il s'arrêta pour jeter un coup d'œil discret sur sa gauche. À une trentaine de coudées, il aperçut Milana en compagnie d'un homme vêtu d'un sobre caftan foncé et coiffé d'une chapka tout aussi modeste. Immobiles près des marches qui descendaient vers le fleuve, ils discutaient à mi-voix.

Hélas, l'unique torche qui éclairait cette partie du couloir était fixée au mur du fond, et Fédote ne pouvait distinguer de sa place ni les traits du galant ni les détails de sa tenue. Pas de chance, il les entendait tout aussi mal ! Le plafond formait une voûte au-dessus de leurs têtes et faisait résonner leurs voix de telle sorte qu'elles paraissaient indistinctes et méconnaissables.

Fédote étouffa un juron. Sa situation ne présentait qu'un avantage : il restait dissimulé dans l'ombre et complètement invisible aux yeux du couple. Il décida donc de prendre le risque de s'approcher. Retenant sa respiration, il émergea de derrière l'angle et avança vers les amants d'un pas feutré, en rasant le mur. Il s'arrêta à quelques coudées d'eux, reprit son souffle et écouta.

— Et ton amie, lui as-tu confié quelque chose ? demanda l'homme à Milana.

Elle secoua la tête en signe de dénégation.

— J'ai juste pris mon châle parce que je crains de prendre froid sur l'eau. Ce que tu peux être soupçonneux !

— Tu le serais tout autant à ma place, répliqua son interlocuteur d'un ton sec.

— Quant à moi, je n'ai qu'une question à te poser. As-tu apporté... ?

— Comme convenu. La barque est là, j'ai vérifié. J'attends qu'on se retrouve à l'air libre... Ces murs ont des oreilles, faut-il te le répéter ?

Sa compagne poussa un soupir d'agacement.

— Et moi, dois-je te répéter que je n'aime pas du tout ton idée ? rétorqua-t-elle d'un ton hargneux. Pourquoi faut-il absolument monter dans une barque et gagner le milieu du fleuve pour conclure notre petit marché ? Je ne sais pas nager, je te l'ai déjà dit. Ça me fait peur !

— Nous n'irons pas aussi loin, précisa l'homme avec patience. Je tiens à ce que personne ne nous surprenne...

Il ne termina pas sa phrase car, soudain, Milana laissa échapper un petit cri.

— Ce que je peux être bête! s'exclama-t-elle en reculant. Dire que je te faisais confiance! Tu as bien failli m'avoir!

— Pour l'amour du ciel, de quoi parles-tu? gronda son interlocuteur. Et baisse un peu la voix, veux-tu?

Comme il avançait d'un pas en direction de la comédienne, celle-ci tendit les bras comme pour se protéger.

— Ne t'approche pas! Si tu fais encore un pas, je vais hurler! Et ne fais pas l'innocent, tu sais très bien de quoi il s'agit. Tu voulais te débarrasser de moi en me jetant par-dessus bord! Tu m'aurais regardée me noyer sans bouger le petit doigt... Qui sait, tu aurais peut-être même trouvé ce spectacle à ton goût, espèce de pervers!

« Elle n'a pas la langue dans sa poche », songea Fédote. Mais avait-elle la moindre raison de tant accabler son interlocuteur? À vrai dire, il se sentait maintenant moins curieux qu'exaspéré. À quoi rimait cette scène ridicule? Il se fichait comme d'une guigne des soupçons de l'actrice! Par contre, il n'avait toujours rien appris qui lui aurait permis de faire pression sur Milana ou son compagnon, et il enrageait à cette pensée.

— Calme-toi, femme! lança ce dernier avec mépris. Tu racontes n'importe quoi. Tiens, pour te prouver ma bonne foi, je vais te remettre tout de suite ce que tu as demandé.

Il releva un pan de son caftan, sans doute pour décrocher la bourse suspendue à sa ceinture. Le collectionneur écarquilla les yeux et tendit le cou, espérant se faire une idée de la taille et du contenu de celle-ci. Milana elle aussi semblait un peu apaisée; elle croisa les bras et esquissa un sourire mi-sceptique mi-rassuré.

— Tu as intérêt, siffla-t-elle. J'espère que le compte y est. Sinon... Rappelle-toi notre accord!

L'homme approuva d'un hochement de tête et avança vers sa compagne. Fédote crut entendre le tintement si particulier de pièces d'or.

— Chose promise, chose due ! murmura l'inconnu.

Soudain, rapide comme l'éclair, il projeta sa main en avant, et quelque chose brilla dans la lueur vacillante de la torche.

La lame d'un poignard !

Fédote la vit s'enfoncer dans le cou de la jeune femme. Comme le sang jaillissait à flots de sa gorge tranchée, il perçut un horrible gargouillis qui lui souleva le cœur. Il baissa la tête, s'efforçant de réprimer un accès de nausée et de tremblement.

Lorsqu'il regarda à nouveau, l'homme essuyait son poignard avec le châle de la comédienne. La malheureuse gisait à ses pieds, et une flaque sombre se formait déjà sous son corps.

Fédote voulut s'enfuir, mais ses jambes se dérobaient sous lui. Une peur panique le submergeait, et, en même temps, il brûlait de curiosité. Il n'avait pas encore réussi à distinguer les traits de l'inconnu car, tout au long de cette scène atroce, celui-ci s'était tenu dos tourné à l'unique source de lumière, la torche murale. N'importe comment, songea-t-il, le meurtrier n'allait pas partir tout de suite — pas avant de s'être débarrassé du corps de la victime. D'autant qu'il n'avait pas à se casser la tête pour résoudre ce problème, la solution se trouvait littéralement à portée de main !

Comme s'il avait lu dans les pensées de Fédote, l'homme s'efforça de soulever le cadavre en évitant de tacher ses vêtements, avant de le traîner vers la poterne qui donnait sur le fleuve. Il le posa au bas des marches et se pencha à nouveau, de telle sorte que le collectionneur ne pouvait plus voir ce qu'il faisait.

Mais Fédote se souvint brusquement d'avoir aperçu

quelques grosses pierres tout près de la poterne, au moment où lui-même l'avait inspectée un peu plus tôt... Par le Christ miséricordieux ! songea-t-il, épouvanté. L'assassin avait-il donc pris la précaution d'apporter ce qu'il fallait pour lester le cadavre ?

Quelle que fût la réponse à cette question, l'homme finit par se redresser et poussa le massif battant de la poterne. Fédote perçut de nouveau le doux clapotis des vagues suivi d'un bruit de chute dans l'eau. Le meurtrier entreprit ensuite d'essuyer les traces de sang sur le sol avec le châle de Milana. Il jeta le chiffon ensanglanté dans le fleuve avant de refermer la poterne. Manifestement, il n'allait pas tarder à partir...

L'homme était occupé à réexaminer le sol quand un bruit infime attira son attention. Il tourna légèrement la tête... C'est alors que, l'espace d'un instant, la lumière de la torche éclaira son visage.

Fédote le reconnut. Il se figea.

Une terreur sans nom l'envahit. Il aurait dû prendre ses jambes à son cou et se sauver sans demander son reste — au lieu de quoi, il restait cloué sur place, le cœur battant la chamade et incapable d'esquisser le moindre geste.

— Ce n'est qu'un rat, marmonna l'assassin.

L'air perdu dans ses pensées, il avançait sans se presser vers Fédote dissimulé dans l'obscurité. Il sembla hésiter un instant ; puis il haussa les épaules et se dirigea droit sur le collectionneur.

Glacé d'horreur, celui-ci sortit enfin de sa torpeur et s'éloigna sur la pointe des pieds. Dès qu'il eut tourné l'angle du couloir, il s'élança vers le vestibule aussi vite que ses courtes jambes pouvaient le lui permettre. Arrivé au pied de l'escalier qui menait aux étages, il jeta un regard affolé par-dessus son épaule. Dieu merci, personne ne le suivait !

Il monta en courant au premier étage et, à bout de

souffle, ralentit enfin le pas. Ici, toutes les pièces étaient habitées, les domestiques allaient et venaient en permanence, et il se sentait plus ou moins en sécurité. Après avoir gagné sa chambre, il se traîna jusqu'à son lit et s'y laissa tomber lourdement, haletant et couvert de sueur. Plus tard, il réfléchirait à ce qu'il avait vu et tâcherait d'en saisir le sens, mais pour l'heure, il en était incapable. Une seule pensée emplissait son esprit : il était sain et sauf, hors de danger, tiré d'affaire !

Fédote avait raison, l'assassin ne s'était pas aperçu de sa présence. Au moment où le collectionneur grimpait l'escalier, le meurtrier de Milana se trouvait encore dans le labyrinthe des couloirs. Le sourcil froncé, le regard perplexe, il examinait l'objet qu'il venait de ramasser sur le sol. Quelques instants plus tard, son visage se détendit et il se remit à marcher. Un sourire cruel errait sur ses lèvres fines. Il avait reconnu la haute chapka bordée de zibeline : le couvre-chef du boyard Fédote.

CHAPITRE IV

Installés dans de confortables fauteuils garnis de coussins, Artem et Vladimir attendaient que le domestique eût fini de disposer les carafes et les coupes sur une petite table basse pour commencer leur discussion. Ils se trouvaient dans les appartements privés du prince situés au même étage que ceux de ses hôtes. Le serviteur, dont le visage ridé s'ornait d'une belle barbe argentée, s'apprêtait à remplir leurs coupes d'hydromel quand Vladimir le congédia d'un geste. En sortant, le vieil homme leur adressa un sourire édenté et marmonna :

— Si seulement Sa Seigneurie, notre beau soleil, se montrait ici plus souvent ! Ta présence nous réchauffe le cœur, prince, tout comme celle de tes vaillants droujinniks, ajouta-t-il en désignant Artem, avant de préciser d'un air malicieux : Mais je ne dirais pas ça des boyards qui viennent ici quand bon leur semble, pour faire la fête sans bourse délier ! Des pique-assiettes, prince, tous autant qu'ils sont !

Sur ces mots, le vieux domestique se retira à la hâte.

Vladimir éclata de rire, mais la mine sombre d'Artem fit aussitôt s'évanouir sa bonne humeur. Se penchant vers le droujinnik, il demanda :

— C'est au sujet de Iakov, n'est-ce pas ?

— N'ordonne pas de me châtier...
— Trêve de politesse! coupa le prince avec impatience. Au fait!
— Il s'agit bel et bien d'un meurtre, soupira Artem avant d'ajouter : Je n'en ai aucune preuve formelle, même si certains détails ne laissent aucun doute. Ainsi, en réexaminant les bords de la plaie...

Il résuma ses observations. Le prince commença par laisser éclater sa fureur, mais il parvint vite à maîtriser ses sentiments, comme chaque fois que la gravité de la situation l'exigeait. Blême et tendu, le front barré par une ride profonde, il écoutait Artem en silence, tiraillant sur la bande de soie qui soutenait son bras blessé.

— Quant à l'arme du crime, conclut le droujinnik, l'assassin s'est servi du premier objet lourd qu'il avait sous la main. J'ai d'abord pensé à un pique-feu, mais maintenant, je suis certain qu'il s'agit d'un chandelier massif. Hélas, je ne peux rien prouver, là non plus! Ce serait un jeu d'enfant si je disposais de cet outil remarquable, précieuse trouvaille des Arabes et des Juifs...

— De quoi s'agit-il? demanda Vladimir, intrigué, tandis qu'il se servait du vin grec.

— D'un verre qui grossit la taille des objets. Il y a quelques semaines, un voyageur juif rencontré à la cour de Kiev m'a montré cette merveille. Imagine, prince : grâce à cette invention, chacun des douze jurés pourrait déceler les moindres traces de sang à la surface du chandelier!

— Je vais m'empresser d'ajouter ce verre à ma collection de curiosités! s'écria le prince en avalant une gorgée de vin.

— En attendant, je finirai bien par démasquer le criminel d'une manière ou d'une autre, promit Artem. L'enquête prendra quelques jours, guère plus — à condition qu'aucun de tes hôtes ne quitte la forteresse, souligna-t-il.

— Même l'ambassadeur grec ? fit le prince en arquant les sourcils d'un air incrédule.

Artem croisa son regard et le soutint.

— Je n'irai pas jusqu'à le soupçonner, reconnut-il en lissant sa moustache. Mais j'aurai besoin de sa déposition, et il faudra sans doute que je l'interroge plusieurs fois.

Vladimir reposa sa coupe et s'accorda un instant de réflexion.

— Tu as jusqu'à demain soir, déclara-t-il enfin d'un ton sans réplique. Impossible de contraindre Théodore à rester ici plus longtemps. Nous risquerions un incident diplomatique !

Artem acquiesça à contrecœur, avant d'ajouter :

— Je ferai ce que je pourrai, mais je préfère ne point me prononcer pour l'instant. Nous reparlerons du magistros demain.

— Quant à moi, reprit le prince, je suis obligé de regagner la capitale sur-le-champ, je dois recevoir les émissaires du roi de Hongrie. Je serai de retour demain, avant le coucher du soleil. C'est alors que tu me feras ton rapport ; les gardes appréhenderont le coupable et les autres seront libres de partir. Et maintenant, ajouta-t-il avec une grimace, il faut mettre au courant nos compagnons et affronter leur courroux. Il vaut mieux que je m'en charge !

— Permets-moi de te rappeler ceci, prince : l'assassin se trouve parmi nous, et il doit ignorer tout ce que je t'ai révélé. Laisse-lui croire que l'enquête piétine...

— ... Et que mon meilleur limier est en plein désarroi, conclut Vladimir avec un sourire de connivence. Compte sur moi !

Quelques minutes plus tard, tous les invités étaient réunis dans la bibliothèque, où l'intendant avait disposé une dizaine de fauteuils. Le prince prit la parole pour leur annoncer que leur séjour dans la citadelle devait nécessairement se prolonger. Le droujinnik, expliqua-t-il, hésitait entre l'hypothèse d'un accident et celle d'un meurtre : Iakov aurait été précipité dans l'escalier lors d'une de ces violentes querelles qu'il provoquait si souvent. L'enquête devrait permettre d'établir la vérité. Si un crime avait effectivement été commis, c'était à Artem de le prouver et de livrer le coupable au Tribunal.

Partagés entre l'incrédulité et l'indignation, les convives tempêtaient à grand bruit dans la bibliothèque pendant qu'Artem et Mitko raccompagnaient le prince. Le droujinnik ordonna au commandant de la garnison de désigner quatre soldats pour escorter le suzerain jusqu'à la capitale. Quand la petite troupe fut partie, les deux hommes retournèrent dans la bibliothèque.

À peine les convives les avaient-ils aperçus qu'un silence hostile se fit dans la pièce. Artem se doutait qu'il n'allait pas durer : chacun lui en voulait de l'avoir inclus au nombre des suspects, mais ils brûlaient tous d'en apprendre davantage sur l'enquête.

Ce fut le collectionneur qui prit la parole le premier. Vêtu de son épais caftan bordé de zibeline, il suait à grosses gouttes et s'agitait sur son siège, visiblement mal à l'aise. Il s'épongea le front et le cou avec son mouchoir, puis déclara :

— Boyard, la mort de Iakov nous a tous atterrés. Nous n'avons qu'un seul souhait : que tu retrouves le coquin qui l'a occis. Comment comptes-tu t'y prendre ?

— Tu es donc certain qu'il s'agit d'un meurtre, constata Artem d'un ton neutre.

— Ah, non ! s'écria Fédote. C'est toi qui le dis ! Je n'aurais jamais pensé à une chose aussi infâme. Faut-il avoir l'esprit mal tourné pour imaginer ça !

— Tu sembles même savoir de quelle manière il a été assassiné, persifla Ludwar, un sourire ironique aux lèvres, tandis que ses yeux bleus restaient durs et froids comme la glace. Aurais-tu déniché un témoin oculaire, boyard ? Ou bien aurais-tu assisté à la chose en personne ?

— Qu'importent les témoins, pourvu qu'on ait le coupable ! renchérit le gouverneur. Et il est forcément parmi nous !

Il se leva de son fauteuil pour esquisser une révérence moqueuse à l'intention de ses compagnons. Puis il feignit un embarras extrême : son visage émacié sembla s'allonger, tandis qu'il se massait le menton et tirait sur les poils de sa barbe.

— Voyons... fit-il. À qui ce jeune homme doux comme un agneau a-t-il bien pu donner des raisons de le haïr ?

À cet instant, son corps maigre et voûté se plia en deux, secoué par une quinte de toux. Alexei se laissa tomber sur son siège.

— Boyards, écoutez-moi, intervint le droujinnik d'un ton conciliant. Iakov avait le don de trouver les mots qui blessent, le gouverneur Alexei a raison de le rappeler. En outre, la position du corps laisse supposer que peut-être — je dis bien *peut-être* — Iakov a été poussé alors qu'il se tenait en haut des marches. Il n'est donc pas absurde de penser que, lors d'une violente dispute, son interlocuteur a perdu toute maîtrise de soi et commis l'irréparable dans un accès de fureur.

— Et à cause de quoi cette querelle aurait-elle éclaté ? s'enquit Dimitri d'une voix pâteuse. Il n'est pas absurde, comme tu le dis, de penser à la seule chose qui intéressait Iakov : son art, ou encore la dernière commande du prince. Et qui est-ce qu'on accusera, alors ? Moi, son confrère et rival. Et comme par hasard, il n'y a que moi ici qui n'ai ni naissance ni fortune... Voilà où tu veux en venir, boyard ! conclut-il d'un ton belliqueux entre deux hoquets.

— Tu te trompes, ami Dimitri, répliqua Artem, essayant d'éviter de respirer l'haleine vineuse de l'artiste. Pour commencer, si cette dispute a eu lieu, elle était certainement liée au psautier d'Illarion.

— Pourquoi cela ? s'enquit l'ambassadeur grec, intrigué.

— Je ne vois pas pour quelle autre raison Iakov serait retourné dans la bibliothèque, expliqua le droujinnik en haussant les épaules. Il n'a peut-être pas pu examiner les enluminures cette fois-là, mais il en avait bien l'intention. À propos, si Alexei n'y voit pas d'inconvénient, j'aimerais moi aussi jeter un œil sur ce trésor...

— Comment ? s'écria le gouverneur, qui s'était remis de son malaise. Tu n'en as pas encore eu l'occasion ?

— Le boyard Artem aura tout loisir de le faire avant demain soir, observa Ludwar d'un ton pincé. Nous autres aussi, nous avons tout notre temps !

Alexei alla chercher l'échelle et l'installa contre l'étagère où reposait le manuscrit. À cet instant, la porte s'ouvrit et un serviteur surgit sur le seuil. Il annonça qu'un des comédiens demandait à être reçu.

— Ils ne sont pas encore partis ? s'étonna le gouverneur. Eh bien, qu'il entre !

Un homme âgé, à l'abondante chevelure blanche et aux épaules d'athlète, pénétra dans la bibliothèque. Artem reconnut le barde qui avait chanté la ballade sur les amours de Dobrynia. Il avait troqué son caftan bariolé et ses bottes aux talons dorés contre une tenue moins voyante : tunique de lin usée, pantalon rapiécé et chaussons de tille. Après s'être incliné jusqu'à terre devant les boyards réunis dans la pièce, il sembla hésiter quelques instants avant de s'adresser à Artem :

— Je suis Klim, le chef de la troupe, déclara-t-il en s'inclinant de nouveau. Je souhaite parler à Sa Seigneurie Vladimir, c'est très important!

— Sa Seigneurie est repartie pour Tchernigov.

Remarquant l'air incrédule du comédien, le droujinnik ajouta :

— Le prince se déplace souvent sans suite, de la manière la plus discrète qui soit. Voilà pourquoi vous ne l'avez pas vu quitter la forteresse. Mais tu peux me présenter ta requête, je suis conseiller de Vladimir et haut fonctionnaire du Tribunal.

— Il ne s'agit pas d'une requête, boyard, précisa l'acteur tandis qu'il essuyait ses paumes moites sur sa tunique. Il s'est passé quelque chose d'inhabituel... Du coup, on ne sait pas ce qu'on doit faire. Comme notre représentation a eu la chance de plaire à Sa Seigneurie, je comptais sur sa bienveillance...

— Écoute, mon brave, intervint le gouverneur. Ou bien tu nous racontes ce qui t'est arrivé, et nous essayerons de t'aider; ou bien tu cesses de gaspiller notre temps, et tu décampes d'ici!

— On ne peut pas quitter la forteresse! s'exclama le vieux barde. Milana, la comédienne brune que vous avez vue hier, a disparu! On l'attend depuis des heures... Oh, boyard, ce n'est pas ce que tu crois, elle n'est pas en train de folâtrer avec un galant! Elle sait que ce soir, on doit jouer à Tourov, et que la route est longue.

— Qu'est-ce qui te fait croire qu'elle se trouve toujours ici? intervint Siméon. Si vous l'attendez depuis si longtemps, c'est qu'elle a sûrement quitté la citadelle!

— Elle ne nous aurait pas laissés comme ça, protesta le barde en secouant la tête avec obstination. Elle se plaît avec nous et tient à rester dans ma troupe... Et puis, pourquoi se serait-elle enfuie comme une

89

voleuse, sans réclamer sa part de la recette, ni même prendre ses affaires ? Milana possède quelques jolis bijoux, des sarafanes brodées d'or et d'argent... Jamais elle ne serait partie sans les emporter avec elle !

— Je comprends ton inquiétude, acquiesça Artem. Un homme ne part pas sans son épée, ni une femme sans ses robes et ses bijoux. Le prince aurait souhaité vous aider, j'en suis sûr, et je me charge volontiers de le faire à sa place. Je tâcherai au moins d'apprendre ce que cette jeune femme est devenue. Si le gouverneur vous autorise à rester ici jusqu'à demain, je t'informerai moi-même des résultats de mes recherches. Si au contraire vous quittez la citadelle...

— Ils peuvent rester, intervint Alexei d'un ton bourru, avant de lancer à Klim : Vous dormirez dans les mêmes chambres et on vous donnera à manger comme hier, aux cuisines.

Le barde tomba à genoux devant les deux hommes et se mit à les remercier avec fougue. Artem l'interrompit d'un geste :

— À présent, ne perdons pas de temps. Il faut que je m'entretienne avec la dernière personne qui a vu la disparue, mais aussi avec celui, ou celle, qui la connaissait le mieux. Dis-leur de venir me trouver dans mes appartements, j'y serai d'ici un petit moment.

Le chef de la troupe le remercia de plus belle, s'inclina et se hâta de sortir. Les convives se levèrent de leurs sièges mais, au lieu de quitter la bibliothèque, ils se séparèrent en groupes de deux ou trois personnes et se mirent à discuter entre eux à mi-voix.

Artem se doutait que la plupart désapprouvaient sa décision ; ils n'osaient le lui dire en face, mais ne cherchaient pas non plus à cacher leur mécontentement, ainsi que le prouvaient les réflexions isolées qu'il pouvait entendre.

Il repéra Mitko et se dirigea vers lui à travers la pièce, l'oreille aux aguets. Comme il passait près de Ludwar, il ralentit le pas. Le futur Garde des Livres écoutait l'intendant d'un air distrait, enroulant machinalement sa moustache soyeuse autour de son index, tandis que Siméon semblait tout excité.

— C'est insensé ! s'indigna-t-il à voix basse. Comment peut-on s'occuper à la fois d'une enquête importante confiée par Sa Seigneurie, et d'une affaire obscure liée à ces saltimbanques de malheur ? Le prince souffrira-t-il un tel manque de respect, pour ne pas dire un tel affront ?

Artem retint la réplique cinglante qu'il avait au bord des lèvres. Quant à Ludwar, il jeta un regard condescendant à son interlocuteur avant de décréter :

— Tu ne comprends rien à la diplomatie, l'ami ! Artem s'est montré fort habile, car le prince aurait pris la même décision. C'est moi qui te le dis, et je connais Vladimir sur le bout des doigts ! Vois-tu, pour ne point lui déplaire, il est parfois utile...

Secouant la tête avec dégoût, Artem s'empressa de s'écarter des deux hommes. Feignant d'être perdu dans ses pensées, il s'approcha alors de l'ambassadeur grec, curieux de savoir ce qu'il pouvait bien raconter au gouverneur. Tandis que celui-ci l'écoutait d'un air bougon, le magistros affichait l'allure onctueuse d'un pope, les deux mains croisées sur le ventre.

— En ce qui me concerne, je ne me sens pas du tout offensé, déclara-t-il d'une voix suave. Je suis plutôt intrigué... d'autant qu'il ne s'agit point d'une nouvelle affaire ! Tout a commencé hier soir, quand le boyard Artem a repéré cette mystérieuse inconnue en tenue d'Ève. L'homme qui la malmenait n'est autre que l'assassin de Iakov ! Quant à la comédienne disparue, il s'agit sans doute de la deuxième victime du meurtrier... N'est-ce pas, boyard ? ajouta-t-il soudain à l'adresse d'Artem.

Apparemment, il venait d'apercevoir le droujinnik et il se tourna vers lui, tandis que ses chaussures tintaient allègrement.

— Tu n'as pas besoin de mon approbation, magistros ! Tu sais bien que ta perspicacité est infaillible, assura Artem, imperturbable.

Peu désireux de soutenir la conversation, il s'inclina en guise de salut avant de s'éloigner.

L'instant d'après, il avait rejoint Mitko. Le regard dans le vague, le Varlet semblait avoir l'esprit ailleurs et il sursauta quand Artem lui effleura le bras.

— Hier soir, tu avais l'intention de conter fleurette à cette comédienne, Milana, lui rappela le boyard sans préambule. J'espère que tu y as renoncé, en fin de compte !

— Au contraire, avoua Mitko penaud, nous avons passé une nuit de rêve...

— Ce n'est pas cet aspect des choses qui m'intéresse, coupa Artem d'un ton acide. Où vous êtes-vous retrouvés et à quelle heure ?

— Dans ma chambre, vers deux heures de la nuit. Quand je suis passé interroger les comédiens, j'ai proposé à Milana de venir me rejoindre, mais pas tout de suite : j'avais l'intention de retourner au deuxième étage inspecter les boiseries du couloir. Inutile de le préciser, je n'ai découvert aucune porte secrète, ajouta-t-il avec un soupir. Quant à l'actrice, je crains de n'avoir aucune information à son propos... Enfin, si : le collectionneur a essayé d'obtenir les faveurs d'une des comédiennes. Si ça se trouve, c'est lui qui a vu Milana le dernier.

Il raconta au droujinnik comment il avait croisé Fédote un peu plus tôt dans la journée. Haussant un sourcil, Artem promena son regard autour de lui. Il aperçut le collectionneur à deux pas de la porte et s'élança vers lui, Mitko sur ses talons.

Ils rattrapèrent le petit homme dans le couloir et le saisirent chacun par le bras. Fédote s'efforça de se dégager, se tortillant avec une agilité insoupçonnée. De sa main libre, Mitko l'agrippa par le col de son caftan et le secoua violemment, tandis que Fédote s'efforçait de lui donner des coups de pied.

— Tout doux, l'ami ! aboya le Varlet. Raconte-nous donc ta visite chez les comédiennes !

— Je ne suis jamais allé chez elles !

— Dis plutôt qu'elles t'ont envoyé paître... Que veux-tu, je t'avais prévenu ! Mais je parie que tu as continué à les épier par dépit, en méditant quelque vengeance mesquine, bien digne de ton esprit rancunier !

Pâle comme un mort, Fédote se mit à trembler de tout son corps, au point que ses dents claquaient.

— Pitié, laissez-moi ! gémit-il. Je n'ai vu personne, parole de boyard ! Tu m'as bien eu, Varlet : je n'ai fait que tourner en rond ! Je n'ai croisé personne, pas même un serviteur capable de me renseigner... Voilà, tu peux être content : je suis retourné chez moi bredouille !

— Nous pourrons le vérifier, n'en doute pas, observa Artem.

Curieusement, le collectionneur sembla se ressaisir à ces mots.

— À la bonne heure ! répliqua-t-il. Posez donc la question à cette petite pimbêche prénommée Lina, elle vous confirmera que je n'ai jamais mis les pieds dans leur chambre !

Comme Mitko desserrait ses pattes d'ours, Fédote parvint enfin à se libérer.

— Et maintenant, ajouta-t-il d'un ton hargneux, laissez-moi tranquille, vous n'avez rien contre moi !

— Ma foi, c'est vrai, bougonna Artem tandis que le collectionneur s'éloignait en toute hâte vers l'escalier.

— Ce coquin ment, j'en mettrais ma main au feu ! s'exclama Mitko.

— Viens, nous allons tirer tout cela au clair, proposa le droujinnik. Les comédiens doivent m'attendre.

En fait, seule la jeune femme blonde les attendait sur le palier du premier étage. Elle avait le teint blême, les paupières rougies et gonflées, mais apparemment, elle avait réussi à dominer son chagrin. Elle paraissait plus âgée que la veille et devait compter environ vingt-cinq étés. Droite comme un I, elle portait avec élégance une modeste robe foncée et un châle noir à fleurs rouges. Après s'être inclinée devant Artem, elle salua Mitko d'un signe de tête puis déclara d'une voix mélodieuse :

— Le Varlet et moi, nous nous sommes déjà rencontrés hier. Je suis Lina, la meilleure amie de Milana... ou plutôt, sa seule amie, corrigea-t-elle tandis qu'un sourire mélancolique effleurait ses lèvres. Il n'y a que moi qui puisse te parler d'elle, boyard ; les autres ne la connaissent que depuis quelques lunes.

— Dans ce cas, conduis-nous dans votre chambre, décida Artem. Il faut que j'examine les affaires de ta compagne.

La petite pièce qu'avaient partagée les deux actrices comprenait pour tout mobilier un banc et un coffre à vêtements qui servaient de lits, une chaise et une table rustiques. Un autre coffre et un paravent plié, peints de vives couleurs, étaient posés contre le mur près de la porte ; ils devaient appartenir aux comédiennes, ainsi qu'un énorme panier qui trônait sur la table. Lina désigna celui-ci et expliqua :

— La plupart des affaires de Milana sont là-dedans, je l'ai aidée à les ranger ce matin. Elle possède aussi quelques robes rebrodées et des coiffes ornées de pendants en argent, mais elles se trouvent dans le coffre contenant les objets de valeur ; par prudence, nos compagnons le gardent chez eux en attendant notre départ.

La comédienne ôta la serviette de lin qui recouvrait

le panier, et le droujinnik se mit à en étaler le contenu sur la table. Le Varlet et Lina s'assirent respectivement sur le coffre et le banc, et la jeune femme poursuivit :

— J'ai rencontré Milana il y a deux étés, alors que je jouais dans la troupe de mon père. Puis il est mort, Dieu ait son âme ; c'est alors que mon amie et moi avons rejoint Klim. Nous étions sept, mais un couple d'acrobates s'est disputé avec le chef il y a à peine une lune. Ils sont partis sans crier gare, et Milana était furieuse qu'ils nous laissent tomber ainsi, en début de saison. Voilà pourquoi Klim ne croit pas qu'elle se soit enfuie, ni moi non plus, d'ailleurs.

Artem acquiesça d'un signe de tête. Pendant que l'actrice parlait, il fouilla les vêtements qu'il avait posés sur la table. Puis il examina différents masques d'animaux et de déesses slaves aux visages comiques ou effrayants.

Comme Lina s'interrompait, il demanda soudain :

— Le jeune homme qui jouait le rôle de Dobrynia est amoureux de Milana, mais ce n'est pas réciproque, n'est-ce pas ?

— Comment as-tu deviné ? s'étonna la comédienne.

— À son jeu, dit le droujinnik avec un sourire en coin.

Il s'appuya à la table, croisa les bras et poursuivit en dévisageant Lina :

— Ton amie ne cherchait-elle pas à fuir ce gaillard un peu trop insistant ?

La comédienne secoua fermement la tête.

— Il est vrai que Zlat l'importune de ses assiduités, mais, au fond, Milana s'en moque. Certes, il lui arrive de piquer une colère contre lui... mais le fuir ? Jamais de la vie ! Elle est trop indépendante pour régler sa conduite sur l'humeur de ses soupirants. Elle me répète toujours : « Lina, il ne faut rien sacrifier à un homme ; au lieu de t'en être reconnaissant, il s'en servira contre toi ! »

— C'est ce qu'elle pensait avant de rencontrer un homme digne de ce nom, remarqua Mitko, plein d'assurance.

Lina s'abstint de tout commentaire, mais ses yeux étincelèrent de gaieté, et elle esquissa un sourire qui creusa deux adorables fossettes sur ses joues. Petit à petit, le charme délicat de la jeune femme grisait Artem, tel le parfum subtil des fleurs des champs. Il avait beau se dire qu'il contemplait une comédienne, femme de mœurs légères, il avait l'impression de voir une jeune boyarina digne et chaste, dont la beauté irréprochable reflétait la pureté de l'âme. Il se sentait surtout fasciné par les yeux gris sombre de Lina, aussi profonds et changeants qu'un fleuve qui s'éveille au printemps.

Troublé, Artem se détourna vers la table et entreprit de passer en revue les instruments de musique dont Milana et ses compagnons s'étaient servis la veille : gousli, flûtes simples et doubles, tambourins.

— Je suis sûre que les aventures de Milana n'ont aucun rapport avec sa disparition, reprit Lina. Pourtant, elle avait bien un rendez-vous galant hier soir.

— Nous le savons déjà, fit Mitko avec un sourire suffisant.

— Non, c'était avant qu'elle t'ait rejoint dans ta chambre, précisa l'actrice.

— Quoi ? Un autre amant ? s'écria le Varlet. Elle est allée le retrouver juste avant de m'accorder ses faveurs, à moi ?

Artem ne put s'empêcher de sourire, tandis que Mitko continuait de maugréer :

— Ah ! La garce ! Pas étonnant qu'elle se soit attiré des ennuis... Boyard, j'ai une idée ! s'exclama-t-il soudain. Et si c'était Milana et son coquin que tu as aperçus par la fenêtre de la chambre rouge ?

— Je ne le crois pas — encore que je ne puisse

point le jurer, répondit Artem. L'apparition a été si fugace que j'ai à peine distingué deux silhouettes. Pourtant, il me semble bien que la femme avait une longue natte.

Il jeta un coup d'œil sur la coiffure de Lina, dont les cheveux couleur de lin formaient un lourd chignon sous la nuque. Croisant son regard, la jeune femme commenta :

— Quelle que soit la personne dont tu parles, boyard, tu as raison : les comédiennes ne nattent jamais leurs cheveux.

— Tu penses donc que Milana a eu une partie fine avant de passer la nuit avec le Varlet, ponctua le droujinnik. Quand et comment a-t-elle rencontré cet homme ? Tâche de te rappeler tout ce qui pourrait nous aider à découvrir son identité.

— Il s'agit d'un de tes pairs, de l'un des nobles devant qui nous avons joué ; c'est tout ce que je sais, avoua la jeune femme. Par contre, je sais plus ou moins comment ils se sont mis d'accord. Mon amie adore aguicher les spectateurs, elle ne rate jamais l'occasion de le faire ! Elle a dû faire des avances à ce boyard — à moins qu'il n'ait été le premier à lui proposer un rendez-vous. Toujours est-il qu'ils ont réussi à échanger quelques mots pendant qu'elle faisait la quête.

— N'ont-ils pas pu se croiser dans les couloirs plus tôt dans la soirée ?

— Oh, non ! C'est après la représentation que Milana est devenue tout excitée, je l'ai aussitôt remarqué ! Elle ne tenait plus en place et souriait d'un air malicieux. « Une nouvelle conquête ? » lui ai-je demandé. Elle a éclaté de rire et a répondu : « Une sacrée belle prise ! » Plus tard, quand nous sommes allées dans la salle des ablutions, elle m'a faussé compagnie et ne m'a rejointe que dans notre chambre, peu avant que le Varlet vienne nous questionner.

— Petites canailles ! s'exclama Mitko. Lorsque je les ai interrogées la nuit dernière, ces deux drôlesses m'ont assuré en chœur qu'elles avaient fait leur toilette ensemble !

— Tu recherchais alors je ne sais quelle brute qui avait maltraité une femme, et cela n'avait rien à voir avec nous, répliqua Lina sans se troubler. Nous n'avions aucune raison de te révéler nos petits secrets.

— Est-ce que vous avez discuté de cette rencontre par la suite ? demanda Artem.

— Non. Quand Milana a regagné notre chambre, je dormais. Je me suis réveillée au moment où le Varlet est passé nous interroger. Il a commencé, euh... à entreprendre Milana. Quand il nous eut quittées, elle m'a annoncé qu'elle irait dormir dans la chambre de Mitko.

Lina rencontra le regard d'Artem et s'interrompit. Ses joues s'empourprèrent « tels les pétales écarlates d'un coquelicot », songea le droujinnik en se rappelant les paroles d'une ballade que la jeune femme avait chantée la veille. Baissant les paupières, elle ajouta à mi-voix :

— Moi aussi, j'ai eu des aventures, je ne suis pas une oie blanche... Mais cette habitude de changer d'amant comme de chemise me déplaît. Je n'ai donc plus adressé la parole à Milana, et je ne l'ai revue que ce matin. C'est alors qu'elle a évoqué cette affaire...

Lina se passa la main sur les yeux et réfléchit un instant avant de poursuivre :

— Oui, c'est tout ce que Milana a mentionné : elle avait une affaire à régler. Elle semblait nerveuse et préoccupée, mais quand je l'ai pressée de questions, elle m'a simplement promis de tout me raconter plus tard. Pendant que je terminais les préparatifs du départ, Milana s'est absentée de la pièce à deux ou trois reprises, l'espace de quelques instants. Elle devenait de plus en plus sombre et irritable...

— C'est clair! intervint le Varlet. Pour régler cette affaire, elle devait rencontrer quelqu'un, et cette personne n'est pas venue au rendez-vous.

— Je dirais plutôt : cette personne s'est fait attendre, rectifia Lina. En fin de matinée, Milana s'est éclipsée à nouveau; cette fois, elle est restée absente près d'une demi-heure. À un moment, elle est passée en coup de vent prendre son châle. Elle semblait rassurée, et elle m'a encore promis de tout m'expliquer plus tard... Je ne l'ai plus revue!

Lina se tut. Artem jeta un dernier coup d'œil sur les affaires de Milana éparpillées sur la table. Il venait d'examiner une sorte de tirelire, petit coffret en fer ouvragé au couvercle percé d'une fente. Il était fermé à clé, mais celle-ci était attachée par une chaînette à l'une des deux poignées.

Artem ouvrit le coffret. À l'intérieur se trouvaient six ou sept pièces d'argent, principalement des quarts de grivna. À l'évidence, il s'agissait de l'argent que l'actrice mettait de côté pour s'offrir une nouvelle robe ou autre chose. Il en allait de même pour ses économies que pour toutes ses maigres possessions, songea Artem : il n'y avait rien à en tirer! Dépité, il rangea à la hâte vêtements, masques et instruments de musique dans le panier et alla s'asseoir sur le coffre à côté de Mitko.

— Crois-tu qu'elle s'apprêtait à faire un tour à l'extérieur du palais? demanda-t-il à Lina.

— Sans aucun doute, mais elle n'a pas dû aller bien loin. Tout à l'heure, Zlat est monté à la tour de guet interroger la sentinelle. Le garde est formel : depuis ce matin, il n'a vu sortir personne hormis le prince et son escorte.

— S'il faut passer toute la citadelle au peigne fin, cette enquête durera jusqu'aux calendes grecques, maugréa Mitko.

— Il suffira de fouiller la résidence, objecta le droujinnik. Je suis convaincu que Milana ne l'a point quittée.

— Boyard... crois-tu toi aussi qu'il lui soit arrivé malheur ? demanda Lina en déglutissant avec peine.

— Je le crains, oui, mais je ne peux rien affirmer pour l'instant. Une dernière question : le boyard Fédote est-il venu vous voir aujourd'hui ? C'est un homme pas très grand, replet, vêtu avec un luxe un peu tapageur...

— Je sais qui c'est, l'interrompit Lina avant d'expliquer : Le chef de notre troupe nous apprend toujours les noms des nobles devant qui nous jouons. Non, je ne l'ai pas revu depuis hier soir. Les autres non plus, d'ailleurs. Pourquoi ?

— Peu importe, je tenais juste à m'en assurer, fit le droujinnik en fronçant les sourcils.

Il avait le sentiment que la jeune femme mentait, et il ne comprenait pas pourquoi. Quel besoin avait-elle de protéger la réputation de ce vieux trousseur de jupons ? Il décida de reposer cette question un peu plus tard, à la première occasion.

Il se leva et se dirigea vers la porte, suivi de Mitko.

— Je repasserai dans la soirée, promit-il. Vois si tu n'as rien oublié de nous raconter, le moindre détail peut se révéler utile.

La comédienne acquiesça en silence, se leva à son tour et s'inclina profondément.

Quand la porte se fut refermée derrière eux, le Varlet s'écria :

— Qu'est-ce qui nous prouve qu'elle dit la vérité ? Ces bougresses mentent comme elles respirent, c'est sûrement le métier qui veut ça !

— J'ai pourtant l'impression qu'elle était sincère, du moins en ce qui concerne son amie, remarqua le droujinnik tandis qu'il se dirigeait vers l'escalier.

Mitko lui emboîta le pas, secouant la tête d'un air indigné. Ils regagnèrent en silence les appartements d'Artem et s'installèrent l'un en face de l'autre dans des fauteuils à haut dossier.

— Ah! cette petite coureuse! Jamais je n'aurais cru... se lamenta le Varlet.

— Tâche plutôt de te rappeler ce qu'elle a pu te dire la nuit dernière, l'interrompit Artem d'un ton bourru.

— Oh, nous avons à peine échangé trois mots, boyard... sauf au début. Lorsque je suis arrivé dans ma chambre, Milana m'y attendait. Elle a voulu savoir ce qui m'avait retenu jusqu'à une heure aussi tardive. «Dans cette demeure labyrinthique, autant dire que je cherchais une aiguille dans une botte de foin», ai-je répondu, pensant à la porte secrète. «Moi, je commence à connaître ce labyrinthe comme ma poche, m'a-t-elle répliqué en riant. Aujourd'hui les étages, demain le rez-de-chaussée... Mais je suppose qu'on ne cherche pas la même chose!»

— Voilà de précieuses informations, commenta Artem, tandis qu'il se calait plus confortablement dans son fauteuil.

— Sur le coup, j'ai trouvé cette réplique plutôt obscure, grogna Mitko. Je la comprends mieux maintenant: Milana a joué au deuxième étage, avant de rejoindre son amant d'une heure au premier!

— C'est bien possible, approuva Artem. Mais au fond, peu importe le lieu de son rendez-vous galant. Ce qui compte, c'est que, de fait, Milana connaissait plus d'une pièce au premier étage! Je suis persuadé que, pendant qu'elle s'ennuyait à t'attendre, la nuit dernière, elle s'est aventurée jusqu'à la bibliothèque. En d'autres termes, elle s'y trouvait vers une heure de la nuit, pendant que tu inspectais les murs du couloir au-dessus. C'est ainsi qu'elle a vu le meurtrier de Iakov commettre son crime!

— Du coup, elle a voulu le faire chanter, enchaîna Mitko, tout excité. C'est pour cette raison qu'il l'a supprimée !

— Exact, acquiesça le droujinnik. Nous pouvons aussi supposer que l'assassin lui a proposé de se retrouver ce matin, dans quelque recoin du rez-de-chaussée ; c'est à cela qu'elle a fait allusion en plaisantant avec toi.

— Selon Lina, notre homme est arrivé en retard, ce qui a mis Milana dans tous ses états, rappela le Varlet.

— Il espérait sans doute s'éclipser plus tôt, profitant de l'agitation provoquée par la découverte du corps de Iakov. Mais, de toute évidence, l'occasion de s'absenter discrètement ne s'est présentée qu'à la fin du repas... Qu'est-ce que Milana a bien pu exiger en échange de son silence ? ajouta Artem en se massant le menton. De l'argent, j'imagine. Inutile de le préciser, l'assassin n'avait pas la moindre intention de céder au chantage !

— Mais pourquoi proposer à la comédienne d'aller faire un tour à l'extérieur ? s'enquit Mitko.

— Je crois qu'il s'agit là d'une ruse de l'assassin. Depuis le début, il comptait se débarrasser de Milana au sein de la résidence ; songe donc à tous ces escaliers escarpés, ces pièces inoccupées, ce dédale de corridors !

Artem se renversa dans son fauteuil et, lissant sa longue moustache, réfléchit quelques instants. Non, le meurtrier n'avait aucune raison de quitter le palais, ni d'ailleurs d'attirer sa victime vers l'entrée principale. En revanche, sous prétexte de se diriger vers quelque porte dérobée, il avait pu entraîner la comédienne au fond d'un sombre couloir et lui régler son compte en toute tranquillité. S'il restait quelques traces de ce crime, le droujinnik n'avait une chance de les découvrir qu'auprès d'une sortie de service, ou d'une issue secrète...

La voix de Mitko le tira de ses pensées.

— Je n'arrive pas à chasser de mon esprit ce boyard entreprenant qui a gagné les bonnes grâces de Milana avant moi, déclara le Varlet en poussant un soupir. Crois-tu qu'il puisse y avoir un rapport entre cette intrigue galante et le rendez-vous fatal de ce matin ?

— C'est possible... mais pas certain. Il se peut que l'amant de la comédienne soit également l'assassin de Iakov ; il s'agirait alors d'une coïncidence assez extraordinaire... qui aurait fort amusé Milana, si j'ai bien saisi la personnalité de cette jeune femme.

— Ouais, elle adorait s'amuser, surtout aux dépens des autres, remarqua Mitko d'un air lugubre.

Artem se leva et ouvrit les volets pour consulter la position du soleil. L'après-midi tirait à sa fin ; s'il voulait profiter de la clarté du jour, il devait se dépêcher.

— Il ne faut pas que la fin tragique probable de notre belle aventurière nous fasse oublier celle du jeune Iakov, observa-t-il. Je vais de ce pas dans la bibliothèque, et j'espère que je pourrai enfin examiner ces fameuses enluminures !

Mitko bondit sur ses pieds et rejoignit Artem près de la porte. Comme ils sortaient ensemble, il le retint par le bras.

— Boyard, boyard ! Crois-tu que le psautier d'Illarion ait joué un rôle quelconque dans le meurtre de Iakov ? Ou alors, cherchais-tu à embrouiller l'assassin ?

— Pour l'heure, je formulerais le problème autrement. Le meurtrier a-t-il arrangé cette mise en scène avec le coffre dans le seul but de maquiller le crime en accident ? Ou bien, voulait-il détourner notre attention de la bibliothèque et de ce qui s'y trouve ?

Les yeux de Mitko s'agrandirent ; sa face lunaire exprimait la perplexité la plus complète. À court de répliques, il finit par cribler le droujinnik de nouvelles questions.

— Et la chambre rouge ? Comment comptes-tu la chercher ? Qui pourrait bien être la jeune fille nue ? As-tu la moindre idée de l'identité de son bourreau ?

Artem esquissa un sourire.

— C'est toi, mon ami, qui nous apporteras le début de toutes les réponses ! Pour l'instant, nous n'avons pas d'autre solution que de chercher la chambre secrète : voilà ta mission. Continue d'inspecter les murs du couloir, et tu finiras bien par déceler quelque mécanisme qui ouvre une porte dissimulée sous les boiseries. La manipulation ne doit pas être trop difficile ! C'est par pur hasard, j'en suis persuadé, qu'un de nos honorables boyards a découvert cette cachette. Trouve-la, et nous démasquerons le traître qui ose s'adonner à la débauche au sein même d'une résidence princière !

Ayant encouragé Mitko, le droujinnik l'accompagna jusqu'à l'escalier puis gagna la bibliothèque. À peine entré, il réprima un soupir de dépit : quelqu'un avait déjà accaparé le psautier d'Illarion !

Debout devant le pupitre, Dimitri était occupé à reproduire une des enluminures sur une fine planchette de bois. Sur toute la surface du lutrin étaient disposés pinceaux, palettes, pots d'encre et de couleurs.

— Ah, boyard ! s'exclama l'artiste en apercevant Artem. Je sais que tu souhaites examiner ce manuscrit... N'ordonne pas de me châtier, mais ordonne de me pardonner ! Je dois à tout prix terminer cette copie en profitant de la lumière du jour. La justesse des couleurs en dépend !

Ravalant sa déception, le droujinnik examina Dimitri à la dérobée. Pour une fois, il semblait sobre et parfaitement éveillé. L'émotion animait ses traits, colorait ses joues ; sa physionomie auréolée d'une tignasse rousse paraissait plus ouverte, plus avenante qu'à l'ordinaire.

Plissant les yeux, l'artiste scruta quelques instants l'enluminure d'un air absorbé, puis posa sur Artem un regard étincelant.

— Si tu savais comme je te suis reconnaissant d'avoir retardé notre départ! déclara-t-il avec ardeur. Grâce à toi, je pourrai m'inspirer tous les jours de ce magnifique roi David... Mais regarde donc, regarde cette gamme de verts et de bleus! Et ce rouge, ou encore ce pourpre!

Intrigué, Artem jeta un coup d'œil par-dessus l'épaule de Dimitri et retint son souffle. L'artiste avait raison : jamais Artem n'avait contemplé une palette aussi harmonieuse et variée. C'était une fête pour les yeux! La transparence de certains tons mettait en valeur l'intensité des autres au point qu'ils paraissaient en relief. La plupart avaient l'éclat et la consistance lumineuse des émaux...

La voix de Dimitri interrompit le cours de ses pensées.

— J'en ai pour une heure... peut-être deux, déclara celui-ci avec insouciance. Demain, j'aurai le temps de reproduire deux autres enluminures... En vérité, notre séjour dans cette citadelle tombe à point nommé!

— Tu es bien le seul à le penser, marmonna Artem en ressortant dans le couloir.

Il hésita un instant puis se mit à descendre l'escalier. Pendant que Dimitri terminait sa miniature, il avait le temps de jeter un œil sur les couloirs du rez-de-chaussée.

Il commença par explorer l'aile gauche, où logeaient les comédiens et le Varlet, ainsi que la plupart des serviteurs. Après avoir suivi jusqu'au bout le corridor interminable où donnaient les chambres, il déboucha dans un dédale d'étroits passages obscurs, malodorants et infestés de rats. Décrochant une torche murale, il erra quelque temps sans pouvoir s'orienter et faillit s'égarer pour de bon... mais il ne découvrit rien de suspect.

Regagnant le vestibule, Artem le traversa et s'engagea dans le long corridor qui, symétrique à celui qu'il venait de parcourir, longeait l'aile droite. Il remarqua que la plupart des pièces qui y donnaient étaient inoccupées.

Il finit par se retrouver dans la partie arrière du palais, où le mur ne faisait qu'un avec la muraille d'enceinte donnant sur le Dniepr. Il entreprit d'inspecter ce nouveau labyrinthe de galeries sombres et humides, à peine éclairées par une ou deux torches murales. Plusieurs se terminaient en cul-de-sac, mais Artem continuait de chercher une ouverture sur le fleuve.

Il découvrit enfin une volée de marches glissantes qui descendaient vers une poterne. Le lourd battant clouté de fer était fermé mais pas verrouillé. En le poussant, Artem eut un mouvement de recul : la poterne donnait directement sur le fleuve.

Impressionné, il contempla le splendide panorama qui s'ouvrait devant lui. Le Dniepr baignait le pied de la muraille et s'étendait majestueusement jusqu'à la rive opposée, qui semblait se confondre avec l'horizon.

À une dizaine de coudées de la poterne, une petite embarcation se balançait doucement sur les vagues. Une corde usée l'attachait à un anneau de fer encastré dans la muraille. Se tenant sur le seuil, le droujinnik tendit le bras, attrapa la corde et attira la barque vers lui. Il l'examina avec attention : rien n'indiquait qu'on y était monté récemment. Artem se retourna vers l'escalier, s'apprêtant à refermer le battant et à rebrousser chemin.

C'est alors qu'il vit, à la lumière du soleil déclinant, ce que le maigre éclairage d'une torche murale ne lui avait pas permis de déceler : des traces sanglantes maculaient le sol du couloir et les marches conduisant vers la poterne. À l'évidence, on avait cherché à les effacer, mais l'assassin avait dû le faire à la hâte.

Revenant sur ses pas, le droujinnik alla se planter au milieu de la galerie, en face de la sortie ouvrant sur le fleuve. Il s'efforça d'imaginer ce qui s'était passé ici quelques heures auparavant : sous un prétexte quelconque, le meurtrier propose à Milana de faire une promenade en barque, amène la jeune femme près de la poterne et, à en juger par tout ce sang, l'égorge. Peut-être avait-il l'intention de la réduire au silence d'une façon plus discrète ; mais Milana avait dû se débattre ou essayer de s'enfuir. L'assassin n'a pas le choix, il doit agir vite : il tranche la gorge de sa victime. Ensuite, il jette le corps dans le Dniepr...

Un bruit de pas à peine perceptible arracha Artem à sa réflexion.

Quelqu'un longeait le couloir voisin d'une démarche souple et légère. Était-ce l'assassin qui revenait sur le lieu de son crime ?

D'un bond, Artem s'éloigna de la poterne. Il atteignit en deux enjambées le mur latéral dissimulé dans l'obscurité et s'y adossa, retenant son souffle.

L'instant d'après, il aperçut une ombre émerger de derrière l'angle. Voilé par les ténèbres, l'inconnu n'était qu'une silhouette noire dont le droujinnik distinguait à peine les contours. Le voilà qui s'immobilisait...

Artem sentit ses cheveux se dresser sur sa tête. Il s'efforça de maîtriser la panique qui l'avait envahi, essuya ses paumes moites sur son caftan et posa la main sur le manche de son poignard.

Mais l'homme se remit à marcher. Il passa devant le droujinnik sans le voir, puis avança d'un pas silencieux vers la partie éclairée du couloir.

— Boyard Artem ! lança soudain l'inconnu. Tu es là ?

À la lueur vacillante de la torche, l'homme semblait démesurément long et blême, tel un spectre. On aurait dit qu'il se balançait dans les airs, effleurant le sol de la pointe de ses pieds... Mais le droujinnik reconnut les insignes d'or qui brillaient sur sa poitrine : c'était l'ambassadeur grec.

Artem lâcha un chapelet de jurons et le rejoignit en quelques enjambées.

— Qu'est-ce que tu fais ici, magistros ? jeta-t-il entre ses dents.

— Hé, hé ! La même chose que toi, boyard : je mène mon enquête ! répondit l'autre avec un petit rire satisfait.

— C'est sans doute la raison pour laquelle tu t'es décidé à ôter les clochettes de tes chaussures, commenta le droujinnik d'un ton acide. Tu as raison, elles n'étaient pas très discrètes... Songe aussi à tes précieux insignes honorifiques : ne sont-ils pas un peu trop voyants pour un limier qui cherche à passer inaperçu ?

Le Grec ne parut ni vexé ni embarrassé. Ignorant les sarcasmes d'Artem, il esquissa un sourire matois ; en fait, il semblait ravi de cette rencontre. Il croisa ses doigts bagués sur le devant de son manteau de cérémonie, affichant cette allure onctueuse de pope qu'il affectionnait tant.

— J'étais sûr de te trouver ici, boyard ! déclara-t-il avec un nouveau sourire. Vois-tu, j'ai hasardé quelques conjectures sur le sort de cette comédienne, Milana... On dirait que je suis arrivé à la même conclusion que toi. C'est bien par cette poterne que la charmante brunette a quitté le palais... ainsi que cette vallée de larmes !

— Tu sembles fort bien informé pour quelqu'un qui ne fait que des conjectures, magistros ! observa Artem.

— Trêve de plaisanterie, boyard ! Permets-moi de t'apprendre qu'il n'y a que toi qui ignorais l'existence de cette issue. Peut-être ce brave Fédote est-il dans le même cas, mais c'est tout : les autres convives connaissent parfaitement cette sortie !

Théodore marqua une pause avant d'expliquer :

— Dès la fin de l'hiver, les courtisans se servent de cette poterne donnant sur le fleuve pour venir à la résidence ou pour en repartir. Certains profitent du passage des bateaux du prince, d'autres louent les services d'un batelier; enfin, les troisièmes se contentent de promenades en barque par une chaude nuit d'été. Tu vois que les suspects ne manquent pas... J'ose espérer cependant que tu n'iras pas jusqu'à me soupçonner, moi ! ajouta-t-il avec un sourire un peu forcé.

Artem s'abstint de répondre. Il examina du coin de l'œil cet homme imposant et maniéré, gonflé d'importance, aux joues pleines, à l'expression débonnaire que démentait son regard rusé et fuyant. Pommadé, parfumé, engoncé dans son luxueux manteau de cérémonie, le magistros avançait avec un air de gravité superbe, sûr de lui et fier de sa belle apparence.

Ce dignitaire amoureux d'intrigues et orgueilleux comme un paon était-il capable de commettre un crime ? se demanda Artem. Sans doute, songea-t-il, mais à condition qu'il se trouvât dans son environnement naturel : le palais impérial.

Non, tout compte fait, le droujinnik ne soupçonnait pas le Grec. Par contre, celui-ci venait de lui communiquer une information importante; aussi Artem décida-t-il de supporter sa compagnie un peu plus longtemps.

— Il faut reconnaître que c'est un peu sinistre ici, poursuivit l'ambassadeur avec un frisson exagéré. Pourtant, ceux qui fréquentent la citadelle connaissent ce dédale de couloirs comme leur poche, et le chemin n'est pas si compliqué que cela... Voilà pourquoi j'ai aussitôt pensé à cette poterne : c'était l'endroit idéal pour faire disparaître la comédienne ! Mais le mobile, boyard ? En as-tu une idée ?

Artem étouffa un soupir d'agacement : ce présomptueux personnage s'obstinait à jouer les fins limiers avec le zèle d'un novice !

— Puisque tu t'orientes si bien dans ce labyrinthe, daigne me conduire jusqu'au vestibule, grinça le droujinnik. Nous discuterons en chemin.

Théodore acquiesça d'un signe de tête et se dirigea d'un pas nonchalant vers le premier tournant sur leur droite.

— À propos, boyard, sache que tu n'as point affaire à un néophyte ! remarqua-t-il comme s'il avait lu dans les pensées d'Artem. En ma qualité de magistros, j'ai souvent participé aux enquêtes ordonnées par le Tribunal impérial. En outre, dévoué corps et âme à notre basileus bien-aimé, je traque la trahison par tous les moyens à ma disposition : surveillance, interrogatoires, application de la torture avec un vaste choix d'instruments...

— Je l'imagine sans peine, s'empressa de l'interrompre Artem. Parlons plutôt de l'enquête en cours !

Il éternua bruyamment et se dit qu'il avait attrapé froid dans ces maudits couloirs humides et pleins de courants d'air. Il ne cessait de frissonner, son front était brûlant et une violente migraine lui taraudait les tempes. Pas étonnant qu'il ait pris l'ambassadeur pour un fantôme ! maugréa-t-il en pensée.

— Oui, parlons de l'enquête, approuva le Grec. Car le meurtre de l'enlumineur et celui de la comédienne s'inscrivent dans la même affaire... Et ce dernier confirme ce que je pense depuis le début : les filles d'Ève sont à l'origine de tous les malheurs survenus dans la citadelle !

— Comment ça ? s'étonna le droujinnik, ralentissant le pas.

— Songe à la scène dont tu as été témoin hier soir : c'est par cela que tout a commencé. Une femme nue, un homme qui essaie de la maîtriser... Sans l'ombre d'un doute, il s'agit d'une affaire de mœurs ! Or qui dit luxure, dit femme ; ces éternelles tentatrices poussent l'homme à s'abandonner au péché de la chair et provoquent ses pires débordements ! Enfin, je suppose que je ne t'apprends rien que tu ne saches déjà...

Il poussa un soupir, secoua la tête d'un air réprobateur.

Artem continua de marcher en silence. Il n'avait aucune envie d'entamer une polémique avec le Grec ; certains préjugés sont aussi tenaces que les illusions de l'esprit, il est vain d'espérer les combattre.

— Ainsi, reprit Théodore, le principal coupable est, bien sûr, le scélérat qui trahit la confiance de Vladimir et se vautre dans la débauche au sein même d'une résidence princière. Voilà notre homme ! Il va de soi que l'impétueux Iakov a été éliminé pour avoir tenté de révéler cette machination au grand jour. Quant à la comédienne, elle est au cœur de l'énigme ! Était-elle complice de l'enlumineur ou du traître ? A-t-elle essayé de faire chanter ce dernier ? C'est ce qui reste à découvrir...

Il lança à Artem un coup d'œil en biais. Comme celui-ci continuait de se taire, l'ambassadeur ajouta :

— J'espère que tu ne vois pas d'inconvénient à ce que je continue de mener mon enquête. Vladimir m'en a d'ailleurs donné l'autorisation. Je viens d'interroger la petite blonde, et j'en sais maintenant autant que toi sur cette affaire. Je suis convaincu que la comédienne assassinée était complice et amante de notre homme. Comment comptes-tu t'y prendre pour identifier le traître et dévoiler sa forfaiture ?

— Je compte tout d'abord m'occuper du meurtre de l'enlumineur, bougonna Artem.

Ils étaient arrivés dans le vestibule et se mirent à gravir l'escalier en bois sculpté.

— Ne me dis pas que tu crois à la fable que tu as racontée aux autres! s'exclama le magistros. Je te le répète, il s'agit d'une affaire de mœurs, des agissements scandaleux d'un homme dépravé, prêt à tout pour empêcher qu'on le démasque.

— Je crois, au contraire, que toute l'affaire est liée au psautier d'Illarion, objecta Artem. Mais il y a un détail qui m'intrigue, poursuivit-il à mi-voix, le regard dans le vague, comme s'il se parlait à lui-même. Si j'ai bien compris, les enluminures sont exécutées dans la manière en vogue au siècle dernier; Iakov tenait ce style pour dépassé et dépourvu de grande valeur. Alors, comment expliquer son intérêt soudain pour le manuscrit?

Comme ils arrivaient sur le palier du premier étage, Artem s'arrêta et se tourna vers le Grec. Le moment était venu de se débarrasser de l'importun.

— Je vais donc de ce pas examiner le psautier, conclut le droujinnik. J'espère que, cette fois, personne ne m'en empêchera. Je te laisse, magistros...

Soudain, la porte de la bibliothèque s'ouvrit, une silhouette maigre et dégingandée surgit dans le couloir. L'espace d'un instant, Artem hésita à reconnaître le gouverneur. Les cheveux ébouriffés, le pas chancelant, Alexei semblait être devenu fou. Jetant des regards éperdus autour de lui, il aperçut enfin les deux hommes et se précipita vers eux.

— Boyard! Magistros! s'écria-t-il, tandis que ces derniers avançaient à sa rencontre. Un malheur est arrivé! Le psautier d'Illarion... il a disparu!

CHAPITRE V

Artem et Théodore s'élancèrent vers la bibliothèque, précédés par Alexei.

« Cela devait arriver », ne put s'empêcher de penser le droujinnik, songeant au sinistre pressentiment qui le tourmentait depuis la veille.

— Voyons, qui aurait une idée aussi insensée... commença le magistros.

Comme ils pénétraient tous trois dans la pièce, il secoua la tête d'un air incrédule et demanda au gouverneur :

— Es-tu certain de ce que tu avances, boyard ?

— Hélas ! Je viens de passer les rayonnages au peigne fin !

Alexei s'interrompit pour réprimer une quinte de toux, puis poursuivit :

— J'ai aussi fouillé tous les coffres, car quelqu'un aurait pu y ranger le psautier par erreur, ou encore pour me jouer un mauvais tour... Pas la moindre trace du manuscrit ! S'il s'agit d'une plaisanterie, elle est d'un goût plus que douteux.

— Ton farceur tient probablement moins à s'amuser à tes dépens qu'à entraver la bonne marche de l'enquête, remarqua Artem d'un ton lugubre.

Le gouverneur les conduisit vers l'étagère où il rangeait d'ordinaire le précieux ouvrage et le chercha des yeux, comme s'il s'attendait à le voir réapparaître. Artem y lança un rapide coup d'œil. Tandis que Théodore contemplait le rayon vide en silence, caressant les boucles noires et lustrées de son collier de barbe, Artem s'adressa au gouverneur :

— Sais-tu qui a examiné le psautier en dernier ?

— Il y a environ deux heures, en passant par la bibliothèque, j'ai vu Dimitri reproduire une des miniatures. Ensuite, Ludwar est venu dans mes appartements ; il souhaitait revoir certaines enluminures. Je pensais le trouver ici !

Artem réfléchit un instant. L'heure du souper approchait ; les autres convives devaient se trouver chez eux, se reposant ou s'occupant de leur toilette.

— Je veux que tout le monde soit réuni ici sur-le-champ, décida le droujinnik.

Le gouverneur frappa dans ses mains. Il ordonna au serviteur accouru de prévenir les hôtes et l'intendant qu'ils étaient attendus dans la bibliothèque.

Ainsi qu'Artem l'avait escompté, ils arrivèrent tous aussitôt.

Comme Alexei leur apprenait la disparition du manuscrit, le droujinnik scruta le visage de chacun d'entre eux, mais il ne lut sur leurs traits qu'un mélange de stupeur et de désarroi. Même Ludwar avait renoncé à son masque de froideur teintée de mépris, et il semblait profondément bouleversé.

— Quel sacrilège ! s'exclama-t-il. Les manuscrits anciens sont fragiles, ils s'abîment facilement... Et le coquin qui a dérobé le psautier n'a sans doute aucune idée de la façon dont il faut les traiter. Ce barbare mérite un châtiment bien plus sévère qu'une amende pour vol. Dommage que notre Code ne prévoie plus la peine de mort ! Dès que je serai nommé Garde des Livres, j'en toucherai deux mots à ce sujet à notre prince !

— Le père et les oncles de Vladimir ont aboli cette pratique indigne des vrais chrétiens, rappela Artem. La vie d'un homme...

— Un manuscrit est le dépositaire de la sagesse de plusieurs générations, coupa Ludwar d'un ton cassant. Il est plus précieux que la vie d'un seul être.

— On voit que la tienne n'a jamais été menacée, grommela le droujinnik.

Pressé d'interroger Ludwar, il s'abstint d'autres commentaires.

— J'espérais admirer une dernière fois cette œuvre incomparable, lui confirma celui-ci. Ainsi que je l'ai expliqué au gouverneur, certaines enluminures me fascinent à tel point que je pourrais... Mais peu importe. Lorsque je suis arrivé ici, Dimitri travaillait encore. D'après lui, il en avait jusqu'à l'heure du souper. J'ai alors décidé de revenir demain matin et j'ai regagné ma chambre.

— C'est exact, acquiesça l'artiste. En fin de compte, j'ai terminé ma copie plus tôt que prévu. Je voulais remettre le codex à sa place, mais je me suis ravisé en songeant à Ludwar.

Dimitri avait du mal à articuler et soufflait comme un bœuf. Visiblement, il avait déjà ingurgité quelques coupes d'eau-de-vie pour se mettre en appétit avant le repas.

— Tu es donc le dernier à l'avoir eu entre les mains, souligna Artem. À quelle heure as-tu quitté la bibliothèque?

— Il y a environ une demi-heure, répondit l'enlumineur en vacillant. J'ai examiné ma copie et je me suis dit : « Tu te défends encore pas mal, vieux frère ! Ça mérite qu'on porte une santé au roi David, aux anges et à la Sainte Vierge... »

— Je te remercie de ton témoignage, s'empressa de l'interrompre Artem, le visage crispé.

Il avait affreusement mal à la tête, et l'haleine avinée de Dimitri lui soulevait le cœur. Il se hâta de rejoindre le gouverneur qui s'était laissé tomber sur une chaise. Blême, les mains tremblantes, Alexei semblait à bout de forces. Il voulut dire quelque chose au droujinnik, mais une nouvelle quinte de toux lui déchira la poitrine. À cet instant, Siméon annonça que le souper était servi, et les convives commencèrent à sortir en discutant à mi-voix. Lorsque Artem et le gouverneur furent seuls, celui-ci demanda d'une voix blanche :

— Et maintenant, que faire, boyard ?

— Fouiller de fond en comble toute la forteresse, à commencer par la résidence, suggéra le droujinnik avant d'ajouter : Mais ne te fais pas trop d'illusions ! Le psautier ne sera pas facile à retrouver. En tout cas, je doute fort que le voleur l'ait caché dans ses propres appartements. C'est peut-être un mauvais plaisant, mais il est loin d'être stupide. Il a dû choisir sa cachette à l'avance, et il espère sûrement y garder le manuscrit le plus longtemps possible.

— N'importe comment, remarqua Alexei, les serviteurs n'auront pas le temps d'inspecter toutes les pièces ce soir. Et je ne parle pas de tous les coins et recoins du rez-de-chaussée...

Soudain, il se tut et se tourna vers la porte.

Au même instant, Artem perçut un bruit ténu, semblable à un craquement du plancher.

— As-tu entendu ? chuchota le gouverneur.

Il se dirigea sur la pointe des pieds vers la porte et l'ouvrit brusquement.

— Bizarre... J'aurais juré qu'il y avait quelqu'un !

Artem le rejoignit. Ils sortirent jeter un coup d'œil dans le couloir, mais ne virent personne. Perplexe, Alexei haussa les épaules, avant de balayer ses doutes d'un geste résigné. Les deux hommes retournèrent dans la pièce.

Ils se concertèrent encore quelque temps à propos des mesures à prendre, puis le gouverneur partit ordonner aux serviteurs de commencer une fouille systématique du palais.

Artem, lui, gagna péniblement la salle de réception. En entrant, il chercha Mitko du regard, mais celui-ci n'était pas encore arrivé. Le boyard se sentait fiévreux et recru de fatigue. Il mangea du bout des lèvres, tout en frottant ses tempes endolories que la migraine enserrait un peu plus à chaque minute. Comment réfléchir dans des conditions pareilles ? C'est à peine s'il avait encore la force de se demander où en était le Varlet, et s'il avait réussi à percer le mystère de la chambre rouge.

Enfin, il repoussa son assiette et rejoignit le couloir d'un pas lourd. C'est alors qu'il vit arriver Mitko. À sa mine renfrognée, Artem comprit que ses recherches n'avaient pas abouti à grand-chose. Comme ils se dirigeaient vers les appartements du droujinnik, le Varlet lui fit son rapport, qui se résumait à peu de mots.

— J'ai passé en revue toutes ces fichues boiseries pour la vingtième fois, sans parvenir à déceler le mécanisme secret, grogna-t-il avant d'ajouter : J'ai quand même déniché quelque chose d'utile, boyard : un indice important, comme tu dis. À un moment — il faisait encore clair —, je suis sorti examiner de l'extérieur les fenêtres du deuxième étage. Les volets clos, elles se ressemblent toutes, je n'ai rien remarqué de particulier. Mais je les ai comptées : il y en a douze.

— Et alors ? fit Artem.

— Onze pièces seulement sont situées à cet étage et donnent sur la cour ! déclara Mitko d'un ton de triomphe. La fenêtre en trop est la preuve irréfutable de l'existence de la chambre rouge ! La façade n'est pas très difficile à escalader ; cette nuit, je pourrai forcer les volets et m'introduire dans la pièce...

— Pas question, c'est trop dangereux ! l'interrompit Artem. Le criminel a sans doute pris des précautions contre les visiteurs indésirables. Tu risques de tomber dans un piège !

Ils pénétrèrent dans ses appartements, et Artem se mit à marcher de long en large, tiraillant sur sa moustache d'un air soucieux. Après quelques instants de réflexion, il décida :

— Demain matin, à la première heure, je réunirai tous les convives dans la cour. Pendant que je les aurai sous les yeux, tu pourras explorer les fenêtres du deuxième étage et t'introduire dans la chambre rouge, sans risquer de tomber nez à nez avec l'assassin. Maintenant, va te restaurer, puis essaie de te reposer. Je viendrai te chercher dès qu'il fera jour.

Mitko brûlait d'agir mais, pour l'heure, il savait qu'il était inutile d'insister. En outre, son estomac criait famine ; il se hâta donc vers la salle des banquets et s'y joignit à Dimitri qui, seul parmi les invités, en était encore à ripailler.

Quant à Artem, il n'avait qu'un désir : se coucher et dormir. Pourtant, il se sentait trop mal en point pour trouver le sommeil sur-le-champ. Outre un rhume sévère, il souffrait de la plus violente migraine qu'il avait eue depuis des lunes... Mais l'unique remède contre ses maux de tête, la potion aux graines de pavot, était restée à Tchernigov !

Finalement, il se laissa tomber dans un fauteuil, se recroquevilla sur lui-même et s'immobilisa, serrant sa tête entre ses mains.

Pendant qu'Artem, prostré, renonçait à lutter contre la douleur qui lui vrillait les tempes, Fédote se morfondait dans les appartements voisins, en proie à une angoisse croissante. Plus l'heure du rendez-vous approchait, plus il se sentait rongé par le doute.

Un peu plus tôt dans la soirée, l'assassin de Milana l'avait abordé pour lui glisser quelques mots à l'oreille. L'homme avait en sa possession la chapka de Fédote, qu'il avait ramassée près du lieu du crime. Cet objet, avait-il observé, suffisait pour que le collectionneur soit accusé du meurtre de Milana... En outre, l'assassin avait appris par sa victime que Fédote se trouvait dans la chambre des actrices peu avant l'événement funeste. N'importe qui, assura-t-il au boyard, pourrait alors imaginer aisément la façon dont le drame s'était déroulé. À savoir : éconduit par Lina, le collectionneur humilié s'élance à la poursuite de l'autre jeune femme ; il assouvit sa vengeance en la violentant, avant de la réduire définitivement au silence... Cette version plus que crédible ne manquerait pas de convaincre tous les magistrats du Tribunal ! Et si Fédote racontait la vérité — s'il révélait l'identité du coupable —, qui le croirait ? C'était sa parole contre celle de l'autre homme, muni de puissantes relations, apprécié par le prince et surtout par son épouse, la princesse anglaise Guita... Or tout le monde savait que Vladimir adorait sa femme et lui passait tous ses caprices. Elle était bien la seule personne au monde qui eût été capable de mener le prince à la baguette, et on disait qu'elle ne s'en privait pas !

Cependant, avait souligné l'interlocuteur de Fédote, ils n'avaient point besoin de s'accuser mutuellement. Pourquoi ne trouveraient-ils pas un arrangement équitable et sûr ? Car il n'y a point d'incidents si malheureux que les habiles gens n'en puissent tirer quelque avantage !

Le collectionneur n'avait rien à objecter à ce raisonnement. C'est donc pour négocier le prix de son silence qu'il devait rejoindre son interlocuteur si persuasif vers une heure de la nuit, dans le vestibule...

Envahi par une vague appréhension, Fédote faisait

119

les cent pas en tirant sur sa maigre barbiche. Il ne cessait de se répéter qu'il ne courait aucun danger. Le criminel le plus endurci n'oserait lever la main sur un de ses pairs, un noble, un habitué de la cour ! En outre, l'assassin ne prendrait pas le risque de l'agresser tant qu'il éviterait de se laisser entraîner dans le sinistre dédale des couloirs...

Rien à faire ! Il avait beau se raisonner et tenter de se rassurer : une angoisse diffuse mais tenace continuait de l'oppresser.

Il ne parvint à se ressaisir qu'en pensant à la récompense promise : ce n'est pas tous les jours qu'on gagne une somme rondelette sans bouger le petit doigt ! Un peu apaisé, il s'approcha de la fenêtre pour consulter la position des étoiles.

C'était l'heure du rendez-vous. Après s'être assuré que son poignard était bien accroché à sa ceinture, Fédote se glissa hors de sa chambre.

Dans le vestibule chichement éclairé par une seule torche murale, l'homme l'attendait au pied de l'escalier, négligemment accoudé à la rampe en bois sculpté. Fédote s'approcha de lui, l'air méfiant, et le salua d'un signe de tête.

— Tu peux parler sans crainte, le tranquillisa son interlocuteur. Seuls les domestiques logent ici ; ils sont fatigués par leur journée de travail et dorment à poings fermés. As-tu réfléchi à ma proposition ?

Fédote déglutit nerveusement.

— Combien me proposes-tu pour que toute cette histoire reste entre nous ? s'enquit-il.

— Trois grivnas d'or.

Le collectionneur eut le souffle coupé : c'était bien plus qu'il n'avait espéré ! En une fraction de seconde, il imagina ce qu'il pourrait réaliser avec cet argent tombé du ciel : agrandir la demeure familiale, acheter le domaine voisin qu'il convoitait depuis plusieurs étés, équiper des bateaux marchands pour étendre jusqu'à Tsar-Gorod son commerce de fourrures...

— Cinq, répliqua-t-il d'un ton ferme.

— Comment, cinq? s'écria l'homme en sursautant. Cinq grivnas d'or? Tu es fou!

— À toi de voir; c'est mon dernier mot, insista Fédote d'un ton déterminé.

En réalité, il se demandait la mort dans l'âme s'il ne se montrait pas trop gourmand. Mais au bout de quelques instants, son interlocuteur céda.

— Entendu, jeta-t-il. Tu peux dire que tu as de la chance, boyard, car j'ai horreur de marchander. Je te remettrai cette somme dès notre retour dans la capitale... À moins que tu ne préfères que notre petite affaire soit réglée sur-le-champ, ajouta-t-il comme à contrecœur.

— Autant en finir tout de suite, se hâta d'acquiescer le collectionneur.

— Soit; attends-moi ici, je vais de ce pas chercher l'or, dit l'homme.

— Tu es venu à Loub avec une aussi grosse somme d'argent? Comment cela se fait-il?

— Hier matin, avant notre départ, j'ai conclu une importante transaction... Boyard, si tu as changé d'avis, dis-le clairement! lança-t-il d'un ton irrité.

Sur un signe de dénégation de Fédote, il se mit à gravir l'escalier sans se presser, laissant le collectionneur rêver à sa bonne fortune.

Après avoir gagné sa chambre, l'homme sortit de sous son lit un lourd paquet qui ressemblait à une cassette enveloppée dans une étoffe. L'espace d'un instant, il le considéra, songeur, tandis qu'un sourire mauvais flottait sur ses lèvres. Comme il rajustait d'une main la longue dague accrochée à sa ceinture, le paquet lui échappa et tomba bruyamment sur le plancher. L'homme étouffa un juron et se figea, à l'affût du moindre mouvement de l'autre côté de la porte. Mais tout restait calme. Il ramassa alors son précieux fardeau, se faufila prudemment au-dehors et se dirigea vers l'escalier.

Il ne vit pas Artem passer la tête par l'entrebâillement de la porte et regarder dans sa direction.

Un peu plus tôt, le droujinnik s'était assoupi dans son fauteuil, mais un bruit sourd l'avait tiré de son sommeil. Obéissant à une impulsion, il s'était levé d'un bond pour se précipiter vers la porte. Comme il scrutait le couloir éclairé par quelques bougies, il eut le temps d'apercevoir une silhouette sombre se glisser vers le palier et se fondre aussitôt dans le noir.

Sans perdre un instant, Artem s'élança à la poursuite de l'inconnu. En fait, il pensait avoir deviné son identité : c'était sûrement l'ambassadeur grec qui se piquait de jouer les fins limiers ! Qu'est-ce que Théodore pouvait bien manigancer ? Espionnait-il quelqu'un ? Voulait-il fouiller en catimini quelque cachette découverte dans la soirée ? Le droujinnik longea le couloir sur la pointe des pieds, rejoignit le palier et tendit l'oreille. Il perçut un bruit de pas à peine audible qui semblait parvenir d'en bas, et il s'engagea à son tour dans l'escalier.

Soudain, la torche murale éclairant le rez-de-chaussée s'éteignit. Artem se figea, tous les sens en éveil. N'entendant aucun bruit suspect, il descendit silencieusement les dernières marches et s'arrêta. Au bout de quelques instants, ses yeux s'habituèrent un peu à l'obscurité. Il distingua un mince rayon de clair de lune provenant de la porte d'entrée mal fermée. Il lui sembla aussi discerner une silhouette d'homme qui se tenait immobile comme une statue au milieu du vestibule.

Hésitant à apostropher le magistros, Artem avança à sa rencontre. C'est alors qu'il sentit un mouvement à peine perceptible tout près de lui. Instinctivement, il s'écarta d'un bond... Trop tard ! Une douleur fulgurante lui traversa le crâne, et il sombra dans l'inconscience.

Quand le droujinnik revint à lui, il était étendu sur le dos. L'obscurité était presque complète mais, soulevant la tête, il devina les contours de l'escalier sur sa gauche, au milieu du vestibule. Une atroce douleur à la nuque lui brouillait l'esprit, mais il se souvint d'avoir été assommé par un agresseur inconnu qu'il avait d'abord pris pour l'ambassadeur grec. Comme il voulait se tâter le crâne, il se rendit compte que sa main droite serrait un objet oblong, ressemblant à un manche de poignard. Desserrant les doigts, il le posa machinalement sur le sol avant d'effleurer l'énorme bosse qui ornait sa nuque. Tout en pestant à voix basse, il s'efforça de se relever.

Le droujinnik demeura un long moment debout dans le noir, en proie au vertige, luttant contre un accès de nausée. Lorsqu'il se sentit un peu plus sûr de ses mouvements, il avança lentement vers l'entrée principale qu'il discernait grâce à un mince rai de la lune filtrant au niveau du sol. Il fouilla dans la poche de son caftan : par chance, il n'avait pas perdu le briquet de silex qu'il gardait toujours sur lui ; il allait donc pouvoir allumer une des torches fixées de part et d'autre de la porte.

Soudain, Artem trébucha et faillit s'étaler à nouveau de tout son long. Il s'accroupit et tâtonna dans l'obscurité : sa main rencontra le corps inerte d'un homme. Le droujinnik se redressa en étouffant un juron et se précipita en direction de la porte. Il trouva presque aussitôt une torche fixée au chambranle. Après l'avoir allumée de ses doigts tremblants, il se retourna.

Le corps sans vie allongé au milieu du vestibule était celui de Fédote. Il avait reçu un coup de couteau en plein cœur et le sang maculait le devant de son caftan orné de broderies. Artem s'en approcha et lui effleura le front : il était encore tiède, la mort ne devait pas remonter à plus de deux heures. Quant à l'arme du crime, selon toute vraisemblance, il s'agissait de la dague qu'Artem serrait dans sa main au moment de reprendre connaissance. Il la chercha des yeux : elle était toujours là où il l'avait abandonnée sur le sol...

... C'était son propre poignard ! Quelqu'un s'en était donc servi pendant que lui-même était inconscient ? Ou bien était-ce lui, Artem, qui... ? Non, jamais de la vie ! Il chassa la monstrueuse idée avant même qu'elle n'ait pris forme dans son esprit.

Artem ramassa la lame ensanglantée et la contempla, en proie au désarroi le plus complet. Quand il eut surmonté un nouvel accès de vertige, il se pencha sur le cadavre pour examiner la blessure à la poitrine. De fait, Fédote avait été assassiné avec une dague à lame longue et fine, semblable à celle qu'Artem portait à sa ceinture... Une dague *semblable* à la sienne — ou bien *sa propre dague* ?

Un horrible malaise l'envahit. Que son poignard fût l'arme du crime ou pas, il *savait* que ce n'était pas sa main qui l'avait tenu. Et pourtant... L'impossible idée qui l'avait effleuré un peu plus tôt revenait malgré lui s'insinuer dans son esprit tel un lent poison.

Il épongea son front moite du revers de sa manche et se redressa. C'est alors qu'il remarqua au pied de l'escalier l'objet avec lequel on avait dû l'assommer. Il reconnut dans l'instant le lourd manuscrit à reliure de cuir et d'argent ciselé : le psautier d'Illarion !

Reposant son poignard sur le sol, Artem s'empressa de s'assurer qu'il s'agissait bien du précieux codex enluminé. Puis il s'assit sur une marche, ferma les yeux et tenta de reconstituer les faits d'après les éléments qu'il possédait. Au cours de la soirée, Fédote dérobe le psautier d'Illarion puis, la nuit venue, il essaie de s'enfuir avec son butin. Artem le voit se faufiler vers l'escalier et s'élance à sa poursuite. Le voleur s'en aperçoit, éteint la torche qui éclaire le vestibule et, tapi dans l'obscurité, guette le droujinnik. Au moment où il l'assomme avec le manuscrit, Artem a une réaction instinctive : il dégaine son poignard et l'enfonce dans la poitrine de son assaillant, avant de s'effondrer, inconscient...

Ainsi, il aurait tué Fédote par pur réflexe de défense, puis il aurait oublié son geste à cause de sa violente migraine et du coup qu'il avait reçu...

Et c'était bien ce que le véritable meurtrier cherchait à lui faire croire.

Ah, non ! Ce monstre de perversité n'arriverait jamais à le convaincre ! Artem n'était pas un assassin ; même malade ou hors de lui, il serait incapable de poignarder un homme désarmé.

Par conséquent, conclut-il, un troisième homme avait participé au drame, l'assassin de Fédote et son propre agresseur ; c'est lui qui avait arrangé ce plan diabolique. Pourtant, Artem éprouvait toujours un malaise... Il tenta d'imaginer l'esprit qui avait conçu cette idée et fut pris de vertige, comme s'il s'était penché au-dessus d'un gouffre sans fond. La perversité de l'esprit humain était-elle donc sans limites ?

Il lui fallut toute sa volonté pour chasser cette pensée troublante. Il songea alors qu'il avait quelques heures devant lui pour trouver la clé de l'énigme et préparer son rapport au prince. Mais avant de continuer son enquête, il avait besoin de se reposer un peu et d'analyser ce nouveau meurtre. Il espérait d'ailleurs que le cadavre de Fédote ne serait découvert qu'après le lever du jour. Ainsi, il pourrait s'accorder une ou deux heures de réflexion avant que la nouvelle n'éclate.

Comme le droujinnik se levait, il dut s'accrocher à la rampe pour ne pas tomber. La tête lui tournait, et les accès de nausée devenaient de plus en plus pénibles. Dans son état, il aurait du mal à regagner ses appartements... et il serait tout à fait incapable d'y apporter le lourd manuscrit!

Soudain, il eut une idée : Lina! La chambre de la comédienne se trouvait tout près, au début du couloir de l'aile gauche.

Luttant contre le vertige, Artem ramassa son poignard et l'essuya sur le caftan du mort avant de le rengainer. Décidément, il agissait en assassin endurci, songea-t-il avec une sombre ironie. Chassant cette idée désagréable, il avança d'un pas lent et mal assuré jusqu'à l'entrée du couloir et frappa à la porte de la jeune femme.

Lina devait avoir le sommeil léger car elle lui ouvrit presque aussitôt. Ses cheveux dénoués couleur de lin lui tombaient jusqu'aux reins; elle portait une longue chemise en fin tissu clair et avait jeté sur ses épaules son châle à fleurs rouge et noir. En reconnaissant Artem, elle porta la main à ses lèvres pour étouffer un cri de surprise.

— Boyard! Que se passe-t-il? s'enquit-elle dans un murmure.

— J'ai besoin de ton aide, articula le droujinnik d'une voix rauque.

À cet instant, tout se brouilla devant ses yeux et il dut s'adosser au chambranle de la porte pour ne pas tomber. Lorsque son malaise se fut atténué, la jeune femme le conduisit vers le coffre qui avait servi de lit à Milana. Elle aida Artem à s'y allonger, alluma les bougies d'un chandelier à deux branches posé sur la table et s'installa à son chevet sur un tabouret branlant.

Fixant son visage tendu par l'inquiétude, Artem déclara :

— Un nouveau meurtre vient d'être commis, dame Lina. L'assassin s'est enfui après m'avoir assommé. Le cadavre de la victime se trouve dans le vestibule, mais je préfère attendre un peu avant d'alerter les autres. Je souhaite profiter de ce moment de calme pour réfléchir à ce qui vient de se passer. Si personne ne découvre le corps avant le lever du soleil, je me chargerai de donner l'alarme à ce moment. Dans l'immédiat, il faut mettre à l'abri le manuscrit que l'assassin a laissé au pied de l'escalier. Aurais-tu le courage d'aller le chercher?

Lina acquiesça d'un signe de tête et sortit d'un pas silencieux. Quelques instants plus tard, elle revint dans la pièce, ployant sous le poids du psautier.

— Que faut-il que je fasse de ce livre? s'enquit-elle. Dois-je le cacher?

— Inutile, je le remettrai à son propriétaire ce matin même, à la première heure. En attendant, il faut que tu m'aides à monter dans mes appartements, après quoi tu m'apporteras le manuscrit.

— Il n'est pas question que tu te lèves maintenant, boyard, protesta Lina d'un ton ferme. Tu es incapable de faire deux pas sans perdre l'équilibre, et je ne suis pas assez forte pour te soutenir. Je vais d'abord te soigner; plus tard, quand tu te sentiras mieux, je t'accompagnerai chez toi.

Le droujinnik se résigna à son sort en poussant un soupir. La comédienne lui ordonna de se coucher sur le ventre pour pouvoir examiner l'arrière de son crâne, puis elle commença à s'affairer dans la chambre. Fasciné par la grâce féline de ses gestes, Artem l'observa à la dérobée pendant quelques instants, mais l'épuisement finit par avoir raison de lui. Il s'assoupit.

Lorsqu'il rouvrit les yeux, Lina était de nouveau

assise à son chevet, ses mains fines et nerveuses de musicienne posées sur les genoux.

— J'ai appliqué un cataplasme de plantain et de levain sur ta nuque, déclara-t-elle. Cela devrait te soulager et faire désenfler ta bosse en quelques heures. Je t'ai aussi préparé une potion à base de basilic et de menthe sauvage qui purifiera ton corps des humeurs malignes. Bois-en trois gorgées, cela te remettra vite d'aplomb.

À ces mots, elle s'éloigna vers la table, où s'éparpillaient maintenant des sachets en tissu contenant les herbes médicinales. Prenant une coupe en bois posée au milieu des plantes, elle revint vers Artem, l'aida à s'asseoir sur sa couche et lui tendit le récipient. Il avala stoïquement le liquide épais et amer, se renversa sur les coussins et défit le col de son caftan gris perle. Déjà, sa respiration devenait plus régulière, plus aisée.

— Où as-tu appris l'art de soigner ? demanda-t-il.

— Je ne suis pas guérisseuse, protesta Lina. Je m'y connais un peu en plantes médicinales grâce à ma mère. Elle venait d'une honorable famille d'apothicaires, et elle m'a enseigné tout ce qu'elle savait elle-même.

— Ne m'as-tu pas dit que tes parents étaient comédiens ambulants ?

— Je ne t'ai pas menti. En fait, quand ils se sont rencontrés, seul mon père exerçait ce métier. Ma mère est tombée éperdument amoureuse de lui et s'est enfuie de la maison paternelle pour suivre son amant...

Lina s'interrompit et baissa la tête, tortillant la frange de son châle.

— Je t'ai quand même menti, reprit-elle d'un ton contrit. Ça n'a rien à voir avec mes parents ou ma profession... C'est au sujet de ce boyard assassiné — celui dont le corps est dans le couloir. En réalité, je l'ai bel et bien rencontré peu avant la disparition de Milana.

Comme le droujinnik la dévisageait en silence, les joues de Lina s'empourprèrent.

— Il espérait, euh... obtenir mes faveurs moyennant récompense, murmura-t-elle. Dès que j'eus compris où il voulait en venir, je l'ai flanqué dehors. Il est resté moins d'un quart d'heure... Au fait, pendant qu'il était là, Milana est passée en coup de vent prendre son châle. C'est la dernière fois que je l'ai vue... mais tu le sais déjà.

— Pourquoi m'avoir caché la vérité ? s'enquit Artem. Tu n'as rien commis de répréhensible !

— Peu après que le chef de notre troupe vous eut informés de la disparition de Milana, le boyard Fédote est revenu me supplier de ne raconter à personne qu'il était venu ici. Il m'a payé une demi-grivna d'argent. Comment pouvais-je refuser une telle somme ?

— Je pourrais te faire condamner pour entrave à la justice ! s'écria le droujinnik. Tu as dissimulé une information de la plus haute importance ! Humilié par ton accueil, le collectionneur a pu suivre ton amie dans l'espoir de se venger...

— J'en doute, l'interrompit Lina. Il est vrai qu'il est parti tout de suite après elle, mais Milana marche vite, jamais il n'aurait pu la rattraper. Et puis, ce vieux débauché... Oh ! pardon, on ne doit pas dire du mal d'un mort... Ce boyard, donc, avait un corps mou et flasque malgré son bel embonpoint, il ne possédait pas la force nécessaire pour attaquer une femme grande et bien en chair comme Milana. Je suis moins robuste qu'elle et, pourtant, je n'ai eu aucun mal à le jeter dehors.

— Tu aurais quand même dû m'en avertir plus tôt, gronda Artem. Moi aussi, j'imagine mal Fédote en assassin, mais je suis persuadé qu'il savait quelque chose sur le meurtre de Milana. Et maintenant, on peut dire qu'il a emporté son secret dans la tombe !

Ils se turent pendant un long moment. Artem conservait une mine renfrognée, mais en réalité il se sentait à nouveau sous le charme de la jeune femme. Elle avait baissé les paupières, et le droujinnik en profitait pour dévorer du regard son corps souple comme un roseau et son visage à la beauté délicate. Lorsqu'elle leva la tête, leurs yeux se rencontrèrent, et Artem eut la sensation de se noyer dans la profondeur des prunelles gris sombre. Troublé, le droujinnik se hâta de prendre la parole :

— Ta mixture m'a fait beaucoup de bien, déclara-t-il plein de gratitude. Je n'ai plus de frissons et presque plus mal à la tête. Surtout, mon esprit semble avoir recouvré sa lucidité !

Lina approuva en silence. À son air indécis, Artem comprit qu'elle hésitait à lui confier quelque chose.

— Tu peux me parler sans crainte de tout ce qui te tracasse, l'encouragea-t-il, s'installant plus confortablement contre les coussins. Notre conversation restera entre nous ; et si elle s'avère utile pour l'enquête, ton nom ne sera pas mentionné.

— Je ne crois pas que ma vie privée présente le moindre intérêt pour l'enquête, observa la jeune femme. Pourtant, j'aimerais te demander un conseil car tu es un homme avisé. Je suis en train de vivre une aventure bien singulière, du moins pour moi...

Elle se mordit la lèvre et rougit de plus belle jusqu'à la racine des cheveux. Sa calme assurance avait disparu ; elle semblait soudain si fragile et si désarmée que le droujinnik eut envie de la prendre dans ses bras pour la protéger contre tous les dangers, réels et imaginaires.

— Sous le regard d'autrui, je sais mimer l'amour et la haine, la joie et la peur, poursuivit Lina dans un murmure. Mais que faire lorsque ces sentiments s'emparent de nous dans la réalité ? Je suis tombée amoureuse d'un homme merveilleux, mille fois digne de la plus belle, de la plus vertueuse des femmes. Mais est-ce que je peux laisser cette passion gouverner ma vie ? Ne dois-je pas l'étouffer avant qu'elle ne ravage mon âme ?

Artem ne s'attendait pas à pareille confidence. Ne trouvant aucune réplique adéquate, il passa les doigts dans sa chevelure cendrée et finit par suggérer :

— Chaque femme doit chercher à fonder une famille, à devenir épouse et mère. Pourquoi ne pas profiter de cette occasion pour abandonner ton dur métier et ceindre la couronne de mariage ?

— Ah ! boyard, tu n'y es pas ! soupira l'actrice. Mon bien-aimé est un personnage important, il fréquente la cour... Je n'espère point l'épouser mais seulement devenir sa douce amie. D'un autre côté, il est dans la force de l'âge, et c'est maintenant qu'il doit penser à se marier pour assurer sa descendance... Qu'adviendra-t-il alors de moi ? Si seulement je le connaissais mieux ! J'ai le sentiment de l'avoir toujours aimé, mais je ne l'ai rencontré qu'il y a deux jours !

Soudain, le droujinnik comprit : l'amoureux de la comédienne faisait partie des boyards réunis dans la citadelle ! Il réprima un brusque accès de jalousie. De qui pouvait-il bien s'agir ? Et si... si Lina parlait de lui, Artem ? Il eut aussitôt honte de cette pensée absurde, mais son cœur se mit à cogner à grands coups désordonnés dans sa poitrine.

— Est-ce que cet homme partage tes sentiments ? demanda-t-il en lissant sa moustache claire.

— Il m'aime, il ne peut pas en être autrement ! s'exclama la jeune femme avec fougue. Si je me trompais, j'en mourrais !

Elle se leva et se mit à arpenter la chambre exiguë en se tordant les mains.

— Je suppose que tu as deviné la vérité, boyard, poursuivit-elle sans le regarder. Pour l'heure, j'ignore ce qu'il éprouve envers moi car je viens de m'ouvrir à lui. Je sais qu'il est attiré par moi, mon intuition ne me trompe pas...

Lina s'arrêta et, malgré le geste de protestation d'Artem, se laissa tomber à genoux devant le coffre où il était installé.

— Je ne veux pas que tu me juges mal ! poursuivit-elle d'un ton suppliant. Tu penses sans doute que j'ai oublié toute pudeur... Mais j'ai préféré faire le premier pas plutôt que de partir sans m'être expliquée avec lui. Je saurai d'ici peu s'il veut de moi...

Les paupières mi-closes, Lina leva vers le droujinnik un regard brûlant et langoureux — le regard d'une femme qui ne cherche plus à lutter contre la passion qui la consume mais s'y abandonne avec volupté. La flamme vacillante des bougies teintait d'or sa chevelure dénouée et dansait dans ses prunelles assombries par le désir. Ils étaient seuls dans un univers envahi par les ténèbres et le silence, et elle venait de lui avouer son amour...

Envoûté par la magie de cet instant, grisé par la proximité de cette beauté qui s'offrait à lui, Artem sentit son corps s'embraser et ses muscles se tendre sous la violence de son désir. Il avait besoin de caresser la peau soyeuse de Lina, de goûter à la saveur de ses lèvres, de respirer le parfum de son corps. L'espace d'un instant, il se vit l'enlacer d'un mouvement impérieux et l'attirer vers lui...

Il détourna la tête au prix d'un effort surhumain et fixa le manuscrit que la comédienne avait posé sur son lit. Inculqué depuis sa jeunesse, le sens de la discipline avait fini par dominer le tumulte qui régnait dans son cœur. Il ne se méfiait point de Lina, mais, tant que sa tâche n'était pas terminée, il s'interdisait les plaisirs des sens, aussi dangereux que le fruit défendu.

— Il faut que tu oublies cet homme, déclara-t-il

d'une voix morne. Ce boyard ne saurait te rendre heureuse ; il est donc indigne de ton amour. Songe plutôt à trouver un époux honnête et travailleur.

Il perçut une sorte de soupir étouffé et s'interrompit, mais Lina demeurait silencieuse. Au bout d'un moment, Artem se risqua à lever les yeux vers elle. Les paupières baissées, la jeune femme semblait l'image même de la résignation. Sentant le regard d'Artem se poser sur elle, elle se redressa avec agilité et rajusta son châle, se couvrant les épaules d'un geste pudique. Le droujinnik se releva lui aussi de sa couche. Il reboutonna le col de son caftan et fit quelques pas dans la pièce.

— Grâce à tes soins, je revis ! s'exclama-t-il en se campant devant Lina. À présent, je vais regagner mes appartements. J'emporte ce psautier. Il est plus lourd qu'une masse d'armes, et si quelqu'un ose s'attaquer à moi, je n'hésiterai pas à en faire le même usage que mon assaillant de tout à l'heure !

— Il est quand même plus prudent que je t'accompagne, insista la comédienne.

Artem acquiesça. Comme ils traversaient le vestibule, il jeta un coup d'œil vers le cadavre du collectionneur. Il éprouva aussitôt le malaise indéfinissable qui l'avait envahi alors qu'il venait de découvrir son poignard maculé du sang de la victime. Il se dit qu'il réfléchirait à cette machination diabolique plus tard, après le bref repos dont il avait besoin. En attendant, il décida de laisser le vestibule dans l'obscurité, comme il l'avait trouvé un peu plus tôt, et demanda à Lina d'éteindre la torche fixée près de l'entrée lorsqu'elle regagnerait sa chambre.

Ils rejoignirent sans incident les appartements d'Artem. Soulagé, il posa le précieux manuscrit sur une table basse en bois sculpté. Se tournant vers la comédienne qui l'observait depuis le seuil, il voulut la remercier de nouveau, mais elle l'interrompit :

— Je suis ravie de t'avoir été utile, et je ne te demande en retour qu'un peu d'indulgence... car j'ai envie de prolonger un peu mon rêve impossible.

Elle se passa la main sur le front, secoua la tête d'un air indécis, rejeta en arrière ses cheveux de lin qui l'enveloppaient comme une cape. Et soudain, ses yeux étincelèrent, son visage s'épanouit dans un sourire de bonheur.

— Je vais de ce pas retrouver mon bien-aimé, poursuivit-elle, fixant Artem d'un regard hardi. Tu dois penser que je suis folle, boyard — et je le suis sans doute, au moins aussi folle que ma mère... Si mon amoureux ne veut pas de moi dans sa vie, tant pis ! J'aurai quand même été heureuse cette nuit !

Elle s'inclina, sa chevelure soyeuse effleurant le sol, et se glissa au-dehors avant qu'Artem, abasourdi, eût pu réagir.

Ainsi, c'est un autre que lui qu'aimait la comédienne ! Par chance, cette méprise grotesque n'avait duré que quelques instants...

Jaloux, honteux, il se mit à marcher de long en large entre la fenêtre et la table, tirant furieusement sur sa moustache. Il reconnut cependant que s'il s'était ridiculisé à ses propres yeux, Lina n'y était pour rien. Cette pensée lui rappela la farce atroce, malsaine, que l'assassin de Fédote lui avait jouée — ou, plutôt, lui avait *fait jouer* en l'obligeant à endosser le rôle du meurtrier. Quel esprit pervers avait donc pu concevoir une idée aussi monstrueuse ?

Il se sentit soudain très las. La belle Lina ne l'avait-elle pas guéri de tous ses maux ? songea-t-il, surpris par cet accès de faiblesse. Ou bien s'agissait-il d'une illusion, là encore ? Balayant toutes les questions qui assaillaient son esprit épuisé, il se traîna jusqu'à son lit et s'endormit comme une masse.

À peu près au même moment, à l'étage au-dessous, Mitko s'éveilla d'un bond dans sa chambre. Il s'assit sur son séant et tendit l'oreille, se demandant si le léger craquement qu'il avait perçu faisait partie de son rêve ou s'il l'avait réellement entendu. Comme aucun bruit ne lui parvenait du couloir, il finit par se dire que c'était une fausse alerte. Pourtant, il lui fut impossible de se rendormir. Ses pensées revenaient sans cesse à la chambre rouge. Fallait-il vraiment qu'il patiente jusqu'au matin pour percer son mystère ?

— En attendant, si la pauvre fille que le boyard a aperçue est encore en vie, elle doit souffrir le martyre, grommela-t-il tout haut. Le coquin qui la séquestre a toute la nuit pour faire d'elle ce que bon lui semble, la violenter, la torturer...

Mitko se représenta une beauté nue qui lui tendait les bras en le suppliant de la libérer. Pendant qu'il lambinait, elle risquait de passer de vie à trépas !

N'y tenant plus, il sauta de son lit, alluma une chandelle et s'habilla à la hâte. Il hésita à décrocher son épée suspendue à son chevet, puis se contenta d'ajuster son poignard à sa ceinture. À mission secrète, arme discrète ! Pour finir, il rangea dans la poche de sa veste matelassée un briquet de silex et un long éclat de bois résineux : il aurait sans doute besoin de s'éclairer une fois qu'il aurait pénétré dans la chambre rouge.

Il referma silencieusement la porte derrière lui et longea le corridor d'un pas souple. En gagnant le vestibule, il fut surpris de trouver celui-ci plongé dans l'obscurité. Il pensa rallumer les torches qu'il savait fixées près de l'entrée, mais à la réflexion, il se ravisa : la personne qui les avait éteintes pouvait encore se trouver dans les parages !

L'idée qu'il puisse y avoir quelqu'un tout près de

lui, tapi dans le noir, en train de l'épier, lui donna la chair de poule. Par chance, avec ses yeux de lynx, Mitko distinguait assez bien l'escalier. Il l'atteignit en quelques enjambées et se mit à gravir les marches quatre à quatre. Au premier étage, il s'arrêta pour reprendre son souffle. Il lança un coup d'œil vers le couloir faiblement éclairé en son milieu... et sentit ses cheveux se dresser sur sa tête.

Une silhouette blanche se profilait au milieu du corridor et semblait s'éloigner vers le fond plongé dans les ténèbres.

Glacé d'horreur, Mitko se figea et émit un son inarticulé, une sorte de plainte rauque. Le spectre s'immobilisa, lui aussi. N'avait-il pas tourné un peu la tête vers le Varlet ? La gorge nouée, Mitko fit ce qu'il put pour chasser l'apparition diabolique : il se signa avec vigueur puis traça un grand signe de croix dans l'air, entre la forme blanche et lui. Mais le fantôme refusait de disparaître. Sortant de sa torpeur, le colosse blond esquissa un pas vers le spectre. Celui-ci recula aussitôt. Rassemblant tout son courage, Mitko avança d'une démarche mal assurée. Le fantôme battit en retraite ; en fait, s'il s'était agi d'un être de chair et de sang, Mitko aurait dit que l'autre détalait comme un lapin. Encouragé, il fut sur le point de s'élancer à sa poursuite quand, soudain, la forme blanche s'arrêta... D'un geste brusque, l'apparition tendit sa longue main transparente vers le Varlet, comme si elle avait voulu lui adresser un signe d'avertissement, ou désigner quelque chose derrière son dos. Mitko fit volte-face. Ne remarquant rien de suspect, il regarda de nouveau vers la silhouette diaphane : elle s'était volatilisée !

Mitko parcourut avec circonspection le long corridor d'un bout à l'autre sans découvrir personne, ni d'ailleurs rien de suspect. Rassuré, il rebroussa chemin, décidant de ne rien changer à son plan.

Il gagna le deuxième étage et traversa le palier, où une étroite fenêtre percée sous le plafond laissait filtrer un vague clair de lune. Quant au couloir, contrairement à la précédente visite du Varlet, il y régnait une obscurité complète. Quelqu'un avait éteint la torche murale ! Même au plus profond de la nuit, le criminel prenait toutes les précautions pour ne pas être reconnu. Pas de doute, songea Mitko, ce diable ne devait pas être loin ; ou bien il se trouvait dans la chambre rouge, ou bien il s'apprêtait à s'y rendre.

Mitko ne s'était pas trompé. L'instant d'après, il entendit une marche craquer à l'étage au-dessous : quelqu'un gravissait lentement l'escalier. Discret comme une ombre, le Varlet se glissa dans le couloir puis se retourna. Il distinguait le palier éclairé par la vague lueur provenant de la fenêtre, tandis que lui-même restait sous le couvert de l'obscurité. Il recula encore de quelques pas et s'immobilisa, adossé au mur.

Au bout de quelques instants, il vit une silhouette noire se découper à l'entrée du corridor et avancer dans sa direction. Il lui sembla que l'homme portait une sorte de jarre ou de cruche. Mitko se réjouit : la prisonnière était en vie, puisque son geôlier lui apportait à boire ! Mais il se rembrunit aussitôt : peut-être l'assassin voulait-il simplement effacer les traces de sang sur le sol...

L'homme s'efforçait de marcher silencieusement, mais son fardeau alourdissait son pas. Mitko n'avait aucun mal à suivre sa progression à mesure qu'il longeait le couloir. Le Varlet le précédait en gardant une dizaine de coudées entre eux. Il avait décidé de ne pas s'éloigner davantage et de profiter de la première occasion pour fondre sur le criminel.

Ils dépassèrent ainsi la salle des banquets et gagnèrent la partie du corridor où donnaient les chambres inoccupées — y compris celles qu'Artem et lui avaient inspectées le premier soir, se rappela Mitko.

Soudain, le bruit de pas cessa. Le Varlet se figea et tendit l'oreille. L'instant d'après, il perçut un faible claquement métallique. Son cœur bondit dans sa poitrine : ce devait être le mécanisme qui commandait l'accès à la chambre rouge ! Il s'élança à pas feutrés vers ce cliquetis... mais il ne fut pas assez rapide. La porte secrète venait de se refermer ! Lorsqu'il explora à tâtons l'espace devant lui, ses mains ne rencontrèrent que le mur.

Mitko ravala un juron. Il ne lui restait plus qu'à s'armer de patience et à attendre que l'homme ressorte !

Le colosse blond s'appuya au mur puis s'accroupit en face de l'entrée de la chambre rouge. Il se mit à rêvasser, essayant d'imaginer la belle captive nue qu'il allait délivrer et la façon dont elle lui montrerait sa reconnaissance. Puis il se remémora les charmes de Milana et leur brève nuit d'amour ; à ce souvenir, il éprouva un irrésistible accès de nostalgie.

Environ un quart d'heure plus tard, un faible déclic le tira de ses pensées mélancoliques. Mitko se redressa d'un bond, la main sur la garde de son poignard.

En face de lui, un mince rai de lumière troua l'obscurité puis s'élargit. Comme le pan de mur revêtu de boiseries glissait silencieusement de côté, il révéla l'intérieur d'une pièce tapissée de tentures cramoisies. Non loin de l'entrée, une silhouette d'homme coiffé d'une chapka se découpait dans la faible lueur vacillante qui provenait d'une applique à deux bougies. Hélas, l'éclairage était trop incertain pour que le Varlet puisse identifier le criminel...

Manifestement, celui-ci s'apprêtait à partir. Il regarda vers le fond de la pièce que Mitko ne pouvait voir et murmura :

— Fais de beaux rêves, ma douce !

Il avança vers la sortie et tendit la main pour éteindre les chandelles...

C'est alors que Mitko se rua sur lui. Mais l'homme avait de bons réflexes : il parvint à esquiver le coup de poing terrible qui l'aurait terrassé et frappa le Varlet au creux de l'estomac. Le souffle coupé, Mitko se plia en deux. Au même instant, son adversaire le repoussa brutalement hors de la pièce.

Le coquin allait refermer la porte secrète quand le Varlet l'attrapa par les pans de son caftan et l'attira dans le couloir plongé dans l'obscurité. L'autre rugit de fureur et se jeta sur lui. Dans la maigre lueur provenant de la chambre rouge, Mitko perçut l'éclat d'un poignard. Il parvint à l'écarter de justesse ; la lame lui égratigna l'épaule et déchira la manche de sa tunique. Lui-même préférait éviter de tirer sa dague par crainte de tuer le criminel avant qu'il passe aux aveux. Il exécuta une feinte qui fit perdre l'équilibre à son assaillant, et ils roulèrent sur le sol en se donnant de violents coups de pied. Le Varlet s'efforça de désarmer l'homme, qui essayait toujours de le frapper avec son couteau, se tordant comme une anguille.

Soudain, celui-ci poussa un cri de douleur suivi d'un juron, tandis que son corps s'affaissait mollement sur le sol. « Il a dû se blesser avec sa propre arme », songea Mitko tandis qu'il desserrait son étreinte d'ours.

Comme il palpait la poitrine de son adversaire, il sentit la dague qui s'était enfoncée sous la clavicule gauche. Il se releva d'un bond, aperçut une torche murale en face de la porte secrète et courut l'allumer à l'aide de son briquet de silex.

Chassées par une lumière inégale et tremblante, les ténèbres reculèrent comme à contrecœur. Mitko poussa un soupir de soulagement et se retourna vers l'homme étendu sur le plancher.

C'était l'intendant Siméon !

CHAPITRE VI

Siméon semblait en fort piteux état. Son visage au nez busqué était livide, ses yeux révulsés, et sa bouche se tordait dans une grimace de souffrance tandis qu'un filet de salive lui coulait sur le menton. Ses longues mèches brunes, collées par la sueur, s'éparpillaient autour de son crâne. Sa chapka piétinée gisait près de lui. Mitko la repoussa d'un coup de botte et se pencha sur lui pour examiner sa blessure. Elle saignait abondamment mais paraissait moins grave que le Varlet ne l'avait cru au premier coup d'œil. La vie de l'intendant n'était pas en danger.

À cet instant, celui-ci poussa un gémissement de douleur.

— Pitié ! Je me meurs ! geignit-il.

— Sûrement pas, grogna Mitko en se redressant. Les canailles de ton espèce ont la peau dure !

Laissant Siméon à moitié évanoui dans le couloir, il pénétra dans la chambre rouge. Elle justifiait pleinement son nom : décorée de tentures couleur incarnat, elle contenait une banquette et deux fauteuils tapissés de tissu cramoisi, ainsi qu'un énorme lit dissimulé par des rideaux écarlates. Mitko courut les écarter.

Il découvrit une vaste couche aux draps rouge sombre et une petite table de chevet chargée de la cruche d'eau apportée par Siméon. Au milieu des draps et des couvertures froissés était allongée une jeune fille brune aux cheveux nattés, aussi nue que le jour où elle était venue au monde. Elle avait les poignets et les chevilles ligotés, et son corps harmonieux était marqué d'ecchymoses. Son joli visage aux paupières closes était marqué par un petit grain de beauté qui faisait ressortir sa pâleur excessive. Le Varlet pressa le bout de ses doigts contre son cou et poussa un soupir de soulagement : son pouls battait à coups faibles mais réguliers.

Dégainant son poignard, il libéra la malheureuse de ses liens et jeta un drap sur sa nudité. Puis il déchira un autre drap en plusieurs bandes de tissu, ressortit dans le couloir et s'approcha de Siméon toujours étendu sur le sol. En l'apercevant, celui-ci se remit à gémir, mais le coup d'œil qu'il jeta au Varlet témoignait moins de sa souffrance que de sa rage impuissante. Imperturbable, Mitko s'agenouilla et entreprit de panser sa blessure. Puis il lui ligota solidement poignets et chevilles en grommelant :

— Tu vas enfin goûter au traitement que tu réservais à tes victimes !

Siméon répondit par des imprécations, aussitôt couvertes par la voix de stentor du Varlet :

— À moi ! À l'aide ! hurla-t-il de toute la force de ses poumons.

Artem fut le premier à le rejoindre.

Mitko lui raconta son aventure, sans oublier de mentionner le mystérieux fantôme qu'il avait aperçu dans la galerie du premier étage.

Le droujinnik s'abstint de tout commentaire. Après avoir informé le Varlet du meurtre du collectionneur, il jeta un regard glacial vers l'intendant qui semblait de nouveau évanoui, pénétra dans la chambre rouge et alla se pencher sur le lit où reposait la jeune fille inconsciente.

— Je crains qu'il ne soit trop tard pour la sauver, murmura Mitko. La pauvrette est mourante ! Il doit y avoir un médecin en ville, mais le temps qu'on envoie le chercher...

— Lina, la comédienne, peut se charger des premiers soins, répliqua Artem. Trouve-la et amène-la ici ! Commence par la chercher dans les appartements et les chambres du premier étage, ajouta-t-il sans prêter attention à la mine perplexe de Mitko.

À ce moment, des bruits de pas et des éclats de voix résonnèrent dans le couloir. Artem et Mitko sortirent à la rencontre des convives qui accouraient, Théodore en tête. L'ambassadeur grec affichait son petit sourire suffisant qui agaçait tant Artem. Derrière lui, Ludwar gardait son habituel masque froid et hautain, tandis que le gouverneur avait l'air maussade. Les deux hommes maugréaient, fâchés d'avoir été tirés de leur sommeil. Par contraste, Dimitri paraissait étonnamment éveillé.

Les quatre hommes s'arrêtèrent, pétrifiés de stupeur, et contemplèrent bouche bée l'intendant ficelé comme un saucisson. Puis, précédés par le droujinnik, ils pénétrèrent d'un air embarrassé dans la chambre rouge.

Artem les laissa se remettre de leurs émotions et alla jeter un coup d'œil derrière les rideaux écarlates qui isolaient le lit. La jeune fille n'avait pas bougé et semblait toujours évanouie. Comme il rejoignait les autres, Mitko resurgit dans la pièce, Lina sur ses talons.

— Je l'ai trouvée en compagnie des autres comédiens, ils bavardaient avec les domestiques dans l'escalier, murmura-t-il à l'oreille de son chef.

L'actrice portait maintenant une robe d'intérieur blanche ; elle avait coiffé ses cheveux de lin en un lourd chignon bas, et de petites mèches claires auréolaient son visage si pur.

— Boyard, est-ce vrai, ce que racontent les serviteurs ? chuchota-t-elle d'un air incrédule. Il paraît que tu as surpris un des nobles avec une femme, qu'il aurait enlevée...

Bien qu'elle eût parlé bas, les convives avaient dû l'entendre, et Alexeï grommela :

— Les domestiques sont mieux informés que nous, c'est le comble ! Boyard, il est grand temps que tu nous donnes quelques explications. En tant que gouverneur de la forteresse, j'exige...

— Il faut d'abord que je m'occupe de la victime, son état est critique, coupa Artem d'un ton sec avant d'enchaîner à l'adresse de la comédienne : Dame Lina, la malheureuse couchée dans ce lit a besoin de tes soins. Je suis incapable de préciser de quoi elle souffre ; Dieu seul sait ce qu'elle a subi... Ensuite, je souhaite que tu examines la blessure de l'intendant et refasses son pansement.

— J'aimerais apporter certaines herbes médicinales de ma chambre, dit la jeune femme. Je vais aussi envoyer un de mes compagnons chercher de l'eau.

Le droujinnik acquiesça et suivit Lina des yeux depuis le seuil de la pièce. Elle rejoignit Zlat, l'acrobate blond au corps magnifique mais au visage ingrat et revêche. Comme elle lui parlait à mi-voix, Artem croisa le regard du comédien. Il y lut tant de haine qu'il en ressentit un bref malaise. Il devina que le jeune homme souffrait atrocement en songeant au sort funeste de Milana, et qu'il en rendait responsables tous les boyards sans distinction.

La demi-heure qui suivit s'écoula dans un silence morose. Dissimulée par les rideaux, Lina s'affairait auprès de la jeune fille. L'intendant semblait évanoui. Mitko desserra les liens qui l'immobilisaient avant de l'installer sur le banc. Les quatre convives arpentaient la pièce, évitant avec ostentation de s'approcher du criminel. Tirés du lit avant l'aube, épuisés et affamés, ils étaient furieux contre Artem : il les avait confinés dans cette sinistre chambre rouge en attendant de les interroger — comme s'il les croyait coupables au même titre que Siméon!

Quant au droujinnik, sans se soucier du courroux des boyards, il entreprit d'inspecter la pièce avec minutie. Il tomba sur le balluchon contenant les vêtements de la prisonnière, mais, hélas, il ne découvrit aucun indice important. Il étudia alors le mécanisme commandant l'accès à la chambre rouge et comprit comment il fonctionnait : en appuyant sur une volute des boiseries sculptées du couloir, on ouvrait un panneau muni d'un levier. Il suffisait de pousser celui-ci pour voir une partie des lambris s'escamoter et révéler la porte secrète.

Artem venait de terminer son examen quand Lina s'approcha de lui de son pas souple et silencieux.

— As-tu pu faire quelque chose pour cette malheureuse? lui demanda-t-il tandis que Mitko les rejoignait.

— Je lui ai fait boire un peu de cet élixir fortifiant dont tu connais l'efficacité, répondit la comédienne. Son état est moins grave qu'il n'y paraissait. Elle n'est pas inconsciente mais profondément endormie, car on lui a administré un puissant somnifère. Elle doit être très affaiblie; on dirait qu'elle n'a rien mangé depuis un ou deux jours. Le pire, ajouta-t-elle en baissant la voix, c'est que quelqu'un a profité de son état pour abuser d'elle, et sans doute à plusieurs reprises...

— Je m'en doutais, lâcha le droujinnik entre ses dents.

— Le scélérat! Il le paiera cher! s'écria Mitko en foudroyant du regard Siméon qui avait recouvré ses esprits mais demeurait muet et immobile, les paupières closes.

— Quant à cet homme, poursuivit Lina en le désignant, il se remettra sans peine de sa blessure, mais il a perdu beaucoup de sang. Il faut surtout éviter que la plaie ne se rouvre. J'y ai appliqué un cataplasme qui doit aider à la cicatrisation.

— J'aimerais commencer à l'interroger sur-le-champ, déclara le droujinnik. A-t-il repris connaissance ?

— Oui, il est conscient mais affaibli et un peu fiévreux. Il a besoin de repos...

— Et moi, j'ai besoin de sa déposition, coupa Artem. Ce coquin aura tout loisir de se reposer dans son cachot en attendant son procès ! Cependant, dame Lina, je te demanderai de rester auprès de lui et de veiller à ce que son état ne s'aggrave pas. Mitko te remplacera en fin de matinée.

La jeune femme acquiesça en silence et revint vers le blessé, toujours immobile et muet, comme si tout ce qui s'était dit ne le concernait pas.

Artem se tourna enfin vers les quatre convives. Il leur relata comment Mitko avait surpris l'intendant et découvert la chambre rouge avec sa prisonnière. Puis il les informa du meurtre de Fédote et en décrivit les circonstances. Il rassura le gouverneur au sujet du psautier d'Illarion, précisant que celui-ci se trouvait maintenant dans ses propres appartements.

Mais il se garda bien d'évoquer ses doutes à propos de l'arme du crime et, surtout, la situation ambiguë dans laquelle il s'était retrouvé en reprenant connaissance.

Suspendus à ses lèvres, Théodore, Alexei, Ludwar et Dimitri l'écoutaient d'un air bouleversé. Tout en parlant, Artem scruta leurs visages : ils exprimaient tous un mélange de stupeur et d'indignation sincères. Et pourtant, l'un d'entre eux était un assassin impitoyable, un monstre de cruauté et de perversité... Lequel ?

— À l'évidence, dit le droujinnik après un silence, ce n'est pas le collectionneur qui m'a agressé, mais son assassin. Entre autres raisons, il suffit de mentionner celle-ci : Fédote était de petite taille et n'aurait pu m'assener sur le crâne un coup aussi fort, surtout avec un manuscrit volumineux. Par contre, il semble bien que ce soit lui qui ait dérobé le psautier d'Illarion... Notez que le meurtrier, lui, n'a point cherché à s'emparer du manuscrit ! Étrange, non ?

— Au contraire, c'est parfaitement normal, intervint l'ambassadeur grec. Je te l'ai déjà dit, boyard : toute cette affaire tourne autour des femmes ! Le psautier n'y joue qu'un rôle secondaire, pour la simple raison que l'un des personnages du drame, ce collectionneur cupide et malhonnête, a décidé de se l'approprier.

Artem ravala son exaspération et s'abstint de répondre. Il continuait de croire que le manuscrit enluminé était au cœur de l'énigme. Mais comment expliquer le fait que l'assassin de Fédote semblait s'en désintéresser ?

— Moi, je suis surtout stupéfait de l'absurdité de ce vol, observa Ludwar avec une moue dédaigneuse. Qu'espérait donc ce pauvre fou ? S'il avait réussi à filer, sa fuite l'aurait condamné plus éloquemment que des aveux faits en place publique ! Quant à sa mort... Je me demande s'il n'a pas été poignardé par quelque serviteur zélé aux promptes réactions, qui l'aurait surpris en train de s'enfuir, le manuscrit sous le bras... Il n'y a pas longtemps, notre Code autorisait la mise à mort d'un voleur pris en flagrant délit dans la maison du propriétaire. Boyard Artem, ne devrais-tu pas interroger les domestiques attachés au palais ?

Celui-ci haussa les épaules d'un air sceptique, puis secoua la tête en signe de dénégation.

— N'importe comment, intervint le gouverneur, tous les habitants de cette résidence sont au service du prince. C'est donc à lui de décider...

Une quinte de toux secoua son corps maigre, et il balaya la fin de la phrase d'un revers de main. Quand il put poursuivre, il s'adressa à Artem :

— Quand est-ce que je pourrai récupérer mon codex, boyard ? J'ai hâte de le ranger à sa place. Je suis fou de joie... euh, je suis content de l'avoir retrouvé, malgré la peine que je ressens pour les infortunés Iakov et Fédote !

— Nous regrettons surtout la fin prématurée du jeune enlumineur, souligna Ludwar avec componction. On peut être sûr que lui au moins n'était ni un fornicateur répugnant ni un vulgaire voleur ! Quant à ta joie, boyard Alexei, je la comprends d'autant mieux que j'assumerai moi-même bientôt la haute charge de Garde des Livres...

— Tes futures responsabilités n'ont rien à voir avec ce qui se passe ici, bougonna soudain Dimitri. Le gouverneur a recouvré son bien, et nous en sommes tous très soulagés. Mais pourquoi accuser le collectionneur, alors que le pauvre bougre n'est plus là pour se défendre ?

Artem lança un coup d'œil perçant à l'artiste. Sous sa tignasse rousse, son visage taillé à la serpe, franc et ouvert, s'éclairait par des yeux vifs et intelligents. Le droujinnik fut surpris de constater qu'il éprouvait une certaine sympathie pour cet homme... à condition qu'il fût sobre.

— Je remercie Dimitri pour cette remarque pleine de bon sens, commenta-t-il. Quant à toi, boyard Alexei, tu pourras t'assurer que ton psautier est sain et sauf dès la fin de l'interrogatoire de Siméon.

Le gouverneur approuva d'un air penaud, sans doute gêné d'avoir manifesté tant d'impatience, puis il partit ordonner aux serviteurs de transporter le corps de Fédote à la chapelle.

Entre-temps, Mitko avait disposé un fauteuil près de

la banquette où l'intendant gisait appuyé à quelques coussins, la main posée d'un geste pathétique sur sa poitrine bandée, et Artem s'installa en face de lui.

— Je me demande ce que cette canaille trouvera à dire à sa décharge ! marmonna Ludwar avec un regard oblique vers Siméon.

Il alla s'asseoir sur le banc qui courait le long du mur latéral. Dimitri l'imita, et ils furent rejoints par le gouverneur qui venait de rentrer dans la pièce. Lina vérifia le pansement du blessé et s'éloigna vers le lit. Après s'être assurée que la jeune fille dormait toujours, elle se blottit sur un tabouret au fond de la pièce.

— Moi aussi, j'ai hâte d'entendre la confession de ce scélérat, déclara Théodore en prenant place dans un fauteuil à côté d'Artem. En particulier, il doit préciser s'il avait un commerce intime avec la comédienne brune, et expliquer pourquoi il s'est débarrassé d'elle. Il ne faut pas hésiter à appliquer la torture pour lui arracher des aveux !

Artem fut à nouveau tenté de remettre l'insupportable Grec à sa place, mais à cet instant Siméon sortit soudain de son mutisme.

— Pitié ! gémit-il. Par Dieu tout-puissant, j'ignore ce qu'est devenue cette saltimbanque de malheur ! Je ne l'ai pas revue depuis la représentation, j'avais d'autres chats à fouetter !

— Tu as enfin retrouvé ta langue ! grogna Mitko, debout derrière le siège de son chef. Parle-nous donc de ce qui te tenait si occupé !

— Des aveux sincères et complets sont toujours pris en compte par le Tribunal, remarqua le droujinnik.

— Oh ! je sais que je suis perdu, et je n'ai pas l'intention de nier mes erreurs, répliqua Siméon d'une voix rauque. Mais je refuse d'endosser un péché dont je suis innocent !

— Ton complice répondra des crimes qu'il a commis, l'informa Artem d'un ton froid.

Mais l'intendant leva vers lui un regard surpris.

— Mon complice ? Je n'en ai pas, boyard ! Je te le répète, ne cherche pas à me faire avouer ce qui n'est pas !

Artem fronça les sourcils, prêt à exploser. Quelle audace ! songea-t-il. Non seulement Siméon mentait ; mais en plus, son acolyte — un des convives — devait se trouver ici même, dans la chambre rouge ! Cependant, le droujinnik retint sa colère. Il lui serait plus facile de confondre l'intendant à un autre moment, lorsqu'il reviendrait l'interroger en tête à tête.

— Nous en reparlerons, lança-t-il, puis il s'enquit : Avant toute chose, quelle drogue as-tu fait absorber à cette jeune fille ?

— Rien de bien méchant, grogna Siméon. C'est une potion à base d'herbe-aux-chats et de graines de pavot qui fait dormir. Je l'ai achetée à un apothicaire qui vend ses préparations au marché de Loub.

— D'où vient cette malheureuse ? Depuis quand est-elle ici ?

— Je l'ai rencontrée près du village de Mokhino. C'était avant-hier... Il fallait bien que je la garde jusqu'à ce que tout le monde reparte vers la capitale ! ajouta-t-il nerveusement. C'est que je ne m'attendais pas à la visite du prince... et encore moins à ce que tu découvres l'existence de cette cachette, boyard.

— Mille pardons d'avoir perturbé tes plans ! railla Artem avant de lancer : C'est bien toi que j'ai aperçu par la fenêtre, avant-hier soir ! Inutile de le nier, j'en suis certain à cause d'un détail qui m'est revenu à l'instant. Quand, alertés par mes cris, vous êtes tous accourus au second étage, tu tenais à la main une bougie presque entièrement consumée, alors que tu étais vêtu comme quelqu'un qui vient de se lever.

— Je... je le reconnais, bégaya l'intendant.

— Que s'est-il passé au juste, à ce moment-là ?

— Eh bien... C'est la seule fois où la fille s'est réveillée. Je m'apprêtais à la ligoter quand elle m'a échappé pour se précipiter vers la fenêtre. Elle a réussi à ouvrir les volets avant que je la rattrape. Je les ai aussitôt refermés, puis... euh... j'ai expliqué à cette stupide enfant qu'elle avait intérêt à se montrer plus conciliante. Je l'ai obligée à boire une nouvelle lampée de ma merveilleuse mixture, et elle s'est rendormie. Sans ce malheureux incident...

Siméon se troubla et s'interrompit.

— Je ne doute pas que tu le regrettes, grinça Artem. Je devine aussi que vous jouez à ce petit jeu depuis fort longtemps, ton complice et toi.

— Tu te trompes, boyard ! s'écria l'intendant tandis qu'il tentait de se soulever en s'appuyant sur son coude. J'ai agi seul, il faut me croire !

Livide, il se laissa retomber sur les coussins en gémissant. Artem scruta son visage moite de sueur. L'espace d'un instant, il croisa le regard fuyant de ses yeux à l'éclat fiévreux. Peut-être Siméon était-il plus mal en point que Lina ne l'avait estimé... Mais une chose était sûre, se dit-il : l'intendant mourait de peur !

— Comme tu veux, répliqua-t-il à haute voix. Dans ce cas, explique-moi comment tu as découvert la chambre rouge.

Siméon parut soudain plus calme, presque soulagé. Il prit une profonde inspiration avant de répondre :

— J'étais sûr qu'elle existait à cause de cette ancienne légende sur Dobrynia, le preux qui doit sa célébrité à ses aventures galantes. On me l'a racontée peu après ma nomination à la forteresse. J'ai tout de suite eu l'idée d'utiliser cette fabuleuse cachette pour... euh, satisfaire mes propres penchants. J'ai questionné les plus vieux domestiques du palais, entre autres un certain Glazko. Une vingtaine d'étés auparavant, il avait eu à surveiller les menuisiers chargés de réparer les boiseries du couloir... Bref, c'est lui qui m'a montré la pièce secrète et la façon d'y accéder. Ce vieillard est mort peu après notre rencontre. Le gouverneur Alexei se souvient peut-être de lui, à moins que ce ne soit le boyard Ludwar; ou encore le magistros... enfin, un des courtisans et dignitaires qui viennent souvent ici.

Les quatre convives échangèrent un coup d'œil gêné et secouèrent la tête en signe de dénégation. Sans cesser de les observer, Artem réfléchit à ce qu'il venait d'entendre. Il ne croyait pas une seconde que Siméon, lâche, velléitaire et pas très malin, ait pu concevoir et réaliser seul un plan aussi audacieux. Mais son complice, l'esprit diabolique qui avait mis sur pied toute cette entreprise, lui inspirait à l'évidence une telle frayeur qu'il n'osait le trahir.

Cependant, le blessé poursuivait sa confession. Il parlait avec empressement, d'une voix haletante, comme s'il avait craint qu'Artem ne l'interrompe.

— À part une couche de poussière sur les meubles, la chambre rouge était en parfait état, on aurait dit qu'elle avait servi la veille... Quelques jours plus tard, en parcourant à cheval la campagne environnante, je suis tombé sur une jeune paysanne, jolie et pas farouche pour un sou. Je l'ai emmenée avec moi, et j'ai pu l'introduire dans la citadelle... car déjà à l'époque les gardes fréquentaient avec plus d'assiduité les cabarets de la ville que la tour de guet et les remparts de la citadelle.

— Par Dieu tout-puissant! gémit le gouverneur à mi-voix, comme se parlant à lui-même. Quelle infamie! Quelle honte! Moi aussi, j'en suis responsable... Comment ai-je pu ignorer l'ignoble machination qui se tramait ici, à mon nez et à ma barbe?

— Inutile de t'accabler, boyard, observa Ludwar d'un ton agacé. La plupart des courtisans profitent de la moindre occasion pour venir festoyer dans cette résidence, moi le premier... Boyards, guerriers, hauts fonctionnaires, nous sommes tous des sujets fidèles, dévoués corps et âme à notre suzerain et à sa dame... Et pourtant, aucun d'entre nous n'a soupçonné le moins du monde ce qui se passait ici. Même le comportement inadmissible des soldats n'a alerté personne !

— Nous avons été aveugles, tous autant que nous sommes, marmonna l'ambassadeur. Moi qui suis pourtant habitué à traquer le crime et la trahison dans les palais du basileus, comment n'ai-je pas senti...

Il laissa sa phrase en suspens, et Artem fit signe à l'intendant de poursuivre. Celui-ci prit une profonde inspiration et reprit :

— J'avoue que la chambre rouge a changé mon existence... Quand l'envie m'en prenait, j'allais courir les abords des villages et des champs où travaillaient les paysans, je visitais les foires qui se tenaient toutes les semaines ici et là... Je ne revenais jamais seul : mon cheval portait en croupe quelque jeune fille au corps sain et robuste. Nos ébats se déroulaient sous le signe du plaisir et de la joie, la violence n'y avait point cours ! En outre, certaines de ces belles recevaient de riches présents, d'autres — celles qui pensaient à leur dot — étaient récompensées en espèces sonnantes et trébuchantes. Je ne lésinais pas sur la dépense pour combler mes charmantes compagnes...

— On croirait que ces braves femmes te remerciaient de les avoir déshonorées ! railla Artem. Mais je te vois mal dans le rôle de bienfaiteur. Quel a été le lot de celles qui menaçaient d'aller trouver le receveur des plaintes ?

L'intendant grimaça un sourire.

— Aucune n'a cherché à se plaindre ! répondit-il d'un ton satisfait. Elles séchaient leurs larmes dès que je mentionnais les rouleaux d'étoffes précieuses ou les bijoux en argent qui les attendaient à la fin de notre petite récréation... Certes, il arrivait qu'une de ces stupides créatures refuse de saisir sa chance... Elle avait alors droit à ma potion spéciale mélangée à de l'hydromel, et elle participait à notre petite fête, euh... à son corps défendant. En fin de compte, même les plus rétives se calmaient, comprenant qu'il valait mieux retirer quelque bénéfice de leur mésaventure plutôt que de pleurnicher.

— Impudique coquin ! s'exclama Artem, perdant son sang-froid. Dès notre retour dans la capitale, j'enverrai un représentant du Tribunal visiter les villages proches de Loub, et nous verrons si tes victimes se contenteront de se lamenter sur leur sort ! Je veillerai aussi à ce que la dernière du nombre, ajouta-t-il en désignant du menton le lit dissimulé derrière les rideaux, porte plainte pour enlèvement, séquestration, coups et blessures, sans parler de viol.

Siméon se redressa d'un bond.

— Tu n'as pas... elle n'a pas le droit ! s'écria-t-il. Elle m'a accompagné de son plein gré ! Toutes les deux, elles ont accepté...

Il s'interrompit, effrayé par l'aveu qui venait de lui échapper. Un silence de plomb s'installa dans la pièce. Se tournant vers Mitko, Artem remarqua d'un air sombre :

— Ainsi, elles étaient deux ! L'une est tirée d'affaire — et elle te doit une fière chandelle —, mais l'autre a succombé à ses bourreaux... C'est bien ce que je craignais !

— Comment ça ? intervint Mitko, ouvrant de grands yeux. Tu ne pouvais ni savoir qu'elles étaient deux, ni que l'autre était morte !

— Et pourtant, je m'en doutais. Je l'ai deviné en repensant à cette fameuse scène que j'ai aperçue de la cour. Imagine : notre jeune fille vient de reprendre connaissance mais ressent toujours les effets de la drogue. C'est à peine si elle réalise où elle se trouve et pourquoi ; son esprit est confus, son corps engourdi, ses mouvements ralentis. Mais soudain, elle se lève d'un bond et s'élance vers la fenêtre avec l'intention de se précipiter dans le vide. L'intendant ne la rattrapera que de justesse... Qu'est-ce qui lui inspire un geste aussi désespéré, en dépit des merveilleuses promesses de ce généreux Siméon ? Qu'est-ce qui lui fait réaliser en un clin d'œil l'horreur de sa situation et le danger qu'elle court ? La vue du cadavre de sa compagne, bien sûr !

L'intendant étouffa un faible gémissement et se renversa sur les coussins. On aurait dit que sa volonté venait de l'abandonner avec ses dernières forces.

— Écoute-moi, coquin, poursuivit Artem d'un ton tranchant. Depuis que cette malheureuse est passée de vie à trépas, tu as sûrement eu le temps de te débarrasser de son cadavre — d'autant que tu n'avais pas à quitter le palais pour le faire. Mais je suis convaincu que, dès que ta dernière victime sera capable de témoigner, elle confirmera avoir aperçu le corps sans vie de son amie. Il ne sert donc à rien de nier ton crime ! Il vaut mieux que tu me racontes tout par le menu.

À ces mots, il adressa un signe à Lina, qui se leva aussitôt de son siège pour se glisser de l'autre côté des rideaux. Quelques instants plus tard, elle réapparut et annonça au droujinnik :

— Elle est toujours endormie, encore qu'elle commence à bouger. Cet homme a dû lui faire avaler un peu de drogue il n'y a pas longtemps. Il faudra attendre quelques heures pour qu'elle puisse recouvrer l'usage de la parole, mais ce soir au plus tard, elle sera en état de raconter d'une façon cohérente ce qu'elle a enduré.

Artem approuva d'un hochement de tête, transperça

Siméon du regard et, d'un geste, lui fit signe de commencer. Celui-ci lança un coup d'œil furtif autour de lui et poussa un long soupir saccadé. Enfin, il ferma les yeux, déglutit avec peine et déclara :

— C'était un accident, un malheureux accident...

Il expliqua comment il avait involontairement provoqué la mort de la jeune paysanne en essayant d'étouffer ses cris, au moment où le premier groupe de convives pénétrait dans la cour. Il avoua aussi que, la même nuit, il avait porté le cadavre jusqu'à la poterne donnant sur le fleuve et l'avait jeté dans le Dniepr. Et lorsque Artem voulut savoir si d'autres jeunes femmes avaient subi un sort semblable, il répondit par un non qui manquait de conviction...

Pétrifiés d'horreur, les quatre convives avaient écouté cette confession en silence. Le gouverneur fut le premier à réagir. Secouant la tête d'un air écœuré, il s'exclama :

— Ah ! le traître ! Si seulement j'avais le pouvoir des autorités militaires ! Je pendrais cette canaille à la tour de guet sur-le-champ, pour que la vue de son misérable cadavre serve de leçon à tous les habitants et visiteurs de cette forteresse !

— Dire que, articula Ludwar en s'éclaircissant la voix, depuis plus de deux étés, ce scélérat humilie, brutalise, viole honnêtes femmes et jeunes filles innocentes — et cela, dans une des résidences princières les plus fréquentées, pratiquement sous nos yeux ! D'une certaine manière, nous sommes tous devenus complices de ce monstre !

— Pas plus tard qu'avant-hier, pendant qu'il étouffait la pauvrette puis se débarrassait de son corps, nous étions occupés à festoyer... commença Dimitri d'une voix blanche.

— Quelque chose me dit que notre ami a d'autres morts sur la conscience, intervint Théodore. Je comprends à présent ce qui relie la chute mortelle de l'enlumineur Iakov et l'assassinat du boyard Fédote : chacun des deux hommes avait découvert le pot aux roses, et chacun a eu le tort d'en avertir Siméon ! Quant à la comédienne disparue, elle participait à ce sale petit trafic...

— Oh, non ! s'écria Lina en joignant les mains dans un geste de supplication. Noble seigneur, et toi, boyard Artem, n'ordonnez pas de me châtier... enfin, voilà : Milana n'était pas une sainte, mais cela ne donne pas le droit de l'accuser d'un crime aussi grave !

— Femme, on ne t'a pas autorisée à parler ! rétorqua le Grec. Cependant, tu pourras t'exprimer tout à l'heure, car j'ai l'intention de te questionner à nouveau.

La comédienne lui lança un regard haineux mais se retint de riposter. Après un instant de silence, elle fixa ses yeux gris sombre sur Artem et déclara d'un ton ferme :

— Il faut pourtant que j'ajoute quelque chose : le blessé est épuisé, boyard ! Il est nécessaire que tu le laisses se reposer un peu. Regarde donc son visage exsangue et ses lèvres bleuies ! Faible comme il est, il ne risque pas de s'évader. Par ailleurs, si tu le souhaites, je peux rester à ses côtés pour le veiller.

Artem réfléchit un instant. Plus tard, lorsqu'il reprendrait l'interrogatoire, l'intendant serait d'autant plus loquace qu'il aurait eu le temps de méditer sur ce qui l'attendait. Quant à son complice, il était fort improbable que celui-ci se manifeste, du moins dans l'immédiat ; en tout cas, il se garderait bien d'approcher son acolyte en présence de Lina.

Il accepta donc la proposition de la jeune femme. Comme il sortait sur les pas des autres convives, il laissa la porte de la chambre rouge grande ouverte et pria Lina de surveiller le couloir du coin de l'œil, au cas où quelqu'un chercherait à les épier.

Le droujinnik se dirigea vers l'escalier en compagnie de Mitko, qui attendait lui aussi des instructions. Pour commencer, Artem le chargea de s'occuper de la jeune fille endormie. Le Varlet devait la faire transporter au rez-de-chaussée puis, avec l'aide de deux ou trois servantes, l'installer confortablement dans la chambre la plus claire et la plus spacieuse de celles affectées aux domestiques. Ensuite, les mêmes servantes prendraient soin de la jeune fille jusqu'à ce qu'elle reprenne ses esprits. Mitko, lui, rejoindrait entre-temps Artem pour recevoir une nouvelle mission.

Le colosse blond se mit à dévaler l'escalier en sifflotant. Le droujinnik lui emboîta le pas et redescendit au premier étage, où il rattrapa le gouverneur. Artem l'invita à l'accompagner aussitôt dans ses appartements et le pria de s'assurer que le précieux manuscrit n'avait point souffert.

Tout tremblant d'excitation, Alexei installa l'ouvrage sur un lutrin et le parcourut d'une main experte. Un moment plus tard, il déclara d'un ton soulagé que, à première vue, le psautier était sorti indemne des dernières péripéties. À la demande d'Artem, il l'autorisa à garder le codex chez lui encore quelque temps. En effet, expliqua le droujinnik, il avait l'intention de l'examiner sur-le-champ, espérant que les enluminures lui fourniraient la clé de l'énigme.

Le gouverneur l'avait écouté d'un air peu convaincu. En silence, il tortillait sa barbe grisonnante et se dandinait d'un pied sur l'autre, les yeux rivés sur le manuscrit. De toute évidence, il hésitait à partir, tant il lui en coûtait de se séparer une nouvelle fois de son trésor. Pour l'aider à se décider, Artem dut pratiquement le mettre à la porte.

Dès qu'il eut pris congé, Artem se précipita vers le lutrin et se plongea dans le manuscrit. Il venait d'examiner une dizaine de pages lorsque Mitko le rejoignit.

— Notre miraculée est entre de bonnes mains, déclara le Varlet en s'installant dans un fauteuil en face de son chef. Ces braves femmes lui ont d'abord fait un brin de toilette, puis elles lui ont passé une chemise propre en attendant de l'habiller. Elles ne manqueront pas de te prévenir, boyard, dès que la belle sera réveillée.

— Parfait. Le témoignage de cette petite est essentiel pour assurer la condamnation de Siméon, mais j'espère surtout qu'elle nous aidera à identifier l'autre scélérat.

— Ouais, maugréa Mitko, celui-là, on dirait qu'il a coiffé cette fameuse chapka-qui-rend-invisible, celle des contes que ma mère me racontait... Boyard ! Et si la fille n'a pas eu l'occasion de l'apercevoir ? Cette fois, leur petite récréation ne s'est point déroulée comme prévu, et il est possible que notre homme n'ait pas mis les pieds dans la chambre rouge.

— En effet, acquiesça Artem sans détacher les yeux du manuscrit. Nous avons besoin d'autant de témoignages que possible, et ta nouvelle mission consiste justement à nous en procurer. Voici : tu vas prendre deux gardes et galoper jusqu'au village de Mokhino ; les soldats t'en indiqueront le chemin. Vous interrogerez les habitants sur les récentes disparitions de jeunes femmes. Cela te permettra de rencontrer les familles des deux dernières victimes. Tu leur expliqueras ce qui est arrivé et annonceras la triste nouvelle aux proches de la jeune fille décédée.

— Dois-je tout leur raconter ?

— À un détail près : les parents de la rescapée doivent ignorer que leur fille a été déshonorée. Je veux que la pauvre enfant puisse mener une vie normale, sans que certaines bonnes âmes viennent lui rappeler sa mésaventure.

— N'aie aucune inquiétude, boyard ! s'exclama Mitko avec un sourire complice. Ils seront bien obligés de me croire puisque c'est moi qui l'ai délivrée !

— Mais le but principal de ta mission est ailleurs, souligna Artem en s'éloignant du lutrin pour s'asseoir dans un fauteuil aux côtés du Varlet. Je suis persuadé que, depuis le temps que Siméon et son acolyte sévissent dans ce pays, d'autres jeunes femmes du même village ont eu le malheur de les trouver sur leur chemin... Il est normal qu'elles refusent de l'avouer, et il te faudra tout ton doigté et tout ton bagout pour leur délier la langue.

— Tu as raison, par les cornes de Belzébuth! s'exclama Mitko. Un de ces témoignages peut nous aider à pincer l'insaisissable complice de Siméon!

— Exact. Pendant que tu mèneras ton enquête, je me consacrerai, moi, au cœur de l'énigme : le psautier d'Illarion, ajouta-t-il avec un geste vers le lutrin.

Mitko bondit sur ses pieds, s'approcha du manuscrit et se mit à tourner les feuilles de parchemin ornées d'enluminures, hochant la tête d'un air approbateur.

— C'est vrai que ces petites peintures sont agréables à l'œil! Dommage qu'elles soient cachées dans ce livre, et qu'on ne puisse pas jouir de leur beauté comme on le fait avec les fresques pendant le service... Diable! que de notes dans ce psautier! remarqua-t-il au bout d'un moment. On dirait qu'elles sont plus nombreuses que les versets! Le gouverneur doit être fort savant s'il a tant de choses à dire!

— Plusieurs annotations, ainsi que quelques dessins, sont de la plume du précédent propriétaire, précisa Artem en réprimant un sourire.

Il se leva pour rejoindre le Varlet devant le lutrin.

— Regarde, poursuivit-il en désignant les lignes serrées qui remplissaient les marges. Les commentaires écrits à l'encre brune, un peu décolorée, sont de la même époque que le texte. On distingue aisément cette écriture irrégulière de celle du copiste, égale et impersonnelle. Les moines copistes et les scribes professionnels ont tous une calligraphie identique, car on leur apprend à former les lettres de la même façon. Par contre, cette écriture ferme et rapide est celle d'un lettré, c'est sans aucun doute celle d'Alexei...

— Boyard! s'écria soudain Mitko en sursautant. Il se peut que, parmi toutes ces notes, il y en ait une de la main de Iakov! Pour peu qu'il ait flairé le danger... il a pu laisser un message!

— Sans doute, fit le droujinnik d'un air songeur. Peut-être a-t-il laissé, sans y penser, un signe qui pourrait nous fournir un début de piste. Cela dit, Iakov n'était ni scribe ni lettré, mais enlumineur! Voilà pourquoi les miniatures m'intéressent plus que le texte.

— Mais on ne peut inscrire ni un message ni même un signe dans une image aussi minuscule! objecta le Varlet en plissant le front.

— On verra bien, fit Artem, évasif. À présent, va, Mitko! Et ne t'attarde pas trop aux cuisines, ajouta-t-il, sachant que le Varlet ne partirait pas sans avoir englouti un repas copieux et bien arrosé.

Le colosse blond eut un large sourire. Il passa le bout de sa langue sur ses lèvres gourmandes, tel un gros chat qui avise un pot de crème fraîche, et sortit d'un pas allègre.

Artem se pencha de nouveau sur le manuscrit tout en réfléchissant.

Contrairement à Mitko, il ne croyait pas que Iakov ait inscrit une note, encore moins un véritable message dans les marges. Il ne pensait pas non plus que le jeune homme ait touché au texte biblique en effaçant ou en ajoutant un mot révélateur. Une chose était sûre : s'il avait consciemment laissé une sorte de signe ou d'indice, il l'aurait fait avec les moyens que son art lui offrait, en modifiant le détail d'une enluminure.

À cet instant, le droujinnik fut tiré de ses pensées par l'arrivée d'un domestique; celui-ci lui apportait un plateau chargé des mets que Mitko avait commandés aux cuisines pour son chef : saucissons, légumes marinés, lard et jambon fumés... Artem avala à la hâte deux petits pâtés au chou, se servit une coupe d'hydromel et poursuivit son travail.

Il passa méthodiquement en revue les cent quatre-vingts miniatures qui se rapportaient aux psaumes calligraphiés sur la page opposée. Comme les autres convives avant lui, il put admirer la grâce du dessin et la richesse des couleurs, dont certaines combinaisons frappaient par leur audace. À cause de leurs tons éclatants, les enluminures rappelaient les émaux dont on ornait bijoux et objets précieux, art dans lequel les orfèvres byzantins n'avaient pas leurs pareils...

Enfin, Artem referma le psautier et poussa un soupir. Sauf le vif plaisir qu'il avait retiré de la contemplation de ce chef-d'œuvre, son examen n'avait abouti à rien ! Aucune enluminure ne semblait avoir été retouchée ; les traits et les tons relevaient indiscutablement de la manière inimitable du moine Illarion...

Perdu dans ses pensées, Artem termina sa collation et se mit à marcher de long en large, récapitulant le peu qu'il savait sur le meurtre de Iakov. Le soir fatidique, après le départ de Ludwar, le jeune homme retourne dans la bibliothèque pour y attendre l'un des convives. De quoi veut-il l'entretenir ? La seule chose au monde qui l'intéresse, ce sont les enluminures, et il vient justement d'examiner celles du psautier d'Illarion. On peut donc affirmer que celui-ci est l'objet de la rencontre ; d'ailleurs, le lieu du rendez-vous le confirme.

« Ainsi, conclut Artem en pensée, il existe bien un lien entre le manuscrit et l'homme que Iakov s'apprêtait à rencontrer. C'est en examinant l'ouvrage que Iakov a remarqué quelque chose qui l'a fait penser à l'autre homme... Qu'a-t-il donc aperçu ? »

Le droujinnik revint vers le lutrin, rouvrit le codex et

s'efforça de se mettre dans la peau de l'artiste. Qu'est-ce qui avait bien pu attirer l'œil d'un peintre enlumineur? Une combinaison de lignes et de couleurs, un élément pictural particulier? Ou bien une miniature dans son ensemble?

Et pourquoi pas un dessin? songea-t-il en tournant lentement les pages. Cette fois, il concentra son attention sur les esquisses qui occupaient, avec les commentaires, les marges tout autour du texte biblique. Ainsi que certaines notes, elles étaient exécutées à l'encre brune un peu passée, et devaient être de la main du premier propriétaire du psautier. La plupart traitaient le même sujet que l'enluminure sur la page en regard, d'autres en offraient une version légèrement différente.

L'esquisse la plus originale faisait face à l'enluminure qui illustrait l'interprétation chrétienne du psaume 69 : le Christ en croix torturé par deux légionnaires y symbolisait les souffrances du juste. Sur le dessin, l'attitude et les gestes des tortionnaires étaient imités par deux iconoclastes vêtus de costumes byzantins, occupés à effacer à la chaux l'image du Christ sur une icône. L'un d'eux avait une énorme tignasse emmêlée et hirsute, aux mèches pointues comme des aiguilles, qui lui donnait l'air d'un démon. Une brève note de la plume de l'auteur disait : « Voici les vrais bourreaux ! »

À côté du personnage démoniaque, la main ferme et élégante d'Alexei avait écrit à l'encre noire : « Portrait de Jean VI le Grammairien, patriarche de Constantinople de 837 à 843, moqué par les iconophiles. » Un peu plus bas, le gouverneur commentait la fameuse querelle à propos des images saintes : « Supprimer l'image du Christ revient à nier la Passion : s'Il avait pris un corps qui ne pouvait être représenté, comment concevoir Ses souffrances ? »

Le droujinnik approuva machinalement et poursuivit son inspection. Un peu plus tard, il avait acquis la certitude que le premier propriétaire de l'ouvrage avait un bon coup de crayon, et que le boyard Alexei possédait une érudition enviable... Mais quant à l'indice qui devait le mettre sur la piste de l'assassin, Artem n'avait pas avancé d'un pouce dans ses recherches !

Il referma le codex et réfléchit quelques instants, caressant du bout des doigts les figures des saints en argent ciselé qui ornaient le plat de la reliure. Peut-être la page contenant l'indice en question avait-elle été arrachée ou découpée... Cela expliquerait pourquoi l'assassin avait abandonné le livre auprès du cadavre de Fédote. D'un autre côté, cette « restitution » pouvait être une ruse destinée à détourner l'attention du manuscrit !

N'importe comment, il n'y avait plus rien à faire dans l'immédiat, sinon d'espérer que le criminel se trahirait d'une façon ou d'une autre lorsque le psautier aurait réintégré la bibliothèque.

Artem sortit dans le couloir et frappa dans ses mains. Il ordonna au serviteur accouru de trouver le gouverneur pour l'avertir qu'il pouvait disposer du psautier.

Alexei arriva quelques minutes plus tard. Son visage parcheminé aux joues maigres s'illumina de joie.

— Dieu soit loué, je vais enfin récupérer mon cher manuscrit ! s'exclama-t-il.

Les mains pressées sur la poitrine, il réprima une quinte de toux. Puis il resta un instant silencieux, lissant sa barbe poivre et sel d'un air indécis. Enfin, il demanda :

— Boyard, ne penses-tu pas qu'il serait bon de prendre certaines précautions pour éviter un nouveau malheur ? Normalement, je n'ai pas le droit de me servir des gardes pour mes besoins personnels, mais à les voir se tourner les pouces toute la journée... Bref, avec ton autorisation, j'aimerais poster une sentinelle à l'entrée de la bibliothèque. Il faudra aussi condamner la porte de service ! En outre, j'enfermerai le psautier dans un coffre cerclé de fer...

— Je comprends ton inquiétude, mais ces précautions sont inutiles, l'interrompit Artem d'un ton ferme. Je t'assure que ton manuscrit sera en sécurité à sa place habituelle, personne ne cherchera plus à le dérober.

— Mais Fédote a bien essayé... balbutia le gouverneur sans terminer sa phrase.

— Le malheureux n'est plus là pour expliquer ce qui s'est passé, rappela Artem. D'ailleurs, Ludwar n'a pas tort, ce vol ne rime à rien ; il est proprement absurde. Cependant, une chose est sûre : le psautier d'Illarion ne risque plus de disparaître.

— Puisque tu en es persuadé... je me contenterai de le ranger comme à l'ordinaire, acquiesça Alexei à contrecœur. À propos, je viens d'interroger les soldats au sujet de cette scandaleuse affaire de débauche. J'espérais que l'un d'eux avait repéré le complice de Siméon... Mais non, ils n'ont jamais vu ni l'intendant ni un autre homme introduire des jeunes filles dans la résidence. Tu parles de gardes ! Un ramassis de vauriens et d'ivrognes ! D'ailleurs, la moitié ont passé la nuit en ville et ne sont pas encore rentrés. Souhaites-tu les questionner toi-même ?

Le droujinnik balaya la suggestion d'Alexei d'un revers de main.

— Pas la peine, lâcha-t-il. Les sentinelles ne savent rien, c'est évident ! Notre homme est beaucoup trop intelligent pour commettre ce genre d'imprudences.

Haussant les épaules, le gouverneur pinça les lèvres, apparemment vexé que toutes ses initiatives aient suscité si peu d'enthousiasme chez Artem. Enfin, soulevant le psautier à deux mains, il emporta son précieux fardeau vers la bibliothèque.

Artem se promit de revenir examiner le manuscrit en début d'après-midi. Pour l'heure, il était temps de poursuivre l'interrogatoire de l'intendant.

Lorsqu'il arriva dans la chambre rouge, Siméon gisait immobile sur le lit, où on l'avait installé après que la jeune paysanne eut été transportée dans une chambre du rez-de-chaussée. Les paupières closes, les mains croisées sur la poitrine, il paraissait endormi. Assise sur un tabouret à ses côtés, Lina s'entretenait avec Théodore. Vêtu de son somptueux manteau de cérémonie rouge cerise, l'ambassadeur trônait dans un fauteuil en face de la comédienne, qu'il fixait d'un air sévère en tirant sur les boucles lustrées de son collier de barbe.

Apercevant le droujinnik, Lina lui adressa un sourire chaleureux puis dit à l'intention du Grec :

— Je t'ai déjà raconté la suite à deux reprises, magistros. Je ne sais rien de plus sur les faits et gestes de Milana.

— Fais donc un effort, je suis sûr que tu peux te rappeler d'autres détails ! insista Théodore.

La jeune femme voulut répondre, mais à cet instant le blessé laissa échapper un long gémissement. Parcouru de frissons, il s'agitait sur sa couche, l'œil hagard et fiévreux. Soudain, il exhala un râle, roula sur le côté et se recroquevilla sur lui-même sans cesser de trembler violemment.

Quittant son siège, Lina s'approcha du lit et tendit la main pour essuyer les gouttes de sueur qui perlaient sur le front pâle de l'homme. Mais elle suspendit son geste et poussa un cri alarmé.

— Sa blessure s'est rouverte ! s'exclama-t-elle en saisissant une serviette et un flacon posés sur la table de chevet.

Comme elle se penchait sur l'intendant, ses yeux s'agrandirent d'effroi.

— Oh, mon Dieu ! Que lui arrive-t-il donc ? s'écria-t-elle. Il perd tout son sang !

Artem rejoignit Lina en quelques enjambées, suivi par Théodore, qui ne s'était point départi de son calme. Agité de convulsions, le blessé émit un nouveau râle ; un filet de salive apparut au coin de ses lèvres couleur cendre. Son pansement et les draps sous son flanc étaient imbibés de sang.

— Ah non ! fit le Grec. Cette canaille ne va pas nous fausser compagnie maintenant ! C'est trop bête !

Le droujinnik grinça des dents. Il observa Lina défaire le bandage et appliquer tampons et cataplasmes à la plaie qui saignait de plus en plus abondamment. Mais il était impossible d'arrêter l'hémorragie, Siméon se vidait littéralement de son sang. Quelques minutes plus tard, le mourant fut secoué des derniers spasmes. Il ouvrit les paupières, se raidit... puis son corps s'affaissa, inerte. Ses yeux devinrent vitreux ; c'était fini.

Artem se pencha sur le cadavre et scruta ses lèvres entrouvertes. Elles étaient noircies ; de la bave grisâtre s'en écoulait, dégoulinant sur le menton. En se redressant, Artem croisa le regard affolé de Lina et celui, perplexe, du Grec.

— Je croyais pourtant que ses jours n'étaient pas en danger... murmura la jeune femme d'un air contrit.

Artem se sentit submergé par un accès de colère incontrôlable : la rage de l'impuissance.

— Ce n'est point à cause de sa blessure que cet homme est mort ! lança-t-il d'une voix altérée par la fureur. Il a été empoisonné !

CHAPITRE VII

— Un nouveau crime ! s'exclama Théodore en proie à une vive excitation. Siméon n'avait pas trahi son complice, et pourtant, celui-ci a préféré se débarrasser de lui... Hé, hé !

À présent, le Grec avait l'air étrangement satisfait, c'est à peine s'il ne se frottait pas les mains.

— On dirait que la disparition de Siméon te comble de joie, magistros, grinça Artem.

— Je trouve cette enquête fort stimulante pour l'esprit ; pas toi ? répliqua celui-ci en haussant les sourcils. On a envie de prolonger la partie lorsqu'on rencontre un adversaire digne de ce nom... En l'occurrence, nous avons affaire à un être hors du commun !

— Il l'est par définition — car il s'agit d'un monstre ! martela Artem.

— C'est ça, un monstre ! répéta Lina, le visage livide et défait. Mais qui ? Qui a pu... ?

— Voyons, c'est à toi de nous l'apprendre, femme ! suggéra Théodore d'un ton acide. Qui as-tu laissé entrer ici pendant que tu étais seule avec l'intendant ?

— Personne, je le jure par la Sainte-Trinité ! s'écria la jeune femme en se tordant les mains. Boyard, tu me crois, n'est-ce pas ? ajouta-t-elle à l'adresse d'Artem.

Elle s'élança vers lui et scruta avec angoisse son

masque dur et impénétrable. Comme Artem gardait le silence, les yeux gris de Lina s'emplirent de panique, et elle se mit à trembler de tout son corps. Artem eut pitié d'elle.

— Oui, je te crois, répondit-il, au grand mécontentement du Grec.

— À tort! bougonna celui-ci. Laisse-moi m'occuper de cette vagabonde! Je ne te demanderai qu'une cellule inoccupée, et un peu de temps... D'ici peu, la coquine aura avoué tous ses crimes! En outre, elle pourra nous renseigner sur ceux de son amie. Je parie que les deux comédiennes ont trempé dans cette sordide affaire... Allons, boyard, laisse-moi faire! Tu sais bien que tu peux compter sur mon aide!

— Je n'en ai jamais douté, assura Artem. Je vais donc te prier d'aller chercher les autres convives. Tu les informeras du meurtre de Siméon avant de les accompagner à la bibliothèque. Je vous y rejoindrai dans quelques instants.

Théodore esquissa un sourire condescendant.

— Tu regretteras ton manque de discernement plus tôt que tu ne le crois! déclara-t-il avec hauteur. Avant que la nuit tombe, Vladimir sera de retour, il exigera qu'on lui livre le criminel... Et c'est moi qui le lui désignerai! Quant à toi, ton rôle se limitera à celui de simple sbire: on te chargera de le mettre aux arrêts.

Sur ces mots, il pivota sur ses talons et sortit d'un pas majestueux.

Artem se tourna vers Lina. Sous son regard, elle changea de couleur et détourna vivement les yeux.

— Je ne voudrais pas hausser le ton, encore moins recourir aux menaces, pour t'obliger à me raconter la vérité, déclara le droujinnik.

— Comment cela? Je ne comprends pas... balbutia Lina.

— Je n'accepterai pas pour autant que tu me fasses

perdre un temps précieux en discours inutiles, poursuivit Artem d'un ton plus dur.

La jeune femme enfouit son visage dans ses mains et fondit en larmes.

— Si j'avais pu imaginer!... murmura-t-elle entre deux sanglots.

Quelques instants plus tard, elle parvint à se calmer. S'essuyant les yeux du revers de sa manche, elle se mit à parler sans regarder Artem.

— J'étais seule avec le blessé depuis environ une demi-heure — peut-être un peu plus — quand j'ai découvert un petit rouleau d'écorce de bouleau près du seuil. La porte était ouverte tout le temps, mais je n'ai rien remarqué, j'ignore à quel moment on a laissé ce message. Il disait : « Retrouve-moi au plus vite dans la salle d'armes. » Il était signé par l'initiale du prénom... euh...

— De ton amoureux mystérieux, enchaîna le droujinnik.

— Oui, bien que ce ne soit pas lui qui l'ait écrit ; je le sais à présent. Pardonne-moi, mais j'aimerais si possible garder secret son nom, du moins pour l'instant.

En d'autres circonstances, Artem aurait insisté pour qu'elle lui révèle l'identité de l'homme. Mais l'absurde jalousie qu'il éprouvait envers l'amant de Lina lui faisait tellement honte qu'il s'était interdit de se renseigner sur lui — sauf bien sûr si l'enquête l'exigeait. Or ce n'était pas le cas, car le message galant était un faux, Artem en était convaincu.

— Je n'ai pas conservé ce billet, ajouta la jeune femme, mais je peux t'assurer qu'il ne t'aurait rien appris. N'importe qui aurait pu griffonner ces quelques mots !

Artem songea qu'elle n'avait pas tort : à la différence du parchemin, l'écorce de bouleau permettait rarement de relever la spécificité d'une écriture.

— Sur le coup, je n'ai pourtant pas douté que le message fût de lui, reconnut l'actrice. La nuit dernière, ainsi que je te l'avais dit, j'ai pris mon courage à deux mains et je suis allée lui parler. Je venais de lui ouvrir mon cœur quand les cris du Varlet nous ont alertés. Nous nous sommes précipités au second étage, comme tout le monde...

Elle laissa échapper un soupir saccadé avant de poursuivre.

— Plus tard, pendant et après l'interrogatoire, je n'avais qu'une seule idée en tête : entendre de la bouche de mon bien-aimé qu'il partageait mes sentiments. J'étais persuadée que lui aussi brûlait de me revoir... Voilà pourquoi je n'ai rien soupçonné quand j'ai reçu ce billet. Je me suis assurée que le blessé dormait tranquillement. Son état ne risquait pas de s'aggraver, je pouvais donc m'absenter un petit moment...

Elle secoua la tête d'un air contrit, tortillant un bouton de sa robe.

— Par le Christ, seule une femme amoureuse peut tomber dans un piège aussi grossier ! s'exclama le droujinnik. Ainsi, tu as couru dans la salle d'armes, et tu n'y as trouvé ni l'élu de ton cœur ni aucun autre homme, n'est-ce pas ?

— Pas âme qui vive, confirma Lina. Pourtant, quelqu'un venait d'allumer le feu... J'ai attendu un petit moment. Enfin, furieuse, j'ai jeté le message dans l'âtre et j'ai regagné la chambre rouge. Un peu plus tard, ce maudit étranger, le magistros, est venu me harceler de questions... Mais tout à l'heure, j'ai enfin compris à quoi avait servi ce faux message : à commettre un meurtre !

Elle réprima un frisson et leva vers Artem un regard éperdu. Assombris par le chagrin et le remords, ses yeux ombragés de longs cils paraissaient gris-noir, évoquant la mer Varègue orageuse et tourmentée, lointain souvenir de la jeunesse d'Artem. Étrangement, il ne ressentait aucune colère contre la jeune femme; au contraire, touché par son désarroi, il avait envie de la consoler, de la rassurer. Il sentit sa maîtrise de soi l'abandonner tandis que la passion l'embrasait de nouveau. Tout en se traitant de fou en son for intérieur, il luttait contre le désir de prendre Lina dans ses bras, de goûter à la saveur de ses lèvres si douces, de sentir son corps souple comme un roseau ployer sous le sien...

Il enfouit les mains dans les poches de son caftan et se mit à arpenter la pièce d'un pas furieux, tournant comme un ours en cage. Il parvint à se ressaisir grâce à l'arrivée de deux serviteurs munis d'une civière, envoyés par le gouverneur. Artem leur ordonna de transporter le cadavre de Siméon à la chapelle, puis autorisa Lina à rejoindre ses compagnons en attendant le retour du prince. Enfin, sombre et soucieux, il se dirigea vers la bibliothèque en tortillant sa longue moustache.

Il trouva les quatre convives en train de discuter avec animation. Assis sur un coin de coffre, Dimitri faisait face à Ludwar qui se carrait dans un fauteuil en chêne sculpté, orné de clous argentés en forme d'étoile. À côté, le gouverneur occupait un siège plus modeste; penché en avant, les coudes sur les genoux, il semblait tendu et mal à l'aise. Théodore, pensif, marchait de long en large entre les rayonnages chargés de manuscrits. Un faible tintement argentin marquait le rythme de ses pas.

À peine Artem était-il entré que Dimitri lança:

— Boyard, de quoi l'intendant est-il mort, au juste? Le magistros prétend qu'il a été empoisonné, tout en précisant que Siméon a succombé à une violente hémorragie! Qu'en est-il, en réalité?

— Le magistros dit vrai, répondit le droujinnik. J'aurais aimé qu'un médecin de la ville confirme la cause du décès, mais le temps presse. Il m'est déjà arrivé[1] d'observer les symptômes que présentait Siméon : convulsions, salive abondante, bleuissement des lèvres et de la langue... Il s'agit des traces d'un violent poison préparé à base de certaines plantes et de venin de vipère. Assimilée par le corps, cette préparation entraîne la mort en moins d'une heure. En outre, elle empêche le sang de coaguler. Voilà pourquoi la blessure de l'intendant s'est rouverte, provoquant une hémorragie impossible à arrêter. Le meurtrier espérait sans doute me faire croire à une cause naturelle de la mort... En réalité, il n'a laissé aucune chance à Siméon en lui faisant absorber ce breuvage mortel.

Il s'installa dans un fauteuil libre et, d'un geste, invita Théodore à l'imiter.

— La situation est trop grave pour perdre du temps en préambules, poursuivit-il. Je vous ai réunis ici pour que chacun me rapporte ce qu'il a fait après avoir quitté la chambre rouge. Tâchez de vous souvenir si quelqu'un, ne serait-ce qu'un serviteur, vous a aperçus entre-temps.

Un silence pesant s'installa dans la pièce. Artem s'attendait déjà à l'inévitable chœur de protestations : bien que chacun des quatre hommes réalisât que l'un d'eux était l'assassin, ces importants personnages ne toléraient pas qu'on les traite ouvertement en suspects. Mais à sa surprise, Ludwar se contenta de lever les yeux au ciel d'un air agacé, tandis que le gouverneur haussait les épaules avec résignation. Dimitri, lui, baissa les paupières et fixa ses mains puissantes. Seul Théodore se composa une mine indignée.

— La grossièreté de certains boyards n'a d'égale que leur étroitesse d'esprit, marmonna-t-il en lançant un regard noir en direction d'Artem.

— Que veux-tu, magistros ! rétorqua celui-ci. Je suis

---

[1]. Voir *La Fourche du Diable,* 10/18, n° 3412.

militaire et fonctionnaire du Tribunal avant d'être boyard ! Je n'exerce pas mon métier en amateur.

Comme il dévisageait chacun des convives, Alexei toussota et prit la parole le premier :

— Tu connais déjà certains de mes faits et gestes, boyard. J'ai d'abord inspecté le psautier d'Illarion à ta demande...

— Oui, et j'ai bonne mémoire, coupa le droujinnik.

— Je ne voulais pas te vexer ! J'essaie de tout raconter dans l'ordre, sans rien oublier, car j'ai été fort occupé durant la matinée. Après t'avoir quitté, j'ai convoqué le garde des clés et l'ai provisoirement chargé d'assurer les fonctions d'intendant. Je me suis rendu en personne aux cuisines pour donner les ordres concernant les repas d'aujourd'hui. Enfin, j'ai entrepris d'interroger les soldats — hélas, en vain... Mais je t'en ai déjà informé.

Il avait conclu sur un ton un peu hésitant, ce qui n'échappa point à Artem.

— Je suppose que cuisiniers, serviteurs et gardes peuvent confirmer tes dires, commenta le droujinnik en transperçant Alexei du regard. Est-ce tout ?

— J'ai fini par regagner mes appartements, où j'ai passé un moment à... prier et à méditer. Certes, je ne puis le prouver, mais je serai prêt à jurer sur les reliques les plus sacrées de notre cathédrale...

Comme il laissait sa phrase en suspens, Dimitri gloussa :

— Le boyard n'a que faire de nos serments !

— Sur ce point, il a bien raison ! intervint le Grec en levant l'index d'un air important. Il faut que la véracité de chaque récit soit attestée par un témoin.

— En ce qui me concerne, déclara Ludwar avec une froide dignité, le boyard va devoir se contenter de ma parole.

Ses yeux clairs rencontrèrent ceux d'Artem et il le

toisa d'un air de défi. Comme le droujinnik attendait en silence, Ludwar poursuivit :

— De retour dans mes appartements, je me suis consacré à mes ablutions matinales, et j'ai ordonné qu'on m'apporte une légère collation. Ensuite, je suis arrivé ici, dans la bibliothèque. Je m'y trouvais depuis environ deux heures lorsque le magistros m'a rejoint.

Sans regarder Théodore carré dans son fauteuil, il le désigna du menton d'un air hautain.

— C'est exact, acquiesça celui-ci. Il était occupé à compulser différents codex et volumes. Je ne manquerai d'ailleurs pas d'assurer le prince que ce jeune homme fera un excellent Garde des Livres, scrupuleux et appliqué.

Cet éloge laissa Ludwar de marbre.

— À défaut du psautier d'Illarion, j'ai parcouru quelques autres manuscrits de ta collection, reprit-il d'un ton plus affable en se tournant vers le gouverneur. En vérité, certains sont remarquables ! Ainsi ce curieux ouvrage grec sur les serpents et les dragons. Je possède moi-même une description fort savante de reptiles venimeux...

— Si j'ai bien compris, personne ne peut confirmer ce que tu viens de raconter, remarqua Artem en l'interrompant d'un geste.

En guise de réponse, Ludwar haussa les épaules d'un air flegmatique. Soudain, il se frappa le front.

— Ah ! Cela m'est complètement sorti de l'esprit... À un moment, un jeune domestique s'est faufilé dans la bibliothèque, entraînant avec lui une espèce de souillon qui gloussait comme une poule. J'étais assis là-bas, au fond, et ils ne m'ont pas aperçu tout de suite. Ils faisaient un tel chahut que j'ai fini par manifester ma présence, et ils ont déguerpi. Si le témoignage de ces deux drôles a tant soit peu de valeur... Encore faudra-t-il remettre la main sur ce gaillard et sa belle !

— Je les retrouverai, l'assura tranquillement Artem avant de fixer l'enlumineur : Et toi, ami Dimitri, qu'as-tu à me dire ?

— Fort peu de chose, ne t'en déplaise, boyard ! rétorqua celui-ci en ricanant. Et sans la moindre preuve à l'appui, par-dessus le marché !

Il repoussa de son front les boucles rebelles de sa crinière rousse et soutint le regard d'Artem. En dépit de son air crâneur, il semblait nerveux et tendu.

— Lorsque tu en eus fini avec Siméon, je suis retourné chez moi et je me suis écroulé sur mon lit, raconta-t-il. J'ai dormi une heure, peut-être un peu plus. Juste avant que je me réveille, une vision céleste m'a visité dans mon rêve : une femme d'une beauté sublime, toute de blanc vêtue. Ses yeux brillaient comme deux astres, sa chevelure soyeuse lui tombait jusqu'aux reins, sa peau nacrée...

— Cette créature angélique te rappelait-elle quelqu'un en particulier ? s'enquit Artem, les sourcils froncés.

— Tout bon chrétien l'aurait reconnue entre mille ! s'écria Dimitri avec une expression extatique. Mais tu as sûrement deviné, boyard : c'était la Théotokos, la Reine des Cieux !

— Non, ce n'est pas à la Sainte Vierge que je pensais, grinça Artem. Dommage pour toi qu'on ne puisse pas la faire citer comme témoin !

— Hélas... Pourtant, c'est bien à cause d'elle — je veux dire, à cause de cette apparition — que je n'ai pas quitté ma chambre de toute la matinée. Elle m'a inspiré des visions que j'ai voulu saisir sur le vif. J'étais si absorbé par mon travail que j'en ai oublié le repas du matin ! Je peux te montrer ces esquisses, elles prouvent...

— Elles ne prouvent rien du tout, objecta Théodore d'un ton cassant, car le boyard Artem et moi ignorons à quel moment tu les as exécutées.

— Magistros, je te rappelle qu'à mes yeux tu es un suspect, au même titre que les autres ! souligna Artem, agacé par la façon dont le Grec avait associé leurs deux noms. Tu as bien pu te glisser dans la chambre rouge, servir à Siméon le breuvage empoisonné en le faisant passer pour quelque remède, puis revenir assister à son agonie sous prétexte d'interroger dame Lina. Pour l'heure, rien ne contredit cette version !

— Rien ne m'accuse non plus, fit valoir Théodore, imperturbable. Je saurai prouver mon innocence si tu me le demandes, mais j'exige d'être entendu en privé. Dois-je réciter les droits et les privilèges des ambassadeurs impériaux que stipule le dernier traité signé par nos deux pays ?

Le droujinnik secoua la tête en signe de dénégation, et le magistros enchaîna :

— Je prierai donc les honorables Ludwar, Alexei et Dimitri de me laisser seul avec le boyard.

Il se leva de son siège et esquissa un vaste geste de la main pour presser les trois hommes à s'exécuter. Ces derniers échangèrent un regard outré.

— Aucun de nous n'a refusé de parler devant les autres, grogna Dimitri.

Il se dirigea néanmoins vers la sortie, le gouverneur sur ses talons. Ludwar les suivit avec une lenteur délibérée. Enfin, la lourde porte cloutée de fer se referma sur eux.

L'expression suffisante du Grec disparut aussitôt. Les clochettes de ses chaussures se remirent à tinter tandis qu'il arpentait la pièce d'un air excité, jouant avec les insignes dorés qui ornaient sa poitrine.

— Nous avons à discuter, boyard, déclara-t-il. Rappelle-toi, le prince sera là dans peu de temps ! Il faudra que l'un de nous deux soit capable de lui livrer le traître qui a bafoué sa confiance.

Artem le dévisagea avec froideur.

— Je pensais que tu allais me fournir la preuve de ton innocence, magistros.

— Dois-je prendre au sérieux tes accusations fantaisistes, alors que je suis près de démasquer le monstre qui a perpétré plusieurs crimes atroces ?

Le droujinnik dut s'avouer que son interlocuteur avait fait mouche. Il n'avait jamais réellement suspecté le magistros ; en outre, il se sentait maintenant sinon intrigué, du moins curieux de connaître les conclusions auxquelles celui-ci était arrivé.

— Crois-tu toujours qu'à l'origine il s'agit d'une affaire de mœurs ? s'enquit-il en guise de réponse.

— Plus que jamais ! s'exclama le Grec en s'arrêtant devant lui. Je précise : affaire de mœurs doublée de crime contre l'État et le souverain, puisque cette forteresse et ce palais en sont le théâtre. Je ne peux que m'étonner devant ton indulgence envers cette petite saltimbanque. Si tu ne tenais pas à l'épargner, elle aurait déjà avoué.

— Ah, de grâce ! Avoué quoi ? Dame Lina n'a commis aucun crime !

— Toutes les femmes ne sont pas des criminelles, mais *toutes* sont coupables, déclara Théodore d'un ton sentencieux.

— Si c'est de cela que tu voulais discuter, ce n'était pas la peine de demander un huis clos, lança Artem. J'enquête sur les meurtres commis au sein de cette citadelle, pas sur le péché originel !

— Ton enquête ? Parlons-en, rétorqua le Grec. Il paraît que tu as enfin pu examiner de près ce fameux psautier d'Illarion — le clou de l'énigme, selon toi. Eh bien, as-tu trouvé le nom de l'assassin ? Il était inscrit en lettres de sang entre deux enluminures, je suppose ?

Le droujinnik ravala sa colère. Hélas, il n'avait pas grand-chose à répondre aux sarcasmes de Théodore.

Celui-ci marqua une pause. Redevenant grave, il joignit ses doigts bagués et poursuivit :

— Boyard, je suis conscient que tu travailles dans des conditions, euh... délicates. La présence d'un personnage aussi important que moi, haut dignitaire impérial et limier émérite, ne peut que te gêner, car je suis involontairement devenu ton concurrent... Non, ne cherche pas à me contredire, je sais que j'ai raison ! Voilà qui explique ton attitude désobligeante envers moi... Et voilà pourquoi je ne t'en veux pas ; au contraire, je compatis !

Il se remit à marcher de long en large d'un pas mesuré, les clochettes de ses chaussures ponctuant son discours.

— Tu possèdes par ailleurs une qualité que j'admire : la persévérance. Sans elle, la chambre rouge et les agissements du perfide intendant n'auraient jamais été découverts. C'est donc pour t'aider que je répète : tu suis une fausse piste ! Mais il n'est pas trop tard pour l'abandonner et joindre tes efforts aux miens. Si tu le souhaites, nous échangerons les informations que chacun de nous a recueillies. Nous pourrons ainsi achever cette enquête ensemble et partager les lauriers... Pour commencer, revenons aux deux premiers meurtres. Est-ce Siméon qui...

— Cette fois, je t'interromps, magistros ! Je te remercie de ta générosité, mais je ne puis accepter ta proposition. Non, détrompe-toi, je ne pense point aux lauriers ! Toutes tes idées ne sont pas fausses, mais tu t'es égaré, sans doute à cause de ton mépris pour les femmes. Certaines sont pourtant capables d'illuminer notre vie ! Bien sûr, elles sont faibles, volages...

— Lascives et vénales, boyard, si tu tiens à les définir ! Ces deux mots contiennent d'ailleurs la clé du mystère. Dommage que tu t'obstines à protéger la petite saltimbanque ! Tout à l'heure, rien qu'en l'interrogeant avec un peu d'insistance, j'ai obtenu un détail révélateur... qu'elle m'a fourni à son insu !

— De quoi s'agit-il ? ne put s'empêcher de demander Artem.

— Ah ! Cela t'intéresse, hein ? jubila Théodore. Mais je viens de te le dire : de la fornication et de l'argent ! Penses-y, boyard, et cela te conduira à la vérité. Quant à moi, je vais de ce pas m'enfermer dans mes appartements. Il me reste à trier et à compléter mes notes. Cette tâche accomplie, je saurai qui est l'assassin.

Le Grec esquissa une révérence moqueuse, pivota sur lui-même et sortit dans un furieux tintement de clochettes.

Artem demeura quelques instants immobile, plongé dans ses réflexions. Puis il se dirigea vers l'étagère où Alexei avait rangé le psautier d'Illarion. Bien qu'il reconnût tout de suite la reliure en cuir et argent, il s'empara de l'échelle et monta jusqu'aux rayons supérieurs pour s'assurer que le manuscrit était bien à sa place.

Il s'apprêtait à quitter la bibliothèque quand la porte s'ouvrit de nouveau. Mitko pénétra dans la pièce, son heaume pointu sous le bras.

— Boyard, nous avons pu visiter trois villages au lieu d'un seul ! déclara-t-il en essuyant de sa manche la sueur qui ruisselait sur son front et ses tempes.

Artem hocha la tête avec approbation. Il s'installa dans un fauteuil et désigna un siège au Varlet. Dégrafant sa cape, Mitko la jeta sur un coffre, posa son heaume à côté, puis s'assit en face du droujinnik avec un soupir de contentement.

— Les deux jeunes soldats qui m'accompagnaient étaient du pays, reprit-il. Ils m'ont conduit chacun à son hameau natal, ce qui m'a permis d'élargir mon enquête. Mais d'abord, nous nous sommes rendus à Mokhino. J'ai rencontré les familles des deux dernières victimes et je les ai informées selon tes consignes, boyard. La sœur cadette de notre miraculée est aussi mignonne que maligne, elle a vite fait de comprendre où je voulais en venir! C'est elle qui a amené devant moi les autres belles du village. J'ai alors déployé toutes mes ressources de persuasion et de doigté, d'éloquence et de séduction...

— Heureusement, mon brave Mitko, ton extrême humilité ne m'a pas empêché de découvrir tes prodigieux talents! remarqua Artem en souriant. Mais avec le temps, je ne désespère pas d'accoutumer la modestie à l'éloge!

— Je n'ai point de talents, boyard, corrigea humblement le colosse. Cependant, mes faibles capacités ont suffi pour délier la langue à deux petites oies qui étaient tombées dans les griffes de Siméon l'été dernier. Elles ont fini par me raconter par le menu toutes leurs infortunes. Elles ont bel et bien identifié l'intendant comme leur ravisseur et l'un de leurs deux bourreaux. Quant au complice de Siméon, hélas! il ne s'est jamais montré sans masque, une sorte de foulard qui lui dissimulait le visage. En ce qui concerne sa taille, sa corpulence, ou encore sa voix, les signalements restent flous et contradictoires. Ça se comprend : tout au long de leurs ébats, les pauvrettes étaient sous l'empire de la drogue.

— C'est bien ce que je craignais, soupira Artem. As-tu réussi à faire parler les jeunes femmes des autres villages?

— Oui, sans plus de résultat. En tout, j'ai obtenu cinq témoignages. Trois des victimes ont accepté de rencontrer un représentant du Tribunal afin de porter plainte contre Siméon. Voilà qui suffira pour faire condamner cette canaille à la peine maximale : la servitude à vie!

— Siméon répondra de ses crimes devant le Juge suprême, pas ici-bas, grogna Artem.

Il relata à Mitko comment l'assassin avait attiré Lina dans la salle d'armes, pendant que lui-même réglait son compte à l'intendant.

— Ah ! le rusé coquin ! s'écria Mitko. Je me demande comment il s'y est pris pour lui faire avaler le poison.

— C'est facile à imaginer, expliqua Artem. L'assassin a fait croire à Siméon qu'il s'agissait d'un fortifiant, ou bien d'une potion contre la fièvre, ou encore d'un remède favorisant la cicatrisation. L'essentiel n'est pas là, mais dans les rapports qui existaient entre ces deux personnages. Je crois que l'intendant était moins complice qu'homme de main de l'autre malfaiteur. Ce criminel endurci, véritable incarnation du vice et de la perversité, n'avait aucun mal à tenir sous sa coupe le faible et lâche Siméon, qui lui obéissait avec d'autant plus de zèle qu'il était terrorisé.

— Ouais... Si l'intendant ne l'a pas trahi, c'est plus par peur que par loyauté ! renchérit Mitko.

Le droujinnik acquiesça avant de conclure :

— Le meurtrier s'en doutait bien, et il s'est empressé de réduire Siméon au silence une fois pour toutes dès que l'occasion s'est présentée. Il n'y a qu'un détail qui me tracasse ; c'est au sujet de dame Lina.

Artem toussota pour dissimuler la gêne qu'il éprouvait chaque fois que la conversation tombait sur la comédienne.

— Elle tient à ce que personne ne connaisse l'identité de son amant, poursuivit-il d'un ton neutre. J'ai respecté son désir car, pour l'heure, je n'ai point besoin de cette information. À l'exception de l'heureux élu, les autres boyards ignorent que la comédienne est amoureuse de l'un d'entre eux... Et pourtant, à en croire Lina, le faux message était signé de l'initiale du prénom de son galant. Comment l'assassin a-t-il appris leur secret ? Non que je doute de la sincérité de la dame...

Il s'interrompit et fixa Mitko. Celui-ci leva les bras au ciel et s'exclama :

— Sincère, elle l'est — comme seule une femme

amoureuse peut l'être! On dirait que le nom de son élu est inscrit sur son front, elle rougit dès qu'elle le regarde! Si tes pensées n'étaient pas entièrement occupées par notre coquin insaisissable, tu aurais déjà deviné de qui il s'agit.

Jetant un coup d'œil prudent vers la porte, il quitta son siège, se pencha vers Artem et lui murmura quelques mots à l'oreille.

— Es-tu certain que c'est lui? s'enquit le droujinnik, perplexe. Jamais je n'aurais cru...

— Je m'en suis aperçu dès le premier soir, quand les comédiens ont joué devant nous, l'assura Mitko en regagnant son fauteuil. Dame Lina coulait des œillades langoureuses dans sa direction, et lui la couvait des yeux, tel un chat gourmand. Ensuite, je les ai bien observés tous les deux pendant l'interrogatoire de Siméon. Ils évitaient de se regarder, sans doute par crainte de se trahir. Mais de temps en temps, ils ne pouvaient s'empêcher de sourire, d'un petit sourire béat; tandis que les autres, au contraire, faisaient une mine de dix pieds de long, tant ils étaient atterrés par les frasques de l'intendant. Évidemment, les deux tourtereaux ont fini par attirer l'œil de l'épervier!

— Évidemment, répéta Artem, mal à l'aise. Pas de doute, j'ai dû avoir l'esprit ailleurs!

— À moins que l'amoureux de dame Lina ne soit justement le criminel, avança Mitko.

— Possible, acquiesça le droujinnik d'un ton las. Cela peut être n'importe lequel des quatre convives. Tout à l'heure, j'ai prié chacun de raconter ses faits et gestes depuis son départ de la chambre rouge. J'espérais déceler une inexactitude, une légère confusion... enfin, quelque signe qui m'aurait permis de prendre l'un d'eux en flagrant délit de mensonge...

Il résuma les récits respectifs d'Alexei, Ludwar et Dimitri, puis mentionna son entretien avec Théodore.

Le Varlet plissa le front et réfléchit en silence. Artem lui aussi replongea dans ses pensées, se remémorant dans les moindres détails l'attitude et les propos de ses quatre interlocuteurs.

— Boyard, crois-tu qu'on puisse au moins rayer le Grec de notre liste de suspects ? demanda Mitko au bout d'un moment.

— Je vois mal un haut dignitaire byzantin, un des hommes les plus riches et les plus puissants de l'Empire, risquer sa fortune et sa carrière avec une légèreté aussi extraordinaire ! Ce serait de la folie. D'un autre côté, la cruauté, l'audace, la perversité de cet individu dépassent la raison ; l'esprit le plus corrompu serait incapable de les concevoir. Sur ce plan, il faut bien reconnaître qu'on a affaire à un fou !

— À un monstre vomi par l'Enfer, à un être démoniaque ! renchérit Mitko en se signant avec vigueur.

— Mais pas stupide, rappela Artem. Pour revenir à Théodore, admettons qu'un dignitaire de son importance soit prêt à mettre en jeu sa carrière pour donner libre cours à ses mauvais penchants... Dans ce cas, il risque moins de se faire prendre ici, en Russie, qu'à Byzance, où il est constamment surveillé par ses serviteurs aussi bien que par ses amis et ses proches.

— Ainsi, le Grec est toujours suspect, ponctua le Varlet. À plus forte raison, les autres ! Le gouverneur, par exemple. À l'en croire, au moment du meurtre de Siméon, il priait et méditait dans sa chambre !

— De fait, je ne soupçonnais pas autant de piété chez ce personnage, releva Artem. Je suis d'ailleurs persuadé qu'Alexei ne m'a pas tout dit. Il cache quelque chose !

— Des hypocrites et des menteurs, tous autant qu'ils sont ! déclara Mitko avec conviction. Le plus facile à percer à jour, c'est peut-être l'enlumineur. Quand il n'est pas soûl comme une bourrique...

— En vérité, on dirait un autre homme ! enchaîna le droujinnik. Dès le début de notre séjour ici, j'ai flairé d'instinct que le fêtard, l'ivrogne, n'était qu'une sorte de façade destinée à masquer sa véritable nature. Et quand j'ai vu Dimitri sobre, cette intuition est devenue certitude. Je me demande...

Il s'interrompit et resta un instant silencieux, plongé dans ses pensées. N'y tenant plus, Mitko s'enquit avec curiosité :

— Et Ludwar ? De quelles fourberies serait-il coupable ?

Haussant les épaules, Artem se leva de son siège.

— D'aucune, ou presque, bougonna-t-il. Bon, nous avons fait le tour. Il faut que j'aille poser quelques questions à dame Lina. Je devrais sans doute prêter plus d'attention au raisonnement de notre limier à clochettes, tout ridicule qu'il soit.

— Mais... boyard, tu ne m'as pas répondu ! s'écria Mitko en bondissant sur ses pieds. Ton flair ne te suggère-t-il rien à propos de Ludwar ?

— Si : il fera un excellent Garde des Livres, le magistros a raison. Je peux ajouter que ce bellâtre qui a l'air d'avoir avalé son épée m'inspire assez peu de sympathie... Voilà tout.

Interloqué, le colosse plongea les doigts dans ses épaisses boucles blondes et se gratta longuement la nuque. Artem se dirigeait déjà vers la porte quand Mitko dit :

— Boyard, il y a encore une chose qui me tracasse... Que penses-tu des esprits qui hantent la citadelle ? S'agit-il de revenants ? Celui que j'ai rencontré cette nuit...

Comme Artem le foudroyait du regard, il s'interrompit.

— Voyons, n'as-tu pas réalisé ta méprise ? gronda le droujinnik. C'est pourtant toi qui m'as appris les amours de Lina et de Dimitri !

— Quel rapport ? bégaya le Varlet en ouvrant des yeux ronds. Je te parle de ce fantôme...

— ... Oui, celui que dame Lina, qui n'est pas comédienne pour rien, a joué à ton intention la nuit dernière, expliqua Artem. Tu l'as aperçue au fond du couloir, alors qu'elle courait voir son amant. Sa gracieuse silhouette vêtue de blanc avait tout d'une apparition, je te le concède...

— Et les signes mystérieux que le spectre m'a adressés ? l'interrompit Mitko, méfiant.

— Lina n'a voulu que t'effrayer, pour te décourager de la suivre. Et pendant que tu avais les yeux tournés, elle s'est faufilée dans la chambre de son amoureux.

— Ouais... Quand j'ai vu ce fantôme cavaler à toute vitesse, j'aurais dû avoir des soupçons, reconnut Mitko.

Honteux, il contempla le bout de ses bottes en silence.

— Mon ami, tu es un peu impressionnable... ce qui ne veut pas dire couard ! souligna Artem en lui enlaçant les épaules. Que serait-il arrivé à notre « miraculée » sans ton courage et ta persévérance ? Maintenant, viens ! C'est le moment d'aller voir si elle ne s'est pas réveillée.

— Si oui, dois-je commencer à l'interroger ? s'enquit Mitko, qui avait recouvré son enthousiasme coutumier.

— Tu peux essayer... par acquit de conscience, bougonna Artem. Je parie qu'elle sera tout aussi incapable de décrire le compagnon de Siméon que les autres victimes avant elle !

Ils descendirent ensemble au rez-de-chaussée avant de se séparer. Pendant que Mitko se dirigeait vers la chambre où deux servantes veillaient sur le sommeil de la jeune fille, Artem frappait déjà à la porte de la comédienne.

Lina lui ouvrit tout de suite, comme si elle avait

185

attendu quelqu'un. Il ne s'agissait point de lui, Artem ne le savait que trop, mais en lisant la déception dans le regard de la jeune femme, il ressentit un pincement au cœur.

Dans la pièce, le paravent coloré avait disparu, mais l'énorme panier recouvert d'une serviette de lin était là. Le droujinnik le découvrit pour s'assurer qu'il contenait toujours les effets de Milana. Puis il alla s'asseoir sur le coffre où Lina l'avait installé et soigné la nuit précédente.

Il regarda Lina prendre place sur un tabouret en face de lui, de l'autre côté de la table. Sa robe d'intérieur blanche en fin tissu fluide la drapait comme une statue, dessinant ses petits seins fermes sous des plis harmonieux. Auréolé de boucles claires, son visage rayonnait de bonheur.

Artem faillit commencer l'entretien en l'interrogeant sur son amoureux, mais il se ravisa. Il lui expliqua le but de sa visite : évoquer la dernière rencontre avec Théodore et les questions qu'il lui avait posées.

— Elles ressemblent aux tiennes comme deux gouttes d'eau, boyard, répliqua Lina en jouant avec les bracelets en argent qui serraient ses poignets. Je ne peux rien t'apprendre de nouveau par rapport à ton premier interrogatoire.

— Le magistros mène sa propre enquête, expliqua le droujinnik. En outre, il prétend avoir obtenu de toi, à ton insu, une information importante...

— Ce maudit étranger ! s'exclama Lina avec colère. Qui se vante de m'avoir tiré les vers du nez ! J'aimerais bien t'aider, boyard, mais je ne vois vraiment pas comment.

— Essaie de te rappeler si Théodore a manifesté un intérêt particulier pour quelque détail de ton récit.

Sourcils froncés, Lina réfléchit en silence, avant de se lever et de s'approcher du gros panier.

— Il a passé à nouveau en revue les affaires de ma compagne, déclara-t-elle, en fouillant dans le panier. La fois précédente, il n'avait rien remarqué de spécial, mais aujourd'hui, il m'a interrogée sur ceci...

Elle sortit un coffret en fer ouvragé au couvercle percé d'une fente. Comme elle le posait sur la table, Artem se souvint de l'avoir déjà examiné. Il l'ouvrit avec la petite clé attachée à la poignée et disposa devant lui six pièces d'argent, quatre quarts et deux demi-grivnas.

— N'est-ce pas les économies de Milana ? s'enquit-il. Une partie de cet argent provenait de ses amants d'un jour, je suppose.

Lina acquiesça d'un hochement de tête sec.

— La totalité, précisa-t-elle. Ce sont là ses « petites récompenses » les plus récentes, comme elle le disait... Elle vidait le coffret tous les quinze jours. D'ordinaire, lorsque Milana revenait de ses rendez-vous tard le soir, je dormais déjà. Elle avait l'habitude de jeter les pièces rapportées dans le coffret, et ce tintement métallique me réveillait. Milana me taquinait en riant : « Cela te réveille mieux que le son des cloches un dimanche matin ! » Ensuite, elle aimait à commenter...

Lina s'interrompit et baissa les yeux, tandis que ses joues se coloraient.

— ... les prouesses de sa dernière conquête, murmura-t-elle. Le Grec m'a harcelée de questions jusqu'à ce que je lui confie tout ça, et ensuite, il s'est mis à faire des réflexions méprisantes sur les catins de quatre sous ! J'étais furieuse, mais je n'ai pas osé le remettre à sa place, avoua-t-elle d'un ton amer.

— Il a dû t'interroger sur cette mystérieuse affaire que ton amie souhaitait régler, suggéra le droujinnik comme la jeune femme se taisait.

— Pas vraiment... Il m'a surtout questionnée sur la première soirée.

— Il cherche à découvrir l'identité du boyard à qui Milana a accordé ses faveurs, ce soir-là, expliqua Artem.

— Peut-être bien... Il m'a ordonné de raconter en détail ce qui s'était passé après le spectacle. Or, ce soir-là, je n'ai pas entendu ma compagne regagner notre chambre.

— Si je me souviens bien, c'est l'arrivée de Mitko qui t'a tirée de ton sommeil. Je l'avais envoyé questionner chaque membre de votre troupe.

— C'est exact. Lorsque j'ai ouvert les yeux, le Varlet était déjà là. Il tenait mon amie dans ses bras, et elle se laissait faire en riant. Moi, j'étais mal à l'aise... Je te l'ai déjà dit, boyard, je supporte mal une telle... légèreté! Quand Mitko est parti, j'ai traité Milana de tête folle, et je n'ai plus échangé un seul mot avec elle ce soir-là... En entendant cela, le Grec s'est écrié : « Dans ce cas, comment peux-tu être certaine que Milana revenait de son rendez-vous galant? D'ailleurs, je me soucie de ses coucheries comme d'une guigne. En quittant son amant, elle a rencontré quelqu'un d'autre avant de rentrer. Voilà ce qui compte! »

Comme Artem la dévisageait, perplexe, Lina répéta :
— C'est bien ce qu'il a dit : « Elle a rencontré quelqu'un d'autre. » Ensuite, il s'est mis à jouer avec le coffret en marmonnant : « L'amour? Non, l'amour de l'argent! Ah, les filles d'Ève, créatures frivoles et vénales! » ou quelque chose comme ça. Voilà, c'est tout ce qu'il a dit de nouveau... si toutefois vilipender les femmes peut être considéré comme une nouveauté! ajouta-t-elle, amère.

Lina se tut. Artem réfléchit à ce qu'il venait d'apprendre. Si la jeune femme lui avait rapporté les propos exacts du Grec, celui-ci s'était complètement fourvoyé! Son enquête n'était qu'un grotesque échafaudage de suppositions gratuites et d'idées préconçues!

Secouant la tête, Artem se leva, remercia la comédienne et sortit dans le vestibule.

« N'y a-t-il pas une présomptueuse et hautaine folie à prétendre juger toutes les femmes ? » songea-t-il, se dirigeant vers l'escalier. Comme il repensait à Théodore, il se permit un petit sourire, bien que la situation ne s'y prêtât guère...

Il décida de consacrer encore un peu de temps à l'étude du psautier d'Illarion, convaincu que la clé de l'énigme était bien là, dissimulée entre les lignes d'un psaume ou les vignettes d'une miniature.

Il trouva la bibliothèque vide et s'en réjouit. Cherchant du regard le précieux manuscrit rangé en haut des rayonnages, il s'apprêtait à grimper à l'échelle lorsque la porte de la bibliothèque s'ouvrit pour livrer passage au gouverneur.

La mine maussade, les traits crispés, Alexei se dirigea en silence vers le siège le plus proche. Il s'y laissa tomber puis braqua sur Artem ses yeux noirs. Son regard avait un éclat étrange et fiévreux.

Surpris, le droujinnik le considéra en retour. Il s'éloigna à regret des rayonnages pour s'installer dans un fauteuil en face du gouverneur.

— Que se passe-t-il ? lui demanda-t-il.

— Je dois te faire un aveu... un aveu terrible, déclara Alexei d'une voix rauque. Je ne peux plus garder ce... cette chose par-devers moi... Cela me pèse trop !

— Ainsi, tu t'es enfin décidé à me parler ! constata Artem d'un ton froid. Ce n'est pas trop tôt. J'attends ta confession depuis un certain temps.

— Comment ça ? Que sais-tu, au juste ? s'enquit l'autre, sur la défensive.

Artem se contenta de hausser les épaules d'un air évasif. Il se carra dans son fauteuil et fixa sur le gouverneur son regard aigu. L'espace d'un instant, celui-ci détourna les yeux. Puis il esquissa un geste désespéré,

189

comme s'il avait voulu balayer ses dernières réticences. Prenant une profonde inspiration, il dit :

— Je suis coupable, boyard ! Coupable d'avoir commis le péché de la chair et de l'avoir dissimulé... par lâcheté et par honte.

— Tu devrais aller voir un pope, remarqua le droujinnik avec agacement.

— Il s'agit de Milana, murmura Alexei en baissant la tête.

— Ah ! C'est donc toi, l'amoureux transi de la comédienne assassinée !

Il songea que, curieusement, il était à peine surpris par cette confidence, comme s'il l'avait pressentie depuis le début. Lissant sa moustache, il attendit en silence que le gouverneur poursuive.

Levant les yeux vers lui, Alexei soutint son regard.

— Il n'y a pas grand-chose à raconter, dit-il d'une voix sourde. Je l'ai vue chanter et danser, elle m'a plu, je le lui ai fait comprendre... Il faut dire qu'elle comprenait vite ! Nous avons à peine échangé un sourire entendu, quelques mots, une discrète poignée de main... J'ai proposé le lieu du rendez-vous : la salle d'armes ; elle a suggéré le montant de la récompense : un quart de grivna. Brûlant d'impatience, j'ai couru la retrouver bien avant l'heure convenue et je l'ai attendue sur place. Un quart d'heure plus tard, c'était fini. Voilà tout ! Comment pouvais-je imaginer que le lendemain... ?

Le gouverneur entrelaçait nerveusement les doigts et contemplait ses mains osseuses d'un air malheureux. Comme le droujinnik continuait de se taire, il poursuivit d'un ton plus calme :

— Maintenant que je t'ai avoué l'essentiel, j'aimerais préciser certains faits. Il y a trois étés, souffrant d'une mauvaise toux et d'une fièvre persistante, j'ai consulté le médecin du grand-prince, puis deux de ses confrères... Leur sentence fut unanime : il ne me restait que quelques étés à vivre! Je pouvais cependant différer le moment fatal, à condition de renoncer à ma carrière de militaire, de quitter Kiev, de mener une vie tranquille et retirée.

— C'est alors que le grand-prince t'a nommé gouverneur de cette forteresse? s'enquit Artem.

— Exact. Comme tu le vois, je suis toujours en vie...

— Ma foi, on ne peut pas te le reprocher, bougonna le droujinnik.

— Mais moi, je peux — non, je dois me reprocher ma faiblesse! De temps en temps, toutes les cinq ou six lunes, j'envoie quérir une... une jeune personne pas trop farouche, ni trop exigeante... Seulement, je le fais toujours à Tchernigov — je le jure sur la Sainte Croix —, jamais ici, à la citadelle! s'empressa-t-il de préciser. J'ignore ce qui m'a pris l'autre soir... Milana était bien attirante, mais cela ne suffit pas à expliquer ce désir brûlant et irrésistible qui s'est brusquement emparé de moi. Ah! cette façon un peu canaille qu'elle avait de vous regarder par en dessous... sa démarche si sensuelle...

— Je ne tiens pas à savoir pourquoi tu as mordu à l'hameçon, grogna Artem. Et ta vie amoureuse m'intéresse encore moins.

— Mais alors, comment te faire comprendre...? s'écria Alexei. Je ne cherche pas à me justifier, non! Mais comment pourrais-je expliquer cet égarement? À toi, et au prince?

— Ça, c'est ton affaire, lança le droujinnik avec dureté. Tu en auras l'occasion...

À cet instant, la porte s'ouvrit et Mitko surgit sur le seuil, les yeux écarquillés, le visage décomposé.

— Boyard, boyard! s'écria-t-il, essoufflé. Le serviteur qui nettoyait la terrasse du deuxième... Il vient de découvrir...

— Eh bien, quoi?

— Le cadavre du Grec! Il a été assassiné!

CHAPITRE VIII

Précédé par Mitko et le gouverneur, Artem gravit l'escalier aussi vite que son genou malade le lui permettait, pénétra dans la salle de réception et s'élança vers les portes-croisées donnant sur la terrasse.

Il aperçut Théodore de dos et, l'espace d'un instant, crut que celui-ci était vivant : appuyé sur la balustrade de bois ajouré, le Grec se penchait au-dehors comme s'il était en train d'observer quelqu'un dans la cour. Mais sa tête et ses bras pendaient, inertes, et son manteau de cérémonie rouge cerise était imbibé de sang. L'ambassadeur avait dû recevoir un coup de poignard dans le dos alors qu'il se tenait près de la rambarde.

Aidé par le Varlet et le gouverneur, Artem étendit Théodore sur le sol, s'accroupit et scruta ses traits figés. La mort avait effacé le masque suffisant et hautain du magistros. Il semblait fixer Artem de ses yeux vitreux, mais son regard indifférent contemplait le néant à travers lui.

Pourtant, quelque chose dans ses traits — les sourcils un peu arqués, la bouche entrouverte — suggérait une certaine surprise.

Le droujinnik examina la profonde blessure aux bords nets. L'arme du crime semblait être la même que celle qui avait servi à assassiner Fédote. Dieu merci, songea Artem, cette fois, il ne doutait point que son propre poignard n'avait pas quitté son fourreau.

Il se releva et jeta un coup d'œil à la ronde. Manifestement, la nouvelle de l'assassinat du Grec s'était répandue comme le feu dans la steppe. Ludwar et Dimitri venaient de rejoindre le gouverneur et reprenaient leur souffle après avoir grimpé l'escalier à toute allure. Ils se tenaient tous trois à quelques coudées du corps, le contemplant d'un air lugubre. Derrière eux, Artem vit les comédiens arriver en courant. En apercevant le mort, Lina porta la main à ses lèvres pâles et s'immobilisa, les yeux agrandis par l'horreur; ses trois compagnons, eux, reculèrent d'un pas et se mirent à chuchoter entre eux. Enfin, une dizaine de domestiques attroupés de l'autre côté des portes-croisées observaient la scène avec curiosité et effroi.

Artem appela deux serviteurs et les chargea d'emporter le cadavre, avant d'ordonner à tous les autres de reprendre leurs occupations. D'un ton sans réplique, il fit savoir aux deux boyards et au peintre qu'il désirait rester seul. Ils quittaient la terrasse quand Mitko s'approcha du droujinnik.

— Boyard, notre miraculée — à propos, elle s'appelle Pacha — s'est enfin réveillée. Elle est fraîche comme une fleur et semble avoir l'esprit clair; j'ai donc commencé à l'interroger. Elle se souvient de l'intendant, c'est bien lui qui les a attirées dans le piège, son amie et elle. Quant à l'autre coquin... nous ne sommes pas plus avancés qu'avant! Pacha dit qu'à un moment elle a entendu Siméon discuter avec quelqu'un, mais les rideaux du lit l'empêchaient de voir l'homme. Malheureusement, elle pense qu'elle serait incapable de reconnaître sa voix.

Au lieu de répondre, Artem se contenta d'ébaucher un geste résigné. Depuis le début de cette ténébreuse affaire, la malchance le poursuivait avec l'acharnement de quelque déesse vengeresse. Tout ce qu'il entreprenait pour faire avancer l'enquête semblait condamné à l'échec, tandis que son adversaire continuait de le narguer, réalisant ses plus noirs desseins avec une facilité déconcertante !

— Pour le reste, tu avais raison sur toute la ligne, reprit le Varlet. Quand Pacha eut compris que son amie était passée de vie à trépas, elle s'est précipitée vers la fenêtre, en proie à la panique...

Comme Artem l'interrompait d'un geste las, Mitko marqua une pause avant de demander si le droujinnik avait encore besoin de lui. Celui-ci esquissa une faible dénégation de la tête, et le Varlet sortit silencieusement à son tour.

Resté seul, Artem alla s'accouder à la balustrade et fixa sans la voir la croix dorée qui surmontait l'unique bulbe de la chapelle princière. Il songea à la manière dont le Grec avait trouvé la mort. À l'évidence, Théodore ne se méfiait pas assez de l'assassin, qui avait réussi à l'attirer sur la terrasse déserte.

Artem imagina les deux hommes appuyés à la rambarde, en train de discuter. Théodore est suspendu aux lèvres de son interlocuteur. Soudain, celui-ci dégaine son poignard et l'enfonce dans le dos du magistros. Tué sur le coup, le Grec s'effondre, mais son corps est soutenu par la balustrade. L'assassin se garde bien de toucher au cadavre et s'éclipse discrètement. Ainsi, même si quelqu'un avait par hasard observé cette scène, il n'aurait pas réalisé ce qui s'était passé...

Le magistros avait-il été éliminé pour avoir entrevu la vérité ? Ce crime déroutait Artem plus que les précédents car, de fait, il semblait donner raison à Théodore.

Il fouilla dans la poche intérieure de son caftan et sortit un objet enveloppé dans un grand mouchoir de soie rouge. Ôtant le mouchoir, il découvrit une pierre lisse et plate, grande comme le quart de sa paume et ornée d'un symbole énigmatique. Cette ancienne relique varègue se transmettait dans sa famille de père en fils; c'était l'unique lien qu'il avait conservé avec ses ancêtres païens, guerriers et navigateurs.

Artem fixa intensément le dessin gravé sur le talisman : une silhouette d'homme avec une tête en forme de coupe, surmontée de deux lignes ondulantes, tel le mouvement des vagues. Appelé la « Force du Ciel », le talisman représentait la mer céleste et l'énergie vivifiante qui émanait d'elle. Pour la capter, il fallait se mettre au diapason de la nature : Artem sentait alors chaque parcelle de son corps vivre et respirer en harmonie avec toutes les créatures de l'univers, tandis qu'une énergie nouvelle venait s'insinuer en lui.

Chrétien convaincu, il ne croyait pas à la magie. Pourtant, lorsqu'il était désorienté ou accablé, il venait s'abreuver aux « Eaux Supérieures » qu'avaient vénérées ses ancêtres. Il percevait alors avec une acuité accrue chaque élément du monde environnant, ainsi que le moindre détail, le moindre souvenir qui occupaient son esprit.

Il se mit à caresser la surface polie, suivant du bout des doigts le contour du dessin. Petit à petit, il parvint à faire le vide dans son esprit. Il imagina alors les vagues célestes qui déferlaient sur lui, résonnant dans sa tête comme l'écho de la mer dans un coquillage. Puis il entreprit de trier les informations accumulées au cours de l'enquête, de rassembler ses idées, de les mettre en ordre...

En vain ! Aujourd'hui, son talisman ne lui était d'aucun secours !

Découragé, il réprima un soupir, rangea la pierre dans sa poche et réfléchit encore quelques instants, laissant son regard errer au loin. Il remarqua que le disque flamboyant du soleil touchait presque l'horizon, et se dit que le prince n'allait pas tarder à les rejoindre. Étrangement, la perspective d'avouer son échec à Vladimir l'angoissait moins que l'idée de se savoir vaincu par l'être le plus pervers qu'il eût jamais rencontré !

Enfin, il redressa les épaules et se dirigea d'un pas ferme à travers la salle des banquets, vers l'escalier. Avant de reconnaître sa défaite, il lui restait encore une chose à faire : fouiller les appartements du Grec. Car bien que le magistros ait suivi une fausse piste, il avait bel et bien découvert l'identité de l'assassin ! Peut-être avait-il laissé des notes contenant un détail révélateur — l'indice qu'Artem cherchait en vain de son côté.

Les appartements de Théodore ressemblaient à ceux du droujinnik. Ils comprenaient trois vastes pièces aux murs décorés de tapisseries byzantines et au mobilier massif et rustique datant de l'époque de la construction de la forteresse.

Dans la première pièce, la plus spacieuse des trois, Artem trouva les fontes de selle de Théodore. Il n'y découvrit qu'une paire de fines tuniques de soie, et une belle ceinture brodée au fil d'or et ornée des insignes honorifiques de l'ambassadeur byzantin.

La pièce suivante avait dû servir au magistros de cabinet de travail. Son mobilier comportait un secrétaire et une étagère chargée de tout ce qu'il fallait pour écrire : stylets, plumes de roseau bien taillées, encriers, bandes d'écorce vierges.

Sur le secrétaire, Artem aperçut quelques tablettes de cire couvertes d'une belle écriture en grec. Il s'empressa de les examiner. Comme beaucoup de boyards proches du prince, il connaissait le grec, mais les signes étranges et les mots isolés qu'il voyait devant lui restaient incompréhensibles. Apparemment, soit par prudence, soit par habitude, l'ambassadeur avait utilisé un code...

Oui, tout portait à croire qu'il s'agissait bien des

notes de Théodore, mais Artem n'avait aucune chance de les décrypter! Déçu, il repoussa les tablettes et se dirigea vers la pièce du fond. C'était la chambre, où il ne trouva qu'un énorme lit défait et un poêle éteint.

Il retourna dans le cabinet de travail et promena son regard autour de lui. C'est alors qu'il remarqua une sacoche de cuir posée sur le sol, à côté d'un fauteuil. Il la ramassa et vida son contenu sur la table. Outre un élégant nécessaire à écrire, il y avait là quelques rouleaux d'écorce de bouleau et une douzaine de parchemins, certains en russe, d'autres en grec.

Artem en déroula un au hasard et le parcourut. C'était une missive du prince de Tourov adressée au magistros Théodore, ambassadeur de Byzance à Kiev. Dans un style fleuri, le seigneur de Tourov invitait le Grec à séjourner dans son palais au début de juin. Comme toute lettre, celle-ci portait une grande croix tracée au-dessus de la formule traditionnelle de bénédiction, en haut de la feuille.

Apercevant le même symbole sur les autres écrits, le droujinnik comprit qu'il s'agissait de la correspondance privée de Théodore. La plupart des lettres étaient des invitations auxquelles le Grec n'avait manifestement pas eu le temps de répondre. Enfin, deux ou trois rouleaux d'écorce contenaient des notes de voyage, sans rapport semblait-il avec leur séjour dans la forteresse de Loub.

Artem termina son inspection sans rien découvrir d'intéressant. Il ravala un juron et réfléchit quelques instants, tirant sur sa moustache. En dépit de son désarroi, il croyait dur comme fer que la solution de cette affaire infernale était liée d'une manière ou d'une autre au psautier d'Illarion. Il décida donc d'aller feuilleter le manuscrit une nouvelle fois.

Par chance, la bibliothèque était vide; la dernière chose qu'Artem souhaitait en ce moment, c'était de croiser un de ses compagnons. Il s'installa devant un lutrin, au fond de la salle, ressortit le talisman varègue de sa poche et le posa à côté du psautier. Puis il se mit à examiner le manuscrit page par page, texte et enluminures, tout en caressant des doigts le dessin gravé sur la pierre.

Une heure s'écoula dans un silence que seul venait troubler le bruissement des feuilles de parchemin. Parvenu au milieu du manuscrit, Artem détacha de la page ses yeux rougis par le manque de sommeil et réfléchit, le regard dans le vague. Depuis un moment, il se sentait de plus en plus anxieux, comme s'il était passé à côté de quelque chose d'important...

Il se leva brusquement, saisit son talisman et se mit à arpenter la pièce. Oui, à présent il en était certain : les pages qu'il venait de parcourir contenaient l'indice essentiel qu'il recherchait. Bien que ce détail ne se fût pas imprimé dans sa mémoire, il avait néanmoins accroché son regard.

Il songea à la relique varègue qu'il serrait entre ses doigts. Pourquoi avait-il soudain l'étrange impression qu'il existait un lien entre la pierre et le manuscrit ? En tout cas, décida-t-il, le dessin primitif gravé sur son talisman rappelait moins les miniatures, ces petits chefs-d'œuvre, que la manière dont les lettres étaient tracées : la graphie.

Le contact de sa relique lui procura un certain apaisement, sans toutefois l'aider à retrouver le souvenir flou qui hantait son esprit. Il finit par empocher la pierre, regagna son siège et fixa la page à laquelle il s'était arrêté.

L'enluminure, remarquable par la gamme exquise de ses bleus et la fluidité de ses lignes, s'intitulait « Ezéchias malade et guéri ». Quant au texte biblique, il était accompagné de plusieurs commentaires inscrits dans les marges, dont deux évoquant Platon. Sachant l'intérêt que les érudits portaient à ce philosophe de la Grèce païenne, Artem parcourut les notes avec curiosité.

Soudain, il tressaillit, le regard rivé sur le manuscrit. Il demeura un instant immobile, scrutant la page devant lui. Puis un nom s'imposa à son esprit.

Artem bondit sur ses pieds et s'élança hors de la pièce.

Comme il rejoignait l'escalier, il entendit un bruit de pas, et la voix sonore de Vladimir qui parvenait d'en bas. Le droujinnik se pencha par-dessus la rampe en bois sculpté et aperçut le prince qui se tenait au milieu du vestibule, tandis que les trois convives s'approchaient pour le saluer.

Artem dévala les marches mais ralentit le pas en se dirigeant vers son suzerain. Il s'inclina à son tour devant Vladimir et attendit pendant que celui-ci remettait sa chapka et sa cape à un domestique. Au moment où il voulait prendre la parole, Ludwar demanda au prince s'il se sentait mieux, et si sa blessure s'était cicatrisée.

Vladimir fixa le futur Garde des Livres d'un œil agacé.

— Grâce à Dieu, je vais bien, merci, répondit-il, caressant d'un geste distrait son bras bandé et soutenu par un foulard de soie. Cela dit, je tiens mon épée aussi fermement de l'autre main ! L'auriez-vous oublié ?

Fronçant les sourcils, il dévisagea tour à tour Ludwar, Alexei, Dimitri et Artem avant de poursuivre :

— Mais trêve de bavardage ! Pourquoi m'accueillez-vous avec cet air morose ? Où sont l'ambassadeur grec et le boyard Fédote ? Et surtout, l'assassin de Iakov est-il sous les verrous ?

— Prince, le meurtre de l'enlumineur a été suivi de plusieurs autres crimes, répondit Artem. N'ordonne pas de me châtier, mais ordonne de me pardonner : je n'ai pas réussi à arrêter l'assassin pendant ton absence...

Il leva la main pour empêcher Vladimir de l'interrompre.

— Mais si tu m'y autorises, je le ferai tout à l'heure, devant toi ! enchaîna-t-il en haussant la voix. D'ici un quart d'heure, je t'invite à venir me rejoindre sur la terrasse. Je désignerai alors le meurtrier, et je te fournirai les preuves de sa culpabilité. Je compte sur votre présence, boyards, ajouta-t-il à l'adresse des convives. En attendant, ayez l'obligeance de raconter à Sa Seigneurie la mort tragique du magistros, ainsi que le triste sort de Fédote... Et n'oubliez surtout pas de mentionner les exploits de cette fripouille de Siméon ! Faites donc visiter au prince la seule pièce de sa résidence où il n'a jamais mis les pieds, la fameuse chambre rouge ! Et expliquez-lui quel genre de « fantômes » la hantaient jusqu'à la nuit dernière !

Muet de stupeur, Vladimir considéra Artem comme si celui-ci était devenu fou. Sans lui laisser le temps de recouvrer ses esprits, le droujinnik s'inclina très bas, gagna l'escalier et se mit à le gravir prestement.

Il se sentait nerveux et excité à la fois. Il était certain d'avoir découvert l'indice essentiel qui confirmait son intuition. Mais le plus important restait à faire. Il devait mettre la main sur la seule preuve concrète qui pût confirmer la logique de son raisonnement — mais aussi, étayer les conclusions auxquelles il était arrivé d'instinct.

Ayant regagné le premier étage, il s'élança vers les appartements de Théodore. Dès qu'il eut pénétré dans le cabinet de travail, il s'empara de la sacoche contenant la correspondance du Grec et la vida de nouveau sur la table. De ses doigts fébriles, il déroula l'un après l'autre parchemins et rouleaux d'écorce, jusqu'à ce qu'il eût trouvé l'écrit qui l'intéressait.

Il retourna en toute hâte dans la bibliothèque et se précipita vers le lutrin où il avait laissé le manuscrit. Personne ne semblait y avoir touché, il était ouvert à la même page. Artem se laissa tomber sur son siège, déroula le document qu'il avait apporté et se mit à le parcourir, tout en feuilletant le psautier.

Quelques instants plus tard, il hocha la tête avec satisfaction, rangea le parchemin dans sa poche et quitta la pièce. Redescendu au rez-de-chaussée, il jeta un regard circonspect autour de lui et se dirigea vers la chambre de Lina.

Celle-ci lui ouvrit tout de suite et le dévisagea avec des yeux ronds. Sans prendre le temps de lui expliquer quoi que ce soit, Artem la pria d'aller chercher son compagnon Zlat. Lina retint les questions qu'elle avait au bord des lèvres et partit en courant.

Lorsque l'acrobate blond eut rejoint le droujinnik, celui-ci se mit à lui parler à voix basse, tandis que Lina faisait le guet de l'autre côté de la porte. Enfin, Artem sortit une pièce d'argent de sa poche et la tendit au jeune homme, accompagnant son geste d'une seule question. Zlat acquiesça vigoureusement et fit disparaître la pièce au fond de sa propre poche. Ils échangèrent encore quelques mots ; puis Artem lui donna une tape amicale sur l'épaule et partit.

Comme il gravissait l'escalier, il fut rattrapé par Mitko. Le droujinnik s'arrêta pour lui murmurer quelque chose à l'oreille. Le Varlet écarquilla les yeux de stupeur.

— Mais comment... ? commença-t-il.

Artem pressa l'index contre ses lèvres et lui adressa un regard impérieux.

— Si tu veux les détails, va voir Zlat, ajouta-t-il à voix basse. Mais ne t'attarde pas trop ! J'aurai bientôt besoin de toi.

Sur la terrasse, Artem rejoignit le prince et les trois convives qui l'attendaient, installés dans les fauteuils apportés par les domestiques. Une élégante table basse en bois sculpté supportait un chandelier aux bougies allumées, des cruches remplies d'hydromel et de vin grec, et des coupes de différente taille en argent ciselé.

Le soir était tombé et, tout autour, l'obscurité était complète. Deux torches, l'une attachée à la balustrade, l'autre fixée au mur du palais, illuminaient l'espace occupé par le prince et ses compagnons, mais l'extrémité opposée de la terrasse disparaissait dans les ténèbres.

De sa main valide, Vladimir tambourinait avec impatience sur l'accoudoir de son fauteuil. Son visage était assombri par la colère, ses yeux lançaient des éclairs. À l'évidence, on l'avait informé des événements survenus en son absence, et il était encore sous le coup des émotions suscitées par ce récit.

Apercevant Artem, Vladimir le foudroya du regard. Avant qu'il puisse lui adresser la parole, le droujinnik dit rapidement :

— Prince, daigne autoriser la troupe de Klim à assister à notre réunion ! Leur compagne a péri de malemort dans ce palais. Ils ont le droit de connaître l'identité de son assassin et d'exiger que justice soit faite.

Vladimir fronça les sourcils avant d'acquiescer d'un brusque signe de tête. Artem interpella le serviteur qui venait d'apporter un plateau chargé de fruits et l'envoya chercher les comédiens.

Quelques instants plus tard, Lina, le vieux barde à la crinière blanche et l'adolescent aux allures d'éphèbe arrivèrent sur la terrasse et allèrent se placer en silence derrière les fauteuils occupés par les convives. Ni ces derniers ni le prince ne s'aperçurent que l'un des acteurs était absent.

Artem chercha Mitko du regard, se demandant ce qui pouvait bien le retarder. Il décida de ne plus éprouver la patience de Vladimir. Au lieu de s'installer sur un siège libre aux côtés du prince, il resta debout, face à son auditoire.

— Prince, on t'a sûrement raconté les événements incroyables et tragiques qui se sont déroulés ici depuis ton départ, commença-t-il d'une voix forte. Ainsi, tu n'ignores pas que la scène aperçue par moi le premier soir n'était point une hallucination...

Il s'interrompit, cligna des yeux et se frotta les paupières avec une expression douloureuse.

— Je reconnais pourtant que ma vue est défaillante, remarqua-t-il d'un air contrit. J'ai du mal à supporter l'éclat du soleil. Toute lumière intense me fatigue les yeux et me donne d'horribles maux de tête... Avec la permission de Ta Seigneurie, je vais donc réduire un peu cet éclairage trop vif, conclut-il, car je sens déjà poindre une atroce migraine !

Vladimir haussa les sourcils mais s'abstint de tout commentaire et regarda Artem éteindre les deux torches.

— Ah ! cela va déjà mieux ! s'exclama le droujinnik.

Il promena son regard autour de lui. À présent, seules restaient allumées les bougies du chandelier posé sur la table basse. Leur flamme vacillante éclairait les visages tendus des convives ; visiblement, ils se sentaient aussi intrigués qu'inquiets. Derrière eux se profilaient les silhouettes immobiles des comédiens.

— En ce qui concerne la légende de la chambre rouge, poursuivit Artem, j'ai tout de suite deviné que Siméon cherchait à nous duper. Prenons cette histoire de fantômes qui, à en croire l'intendant, hantaient la forteresse. Quel tissu de mensonges ! Pourtant, je ne nie pas l'existence des spectres et des revenants, bien au contraire ! Selon les savants et les théologiens, il s'agit là des âmes des malheureux qui ont péri de mort violente. Mais ils ne réapparaissent parmi les vivants que dans un seul but : se venger de leurs assassins ! Je me rappelle à ce propos une bien terrible affaire...

Artem raconta le meurtre sur lequel il avait enquêté trois étés auparavant, dans une petite ville proche de la capitale : la fille d'un riche boyard avait été violée, torturée, puis assassinée dans la forêt voisine. Il décrivit les sévices subis par la jeune fille en évoquant délibérément les détails les plus atroces.

— Après avoir satisfait ses désirs pervers, conclut-il, le monstre a étranglé la malheureuse en nouant sa longue natte autour de son cou.

Il se tut et scruta le visage de ses auditeurs. L'éclairage des bougies faisait ressortir la pâleur des trois convives, et leurs traits crispés trahissaient l'angoisse qui les avait envahis. Quant au prince, les yeux brillant d'excitation, il écoutait le droujinnik avec une attention accrue. Il connaissait bien Artem et avait deviné que sa digression faisait partie de son plan.

— J'ai vite compris que le coupable n'était autre qu'un ami du père de la victime, puissant boyard, un des notables les plus en vue de la ville. Hélas, je n'avais aucune preuve contre lui ! C'est alors que j'ai appris par hasard que cet homme s'était mis à faire d'horribles cauchemars... Trois jours plus tard, le matin, on a découvert son corps inanimé au bas de son lit. Ses yeux exorbités étaient emplis de terreur, et sa bouche ouverte dans un hurlement muet laissait voir sa langue noire et enflée. Pas de doute : il avait été étranglé !

— Par qui ? demanda Dimitri d'une voix rauque.

— Toute la question est là, souligna gravement Artem. Car savez-vous ce que j'ai trouvé enroulé autour de sa gorge ? Une longue natte féminine... que le père de la victime a reconnue sans hésiter comme étant celle de sa fille !

— Ma foi, pas besoin d'évoquer les fantômes pour expliquer cela ! intervint le gouverneur en haussant les épaules. Le criminel était déchiré par le remords, et il s'est fait justice lui-même.

— Dans ce cas, observa Artem, il faut supposer qu'il s'est faufilé dans la chapelle où reposait le cercueil, a volé la natte de la jeune fille, est retourné chez lui... et c'est alors seulement qu'il a mis fin à ses jours. Voyons, un peu de bon sens ! S'il avait voulu se supprimer, n'aurait-il pas procédé d'une manière moins laborieuse ?

— Tout est possible, dans la mesure où il était fou à lier ! observa Ludwar, esquissant une moue dédaigneuse. Pas étonnant s'il souffrait d'horribles cauchemars ! C'était un malade, et son crime lui a fait perdre complètement la raison.

— Sur ce point, je suis d'accord avec toi, répliqua le droujinnik en se tournant vers le jeune boyard. Tout homme qui tue de sang-froid prouve par cet acte même qu'il n'est pas normal. À plus forte raison s'il récidive ! La folie le guette, et il doit lutter à chaque instant pour conserver son équilibre. Son existence devient un véritable calvaire... C'est ce que racontent la plupart des assassins quand ils passent aux aveux. Ils décrivent la terreur dans laquelle ils vivent, poursuivis par des cauchemars et des hallucinations, harcelés par les fantômes surgis de leur enfer personnel...

Artem s'interrompit et tendit l'oreille. Il lui sembla entendre un léger froissement derrière lui. Il feignit de resserrer le col de son caftan et lança un regard rapide par-dessus son épaule. Le fond de la terrasse disparaissait dans une obscurité complète, se confondant avec les ténèbres qui enveloppaient le palais. Il fit quelques pas, comme pour se dégourdir les jambes, et se retrouva au bord du cercle lumineux formé autour de la table basse. Il put alors distinguer une silhouette noire tapie dans l'ombre, à une douzaine de coudées derrière lui.

Le moment crucial de son plan approchait. Il se tourna de nouveau vers les convives. Manifestement, ils avaient les nerfs à vif, comme il l'avait escompté. Alexei s'agitait sur son siège en tiraillant sa barbe, l'air angoissé. Dimitri, le dos raide, les mains crispées sur les accoudoirs, fixait le droujinnik avec des yeux écarquillés de frayeur. Quant à Ludwar, il affichait une expression d'intérêt poli, mais son teint livide et ses traits figés témoignaient de son malaise.

— En ce qui concerne mon histoire, reprit Artem, pas de doute, c'est le fantôme de la jeune fille qui s'est chargé de châtier le meurtrier. En revanche, nous ne saurons jamais si ce spectre a surgi de l'imagination détraquée du coupable, ou s'il est venu de l'au-delà pour régler son compte au scélérat. L'âme jeune et ardente de la victime était incapable de trouver la paix tant que son bourreau était en vie. Une âme jeune et ardente... tout comme celle de Iakov ! Qui sait ? Pendant que son corps inanimé repose dans la chapelle, son fantôme erre peut-être dans ce palais, parmi nous, guettant l'occasion d'assouvir sa vengeance...

Artem eut un frisson. Il resta silencieux quelques instants, l'air préoccupé, le regard dans le vague. Soudain, il tressaillit, comme s'il avait été alerté par un bruit ou un souffle d'air. Pivotant sur lui-même, il scruta les ténèbres et poussa un cri étouffé. Puis il lança la phrase convenue entre Zlat et lui :

— Quelqu'un se tient là-bas, au fond !

C'est alors que tout le monde vit une forme sombre émerger de l'obscurité. Elle avançait d'une étrange démarche glissante, comme si elle survolait le sol. Elle passa près d'Artem, qui s'écarta promptement, tandis que le prince et ses compagnons, pétrifiés, restaient recroquevillés dans leurs fauteuils.

L'apparition s'immobilisa à quelques coudées des convives, évitant de s'exposer à la lumière des bougies. Dans la pénombre, on distinguait la silhouette d'un homme assez grand et svelte, encore jeune, à en juger par la souplesse de ses mouvements. Il portait une longue tunique foncée qui dissimulait son corps, ne laissant découverts que son cou et ses mains d'une pâleur cireuse. Ses cheveux tombaient en désordre sur son visage et en masquaient complètement les traits. Enfin, en dépit de l'éclairage maigre et inégal, on pouvait voir que l'homme avait la tempe gauche défoncée, et que ses longues mèches blondes étaient collées en paquets informes par le sang coagulé.

— C'est... Iakov! bégaya Dimitri. Je l'ai rec...

Il se tut car le spectre se tourna lentement vers lui, avant d'esquisser un pas dans sa direction. Le peintre poussa un hurlement de terreur. Il bondit sur ses pieds et tenta de se réfugier derrière le dossier de son fauteuil.

— Qu'est-ce que tu me veux? s'écria-t-il d'une voix qui se brisait. Je te haïssais, c'est vrai! Je souhaitais ta mort... Mais ce n'est pas moi qui t'ai tué, tu le sais bien!

Le fantôme ne répondit pas. Il demeura un instant immobile puis, toujours aussi lentement, fit face au futur Garde des Livres et au gouverneur, assis côte à côte. Comme il les scrutait à travers ses cheveux englués de sang, Ludwar réprima un frisson et murmura :

— Par le Christ, quel étrange regard! Il donne vraiment la chair de poule!

Alexei remua les lèvres, sans que le moindre son les franchît. Sur son visage livide, l'incrédulité fit place à la frayeur, ses yeux reflétèrent la panique qui le submergeait.

Le fantôme leva la main et pointa un index accusateur sur le gouverneur.

— C'est toi, l'assassin ! déclara-t-il d'une voix caverneuse. Tu m'as ôté la vie, et tu as essayé de maquiller ce crime en accident ! Tu m'as fracassé le crâne avec un pique-feu...

— Mensonges ! hurla Alexei. C'était un chand...

Il s'interrompit brusquement et se figea, recroquevillé dans son fauteuil.

— Un chandelier, enchaîna Artem, imperturbable. Oui, je sais que tu t'es servi d'un des candélabres d'argent qui se trouvaient dans la bibliothèque.

— N'essaie pas de me leurrer ! lui lança le gouverneur d'une voix rauque. Tu ne peux pas savoir ce qui s'est passé !

— Au contraire, je n'ignore rien de ce que tu as fait avant et après le meurtre de Iakov, affirma calmement Artem. Je pourrais te le raconter par le menu, mais nous risquons tous deux de nous ennuyer fort... Dis-moi plutôt : *qui es-tu ?*

CHAPITRE IX

Le prince, Ludwar et Dimitri laissèrent échapper des exclamations d'étonnement. Quant à Alexei, il s'était déjà ressaisi et affichait un air incrédule et indigné à la fois. Comme il s'apprêtait à protester, le droujinnik lança :
— Inutile de nier les crimes ! Ceux que tu as commis ici, au sein de cette citadelle, n'ont plus de secret pour moi. Par contre, j'aimerais savoir comment tu as eu l'idée d'assassiner le véritable boyard Alexei et d'usurper son titre et son nom.

À ces mots, le prince lâcha un juron, et Ludwar émit un sifflement de surprise.

Alexei demeura un instant silencieux ; puis un ricanement sardonique apparut sur ses lèvres. Ce rictus contrastait tellement avec son expression habituelle qu'on ne savait plus quel était son véritable visage. Lorsqu'il reprit la parole, sa voix elle aussi parut différente à Artem, plus aiguë et plus cassante.

— Ma foi, j'avoue que je raconterai sans déplaisir l'histoire de mon ascension... J'étais seul au monde et sans le sou — et voilà que, depuis trois étés, je vis en grand seigneur — je *suis* un grand seigneur ! Oui, j'en ai assez de me taire ! Tout succès mérite qu'on le rende public ; condamné au silence, il perd et sa saveur et son éclat ! Mais d'abord, je veux tirer au clair cette diablerie...

Quittant son fauteuil, il s'approcha du spectre et, d'un geste brusque, arracha la perruque dont les mèches lui dissimulaient le visage. Artem, qui s'attendait à voir Zlat, sursauta et étouffa un juron : sous une épaisse couche de fards, il venait de reconnaître la face ronde aux joues rebondies de Mitko !

— Tiens, tiens, j'ignorais que notre vaillant Varlet était apprenti comédien à ses heures, railla Alexei. Pas très doué, à vrai dire ; ton jeu manque de conviction !

— Il a été assez convaincant pour que tu tombes dans le piège ! rétorqua Mitko.

— Si cette grossière mascarade m'a abusé un instant, c'est uniquement à cause de cette astuce, dit le gouverneur en désignant du doigt les yeux du « fantôme ».

En fait, Zlat les avait soigneusement dessinés... sur les paupières de Mitko ! Grands ouverts, ils avaient une fixité effrayante. Oui, l'illusion était parfaite, songea Artem : on aurait dit le regard d'un mort-vivant — ce terrible regard qui, semblable à celui de la Méduse, changeait en pierre celui qui le rencontrait.

— Dire que je me suis laissé berner comme un novice ! poursuivit Alexei. Pourtant, je connais la plupart des tours de comédiens...

— Il suffit ! le coupa Vladimir d'un ton sévère. Nous attendons ta confession !

Le prince lui ordonna de faire face aux autres convives. En même temps, il invita Artem et Mitko à s'installer à ses côtés. Une fois assis, le droujinnik se pencha vers son suzerain pour lui murmurer à l'oreille :

— Prince, cet homme est très dangereux. Mitko va maintenant appeler quelques gardes qui assureront ta protection. Nous allons lui lier les mains...

— Pas question! trancha Vladimir. Les soldats ignorent encore la vérité sur le gouverneur de leur forteresse. En écoutant ses aveux, ils peuvent avoir une réaction très violente. De plus, un criminel encerclé de gardes, poignets ligotés, se sent déjà prisonnier et ne se livre pas facilement — c'est d'ailleurs toi qui me l'as expliqué. Or je veux que ce coquin raconte par le menu chacun de ses crimes! Si tu es inquiet pour ma sécurité, il suffira que Mitko et toi restiez à mes côtés. Personne ne connaît vos qualités de guerriers mieux que moi!

Artem ne se sentait pas rassuré, loin de là, mais le prince était têtu comme un âne... En outre, il y avait du vrai dans ses propos. Ravalant un juron, le droujinnik posa la main sur la poignée de son poignard avant de reporter son attention sur Vladimir. Celui-ci toisa l'imposteur en déclarant :

— Ainsi, non seulement tu es coupable des crimes commis dans cette forteresse, mais tu t'es approprié le titre et le nom d'un honorable boyard, ancien compagnon d'armes du grand-prince! Mon père m'a parlé plusieurs fois de son ami... Comment as-tu réussi à mimer son apparence et ses manières? Tu es comédien de métier, n'est-ce pas?

L'homme secoua la tête d'un air dédaigneux.

— Je ne suis pas acteur, mais cet art n'a pas de secrets pour moi. À une certaine époque, j'ai fréquenté ceux qui le pratiquent... avec d'autant plus de plaisir, je l'avoue, que je n'en avais pas le droit! J'étais alors jeune moine au monastère de la Transfiguration, celui dont les terres s'étendent non loin de la porte sud de Tchernigov...

Plissant les paupières, il fixa les lointaines étoiles, l'air pensif, presque mélancolique. Un petit vent froid venait de se lever. L'homme eut un frisson. Il se serra nerveusement les bras et se figea, le regard dans le vague.

— Né de parents inconnus, j'ai été recueilli et élevé par les frères de ce monastère, poursuivit-il. Ce sont eux qui m'ont donné mon nom : Grigori. Ce sont encore eux qui ont décidé de mon avenir, sans se demander une seule fois si j'avais la vocation de servir Dieu... Pourtant, j'ai été heureux pendant la plus grande partie de ma jeunesse. Très tôt, le père supérieur avait remarqué mon aptitude pour l'écriture et la science des livres. De mon côté, je n'avais aucune ambition hormis celle d'approfondir mes modestes connaissances. Devenu copiste expérimenté, je passais tout mon temps enfermé dans la bibliothèque du monastère. Lorsque je n'étais pas occupé par le travail de scribe, je me consacrais à l'étude des Écritures, des Pères de l'Église, des théologiens et philosophes chrétiens, de la pensée antique. Et puis, un jour, mon univers a basculé...

Une lueur fugace passa dans ses prunelles. Il s'humecta les lèvres et reprit :

— Il y a un peu plus de quatre étés, par un bel après-midi de printemps, je me suis rendu au marché de Tchernigov pour acheter des plumes et de l'encre — car je veillais toujours personnellement à compléter les réserves de la bibliothèque. Sur le chemin du retour, je me suis retrouvé sur une petite place où jouaient des saltimbanques. Je me suis joint aux spectateurs, dévorant du regard une des comédiennes...

— C'était Milana, n'est-ce pas ? s'enquit Artem.

— Oui... une Milana plus jeune, plus fine que celle que tu as rencontrée il y a deux jours, boyard. Dieu, qu'elle était belle ! Un saint se serait damné pour elle ! Après le spectacle, j'ai pris mon courage à deux mains et je l'ai abordée...

« Ce soir-là, au lieu de regagner le monastère à l'heure de vêpres, comme prévu, je ne l'ai fait qu'au milieu de la nuit, prétextant un malaise qui m'aurait retenu chez un médecin... Personne n'a rien soupçonné. J'étais surpris par la facilité avec laquelle j'étais capable de duper mes semblables. Et j'étais surtout sidéré par la sotte crédulité des moines ! C'est alors que j'ai commencé à mener une vie secrète, grâce aux mensonges et aux astuces que j'inventais chaque jour à l'intention des frères et du père supérieur.

— Pourquoi ne pas avoir demandé que l'évêque te relève de tes vœux ? s'enquit Artem. Tu aurais pu épouser Milana.

— C'est bien ce que je lui ai proposé, mais elle m'a ri au nez ! Elle n'avait aucune envie de renoncer à son existence libre et insouciante, ni à ses nombreux amants qui la comblaient de présents. Elle ne m'a pas repoussé pour autant, au contraire : elle était ravie d'avoir séduit un religieux et de pouvoir le corrompre ! Quant à moi, j'étais comme de la cire entre ses mains. C'est en sa compagnie que je suis devenu à son image : inconstant, fourbe, cynique... Après que la troupe de Milana eut quitté la ville, j'ai résolu de rester au monastère encore quelque temps, afin de bien préparer ma fuite. Je voulais dérober les vases sacrés en or que l'évêque de Tchernigov avait offerts à notre église. En les vendant, je pensais avoir de quoi vivre, le temps de retrouver la trace de mes amis les comédiens. Mais le destin en a décidé autrement...

Il se passa la main devant les yeux et resta un instant silencieux, avant de poursuivre d'une voix assourdie, presque rêveuse :

— J'ai rencontré le boyard Alexei dans une petite auberge minable située sur la grand-route, entre Tchernigov et Kiev. C'était il y a un peu plus de trois étés, en octobre. Le père supérieur m'avait envoyé porter une lettre à un vieux pope installé dans les environs de Kiev. Après avoir passé la nuit chez ce dernier, j'étais reparti à l'aube et, vers le soir, je me sentais recru de fatigue.

« Il faisait un temps à ne pas mettre un chien dehors, la pluie et la boue semblaient avoir submergé le monde. Glacé, trempé jusqu'aux os, je suis entré dans la seule auberge que j'avais aperçue non loin de la route, espérant y trouver le gîte et le couvert. Dans la salle enfumée et presque vide, j'ai tout de suite repéré un boyard solitaire en train de dîner. Sa cape de laine épaisse et sa chapka bordée de fourrure séchaient, étalées sur un banc près de la cheminée. Courtois, il m'a proposé de les enlever pour que je puisse m'asseoir auprès de l'âtre. J'ai répondu que j'avais surtout besoin d'avaler quelque chose de chaud...

« C'est ainsi que nous avons fait connaissance. Après avoir échangé quelques mots avec moi, le boyard m'a invité à partager son repas. Nous avons discuté quelque temps à bâtons rompus. Puis, comme la conversation roulait sur les écrits de saint Jean Bouche d'Or, Alexei s'est mis à louer mon érudition. Selon lui, j'avais plus de talent et plus d'esprit que la plupart des grands seigneurs qu'il avait côtoyés !

L'ancien moine esquissa un petit sourire ironique et observa :

— Ma foi, je pensais comme lui : la vie ne m'avait pas apporté tout ce que je méritais, j'aurais dû naître noble et riche... Le plus drôle, c'est que, sans le vouloir, ce brave boyard m'a aidé à corriger cette injustice !

— Le traître ! s'exclama Vladimir, les yeux brillant d'indignation.

— C'est le destin, prince ! répliqua l'autre d'un ton pénétré, l'air fataliste.

Dégoûté, le prince détourna les yeux en silence. L'imposteur eut un ricanement avant de poursuivre :

— Alexei m'a raconté qu'il voyageait seul, à destination de la forteresse de Loub, dont il venait d'être nommé gouverneur. Son bagage l'avait précédé et devait déjà l'attendre sur place. Cependant, il avait des vêtements de rechange dans ses fontes de selle. Il me les a proposés sans façon, car je n'arrivais pas à me réchauffer dans mon habit trempé. Nous sommes allés nous installer dans la seule chambre propre de l'auberge...

« En me voyant vêtu de son caftan et de ses chausses, le boyard a constaté avec amusement notre ressemblance : grands et bruns, nous avions tous deux la même taille, la même couleur de cheveux et de barbe, la même constitution... Mais si j'étais mince et souple, Alexei, lui, était d'une maigreur maladive. Il m'a alors parlé de sa santé fragile et de sa mauvaise toux, la raison pour laquelle il avait abandonné la droujina et la cour du grand-prince. Il m'a confié qu'il n'avait pas de famille, que personne ne le connaissait à Loub, ni d'ailleurs à Tchernigov...

Il resta un instant silencieux et sembla réfléchir, lissant sa barbe poivre et sel. Puis il darda sur Artem un regard dur comme la pierre, sans la moindre trace de remords ni d'embarras.

— Oui, c'est alors que j'ai eu l'idée de l'assassiner et de prendre sa place, déclara-t-il. Aussi ai-je continué à l'interroger sur sa vie pendant le reste de la soirée. Le lendemain matin, nous avons quitté l'auberge avant l'aube. Avant que nos chemins ne se séparent, nous devions chevaucher ensemble à travers la forêt...

« Or, depuis l'époque où j'avais fréquenté les comédiens, je portais toujours sur moi une dague dissimulée dans les plis de mon habit. Au moment de dire adieu à Alexei, je me suis approché de lui comme pour l'embrasser, et je lui ai enfoncé mon poignard entre les côtes... Tout avait marché à souhait ! En plus, je venais de faire une découverte extraordinaire : tuer était facile... et ce geste si simple me procurait une délicieuse sensation de puissance et de liberté absolue.

215

— Je suppose que tu as enfilé les vêtements du boyard et pris son cheval, intervint Artem, qui ne cherchait pas à cacher son écœurement. Qu'as-tu fait de son corps ?

— Personne ne le retrouvera. Je l'ai jeté dans les marais, et je l'ai regardé s'enfoncer et disparaître dans la tourbe.

— Ainsi, le véritable Alexei était mort avant même de se présenter à ma cour, dit Vladimir. Pourtant, je suis obligé de constater que ce scélérat répond à la description du boyard faite par mon père... Quel âge as-tu ? lui demanda-t-il.

Un sourire de contentement effleura les lèvres de l'imposteur.

— Alexei avait la quarantaine ; quant à moi, j'ai à peine dépassé trente étés, répondit-il d'un air satisfait. Bien sûr, j'ai dû me vieillir considérablement... Un jeu d'enfant, en vérité, car j'avais appris à modifier mon apparence auprès de Milana et de ses compagnons. Avant de me rendre à la forteresse, j'ai acheté au marché de Tchernigov les fards et les préparations dont j'avais besoin. En quelques heures, mon teint a viré au jaune, mon front s'est couvert de rides, mes cheveux ont commencé à grisonner... Un barbier habile a complété la métamorphose. Par prudence, j'ai passé le reste de la journée à étudier mon nouveau rôle, m'entraînant à marcher en me voûtant, à m'éclaircir la voix avant de parler, à tousser comme un malheureux... Ah ! ces fameuses quintes de toux du boyard Alexei ! J'ai appris à les imiter à la perfection !

— Mais tu as oublié son écriture, constata Artem. Comment Iakov a-t-il deviné que les commentaires inscrits dans les marges du psautier ne sont pas de ta main ? Car c'est pour cette raison que tu l'as assassiné !

— En effet, confirma le meurtrier, imperturbable. Iakov s'apprêtait à révéler cette petite mystification...

qu'il avait d'ailleurs découverte par pur hasard ! Le soir de notre arrivée à la citadelle, j'avais eu l'imprudence de noter, sous la dictée de Vladimir, la liste des sujets que celui-ci souhaitait voir traités par le jeune enlumineur. Plus tard, Iakov a déroulé ce parchemin au moment où il avait le psautier sous les yeux... et il a remarqué que mon écriture ne ressemblait pas à celle qui noircissait les marges du manuscrit. Or, tout le monde avait entendu Vladimir évoquer son père à propos de ces maudits commentaires !

— Oui, se rappela le prince en fronçant les sourcils, j'ai répété plusieurs fois que mon père avait lu et admiré les commentaires savants inscrits par Alexei à côté du texte biblique... Si j'avais pu soupçonner l'affreuse vérité...

— Si tu l'avais soupçonnée, c'est d'abord toi que j'aurais réduit au silence, riposta l'ancien moine en ricanant.

— Insolent coquin ! explosa Artem tandis qu'il se levait, aussitôt imité par Mitko. Je vais t'apprendre à montrer tout le respect que tu dois...

— Laisse-le parler, boyard, intervint Vladimir, et à l'adresse de l'autre : Continue !

L'imposteur jeta un coup d'œil moqueur vers le droujinnik et le Varlet qui se rasseyaient en maugréant, avant de poursuivre :

— Comme Iakov exigeait de me parler en tête à tête, nous nous sommes retrouvés dans la bibliothèque le même soir, très tard. Il a brandi la liste dictée par Vladimir tout en désignant le psautier : « Je savais qu'il y avait anguille sous roche ! m'a-t-il lancé. Ou bien tu n'es pas Alexei, ou bien ce manuscrit n'est pas à toi ! — Vois-tu, depuis trois étés, je délaisse un peu les sciences pour les plaisirs », lui ai-je répliqué en souriant. Il a écarquillé les yeux, s'efforçant de comprendre le sens de mes propos. Au même instant, j'ai saisi un gros chandelier d'argent et j'ai frappé cet imbécile à la tête. Il s'est effondré sans un cri. Calmement, j'ai alors entrepris d'éliminer toutes les traces de mon crime... Boyard, je sais que tu n'as aucune preuve, aucun indice qui m'accuse. Je te défie de démontrer le contraire !

— Le Tribunal n'en a pas besoin, rétorqua Artem. Souviens-toi, tu t'es trahi en mentionnant l'arme du crime !

— C'est toi qui l'as dit à ma place ! s'écria l'autre. Je ne me suis trahi à aucun moment !

Il ébaucha un geste énergique de protestation puis, l'air de plus en plus nerveux, se mit à arpenter la terrasse. Son visage luisait de sueur malgré la fraîcheur de la nuit. La flamme des bougies vacilla sous une rafale de vent, projetant l'ombre déformée de l'homme sur le mur du palais. Il resta un moment cloué sur place, les yeux rivés sur l'énorme image grotesque qui dansait devant lui. Puis il se remit à marcher de long en large.

— Tu m'as pris au piège de manière déloyale, en utilisant la ruse, poursuivit-il à l'adresse d'Artem. Le meurtre de Iakov ne comportait aucune erreur ! Tout le monde croyait à un accident tragique, toi le premier. Personne n'aurait jamais rien découvert — ni mon passé, ni même mon passe-temps favori au sein de cette résidence, le petit divertissement auquel j'avais associé cette fripouille de Siméon. Non, tu ne m'aurais jamais démasqué, boyard... sans cette garce de Milana ! C'est elle qui m'a perdu, la maudite catin !

— Tôt ou tard, Siméon se serait fait prendre et t'aurait trahi, remarqua Artem.

— J'aurais écarté ce danger le moment venu. Malgré tous ses défauts, cet homme savait se rendre utile ! Il n'avait pas son pareil pour dénicher de jeunes poulettes dodues à la chair si tendre... Dire qu'il m'avait été recommandé par Sa Seigneurie en personne ! ajouta le pseudo-gouverneur avec une révérence moqueuse à l'adresse de Vladimir.

— Mon Dieu ! gémit le prince d'une voix à peine audible. Comment pouvais-je deviner à quel monstre j'avais affaire ?

— Moi, au contraire, je l'ai flairé dès que le nouvel intendant s'est présenté à moi, il y a un peu plus de deux étés, souligna l'imposteur d'un air satisfait. J'ai aussitôt décelé sa lâcheté naturelle, son tempérament mou et indécis, mais aussi son penchant pour la luxure, sa sensualité débridée... enfin, tout ce qui faisait de lui un complice idéal.

— Comment le tenais-tu sous ta coupe ? demanda Artem.

— Pour commencer, j'ai ordonné à Siméon de dépêcher dans l'autre monde le vieux domestique qui m'avait montré l'emplacement de la chambre rouge et la manière d'y accéder. C'était le prix à payer pour participer à mes petites récréations. Après cela, ma foi, il était bien obligé de m'aider à réaliser mes fantaisies les plus audacieuses ! Du reste, il le faisait de bon cœur... Nous étions d'accord sur l'essentiel : le plus grand plaisir du débauché, c'est de pousser à la débauche... Malheureusement, l'arrivée du prince l'a terrorisé. Il me craignait assez pour m'obéir en tout, mais sa nervosité aurait fini par le trahir. Un peu plus tôt, un peu plus tard, il fallait bien que je me débarrasse de lui !

— Par quelle ruse lui as-tu fait avaler le poison ? s'enquit le droujinnik.

— Un jeu d'enfant ! Je l'ai persuadé qu'il avait besoin d'un fortifiant avant de s'évader avec mon aide... Je l'ai toujours méprisé pour sa bêtise, encore plus que pour sa lâcheté. Tout compte fait, je ne regrette pas de l'avoir éliminé ; il n'était pas vraiment de bonne compagnie.

— Tu élimines tes compagnons avec une facilité admirable ! observa Artem d'un ton acide. Milana était, elle aussi, une ancienne compagne...

— C'est elle qui a causé ma perte, je te l'ai déjà dit ! cracha l'ancien moine, les traits déformés par la colère. La traîtresse, la maudite catin !

Sa bonne humeur apparente, son sourire de contentement avaient disparu, remplacés par une expression de haine féroce et implacable.

— Je te trouve un peu sévère envers la malheureuse que tu as égorgée comme une bête avant de jeter son corps dans le Dniepr, grinça le droujinnik.

— Certes, j'ai réussi à me débarrasser d'elle... Mais le mal qu'elle m'avait fait était irréparable. C'est à cause de cette sorcière que j'ai perdu ce sang-froid exemplaire qui avait toujours été le mien. Ah ! je me rappelle le moment où je l'ai aperçue dans la salle des banquets au début du spectacle. Nos regards se sont croisés : aucun doute, elle m'avait reconnu ! Pour la première fois de ma vie, j'ai senti la panique me submerger. Par quelle fatalité cette femme se trouvait-elle à nouveau sur mon chemin ?

« Vieux complices, nous n'avions pas besoin de parler, nous nous comprenions au moindre signe. C'est ainsi que, à la fin de la représentation, nous sommes convenus de nous retrouver un peu plus tard, en tête à tête, dans la salle d'armes. J'ai alors tenté d'acheter son silence. Je lui ai proposé de l'argent, une petite fortune, en vérité... Mais la garce était un maître chanteur expérimenté, elle vous prenait à la gorge et ne vous lâchait plus.

— Tu lui as donc fixé un nouveau rendez-vous le lendemain, dans ce dédale de couloirs où personne ne risquait de vous surprendre, enchaîna Artem. Tu espérais attirer Milana vers cette poterne qui vous avait déjà rendu service, à Siméon et à toi !

— C'est exact. J'avais tout prévu... Mais j'avais la détestable impression de ne plus contrôler la situation... Et j'ai commis quelques petites négligences. D'abord, la présence de cet imbécile de Fédote : j'aurais dû la flairer ! Mais je n'ai rien soupçonné avant d'avoir ramassé sa chapka dans le couloir, près de la poterne. Enfin, cette erreur-là n'était pas difficile à rectifier ! L'homme était aussi cupide que crédule.

— Pas au point de croire un assassin sur parole, objecta Artem.

— Le tout, c'était de le persuader de me rencontrer seul à seul pour que je puisse m'expliquer, répliqua l'ancien moine avec un sourire dédaigneux. Pour le reste... Un tout petit mensonge m'a suffi pour le retourner comme une crêpe !

« Je lui ai d'abord raconté que Milana, paix à son âme, était piètre comédienne mais excellente entremetteuse et que, grâce à ses charmantes compagnes, j'avais pu égayer un peu l'atmosphère morose de cette forteresse... Hélas ! Ces derniers temps, elle était devenue trop gourmande ; elle exigeait de plus en plus d'argent pour ses services et menaçait de me dénoncer si je ne cédais pas. Voilà pourquoi j'avais dû mettre fin à notre collaboration d'une manière un peu brutale... Ce qui ne m'obligeait nullement à renoncer à mes petites fantaisies ! Une autre comédienne était prête à remplacer Milana...

« C'est alors que j'ai proposé à Fédote de l'associer à ma joyeuse entreprise. Mais ce vieux bouc était aussi lubrique que cupide ! Pour m'assurer de sa discrétion, je devais lui remettre la cassette contenant l'argent destiné à nos petites récréations. Laissant mon nouveau compagnon tout excité m'attendre dans le vestibule, je suis monté dans mes appartements...

— Mais ce n'est pas la cassette que tu en as rapportée ! gronda Artem. Quand je me suis élancé à ta poursuite, tu portais le psautier d'Illarion — le trésor que, selon toi, on t'avait dérobé plus tôt dans la soirée. À vrai dire, je n'ai pas saisi le but de cette manœuvre : pourquoi avoir simulé le vol du manuscrit ?

— C'était un petit mystère créé exprès à ton intention, boyard. Tu étais tellement persuadé que le psautier d'Illarion se trouvait au cœur de cette affaire ! Moi, j'admirais la conviction avec laquelle tu glosais sur des choses dont tu ne soupçonnais même pas l'existence. Aussi ai-je voulu te faire plaisir... en te donnant un os à ronger ! Je riais tout seul en m'imaginant ton enthousiasme au moment où tu découvrirais le fameux manuscrit à côté du cadavre de Fédote. C'était ça, mon plan : faire croire que le collectionneur avait volé le psautier et tenté de s'enfuir, avant de se faire attaquer par un domestique zélé. J'aurais ensuite obligé un des serviteurs à avouer ce meurtre...

« Ludwar a d'ailleurs évoqué cette possibilité, sans se douter qu'il apportait de l'eau à mon moulin. Mais qu'importe ! J'ai dû changer de tactique quand je t'ai entendu dévaler les marches derrière moi, boyard. Il fallait désormais que je compte avec ta présence — que je te trouve une place dans ma petite mystification ou, plutôt, un rôle à jouer.

— On peut dire que tu as ménagé tes effets ! commenta Artem avec un sourire forcé. Dans le noir, tu m'as assommé avec le manuscrit, puis tu as poignardé Fédote. Pour finir, tu as particulièrement soigné le personnage que j'étais censé jouer : pendant que j'étais encore inconscient, tu as dégainé mon poignard, tu l'as maculé du sang de la victime, puis tu me l'as placé dans la main... Mais qu'est-ce que tu espérais au juste, misérable ? tonna soudain le droujinnik, donnant libre cours à sa fureur. Tu voulais que moi, conseiller du prince et haut fonctionnaire du Tribunal — moi, Artem, fils de Norrvan —, je me croie assassin ? Que je me croie capable d'avoir poignardé un homme désarmé ?

Surpris par cette explosion, l'autre haussa les épaules.

— Ne doutes-tu jamais de toi, boyard ? Ne t'est-il jamais arrivé de sonder ton âme avec l'impression de tâtonner dans les ténèbres ? Et puis, songe à ce danger qui guette chacun de nous : la folie ! Tu en parlais toi-même tout à l'heure. À tout instant, un noble guerrier, un justicier pur et dur peut basculer dans l'abîme — et se révéler un vil assassin... Certes, je ne pouvais pas prévoir ta réaction, mais l'idée d'abandonner le manuscrit auprès du cadavre était fort amusante, n'est-ce pas ?

— Et c'est là que tu as commis ta plus grossière erreur, répliqua Artem d'un ton redevenu glacial. Tu n'as réussi qu'à aviver ma curiosité, à attirer un peu plus mon attention sur le manuscrit. Je l'examinais sans cesse ni repos : enluminures, texte, commentaires, encore et encore... Et j'ai fini par résoudre le mystère du psautier d'Illarion !

— Comment t'y es-tu pris ? Tu te doutes bien que, dès après le meurtre de Iakov, j'ai brûlé cette maudite liste écrite de ma main sous la dictée du prince.

— J'ai découvert un autre document qui permettait de comparer ton écriture avec celle du véritable boyard Alexei, expliqua le droujinnik. Après le meurtre de Théodore, j'ai examiné ses affaires, espérant trouver ses notes, ou un autre indice permettant de comprendre la piste qu'il avait suivie. C'est alors que je suis tombé sur quelques lettres auxquelles le magistros s'apprêtait à répondre. Il y avait aussi deux ou trois invitations récentes...

— Mais bien sûr ! intervint Vladimir. Je sais de quoi il s'agit !

Le prince fixa Artem d'un regard brillant d'excitation. Comme celui-ci approuvait d'un signe de tête, Vladimir s'adressa aux autres convives :

— Quand j'ai décidé que l'ambassadeur pourrait participer à ce voyage, souvenez-vous, j'ai voulu lui adresser une petite invitation écrite. On m'a apporté un parchemin, et j'ai prié Alexei — je veux dire, ce coquin, ce moine défroqué — d'y inscrire deux ou trois formules de courtoisie dans le style fleuri que les dignitaires grecs aiment tant. Aurais-tu oublié l'existence de ce document ? ajouta-t-il en toisant l'imposteur.

— Non, certes ! lança celui-ci avec irritation. Par contre, j'ignorais que Théodore avait apporté une partie de sa correspondance. Je ne pensais plus du tout à cette maudite invitation, persuadé qu'elle était restée à Tchernigov ! Quant au Grec, pas un instant il n'a soupçonné que l'honorable Alexei était en réalité un moine obscur doublé d'un assassin. Il est mort sans avoir découvert mon secret !

— Et pourtant, son enquête a abouti, car il a fini par démasquer l'auteur de tous ces crimes, remarqua Artem.

— Il n'a démasqué que le meurtrier de Milana, et il l'a fait par pur hasard, souligna l'imposteur.

— Explique-toi !

— Le premier soir, pendant que Milana faisait la quête après le spectacle, le magistros a surpris notre échange muet. Il a pensé naturellement que nous étions convenus d'un rendez-vous galant ! Le lendemain, dès que les convives eurent appris que Milana était introuvable, le magistros m'a informé qu'il n'ignorait rien de ma rencontre avec elle. Il voulait savoir ce que nous avions fabriqué ensemble...

« Humble et honteux, je lui ai expliqué que j'avais succombé au démon de la chair. Milana, cette tentatrice aussi perfide que le Serpent, avait déployé toutes ses ressources de séduction afin d'éveiller en moi le désir... Pour être grave, ai-je souligné, ma faute n'avait rien à voir avec la disparition de la comédienne. Pourtant, on n'allait pas manquer de me soupçonner à cause de cette aventure, et mon honneur serait à jamais compromis ! Mon désespoir a touché le Grec...

— Comment une ruse aussi grossière a-t-elle pu tromper cet homme si perspicace ? s'exclama Vladimir.

— À cause des illusions et des préjugés dont il était prisonnier, bougonna Artem.

— Quoi qu'il en soit, ce brave Théodore m'a promis de garder le silence sur mes égarements, dit l'imposteur en grimaçant un sourire. L'idée qu'il puisse y avoir un lien entre ces incartades et le meurtre de Milana ne l'a même pas effleuré ! Mais aujourd'hui, quelque chose lui a mis la puce à l'oreille. Il est venu me voir en fin d'après-midi. Il voulait me parler seul à seul...

— A-t-il mentionné, à un moment ou à un autre, l'indice capital qu'il aurait appris de dame Lina ? s'enquit Artem.

— Bien sûr que non ! Elle ne pouvait rien lui révéler d'important pour la bonne raison que Milana n'évoquait jamais devant ses compagnes ce que lui rapportaient les pigeons qu'elle plumait ! Donc, Théodore s'est montré fort prudent, refusant de rester dans mes appartements, ou même de descendre dans le vestibule. Comme il me proposait de sortir dans la cour, je lui ai fait remarquer que, pour une fois, les gardes étaient omniprésents.

Il se tourna vers Vladimir, un sourire sarcastique aux lèvres.

— La chambre rouge et toute cette agitation auront servi au moins à ça : les soldats n'abandonnent plus la forteresse pour aller traîner en ville, la garnison est presque au complet ! Pour revenir au magistros, il a finalement accepté de me retrouver sur la terrasse. À peine arrivé, il m'a lancé de but en blanc : « Avoue que tu connaissais Milana de longue date ! C'était une ancienne complice qui menaçait de te trahir, n'est-ce pas ? »

« Pétrifié, j'ai cru que le Grec savait tout. J'ai mis quelques instants à me ressaisir, puis je lui ai demandé comment il avait découvert la vérité. "Tu prétends que, le soir après le spectacle, la comédienne t'a accordé ses faveurs moyennant récompense, a-t-il répondu. C'est faux ! Car j'ai la preuve qu'elle n'a pas touché le moindre sou ce soir-là." J'ai rétorqué que je ne comprenais pas un traître mot de ce qu'il disait. Mais il s'est écrié : "Milana devait te revoir le lendemain matin, inutile de le nier ! C'est alors que tu l'as assassinée, et je crois savoir pourquoi. Elle avait participé aux orgies qui se déroulaient dans la chambre rouge, et elle s'apprêtait à vous dénoncer, ton complice Siméon et toi !"

« Le Grec a continué de fustiger les abominables pécheurs qui se vautrent dans la luxure, mais je ne l'écoutais plus. J'avais compris qu'il ignorait tout de ma véritable identité ! Cela m'a donné du courage. Mais Théodore en savait beaucoup trop sur mes relations avec Milana. Il devait donc disparaître ! Il était encore en train de pontifier, grisé par son propre discours, quand j'ai saisi mon poignard et le lui ai planté dans le dos.

Le meurtrier se tut. Après quelques instants de silence, Vladimir tourna la tête vers Artem.

— Apparemment, Théodore ne connaissait qu'une partie des faits, déclara-t-il en fronçant les sourcils. Sais-tu, boyard, comment il a deviné la vérité sur le meurtre de la comédienne ?

— Je viens de le comprendre, avoua Artem. En écoutant la confession de ce coquin, je me suis souvenu d'un objet qui se trouvait parmi les affaires personnelles de Milana. C'était un petit coffret en fer ouvragé au couvercle percé d'une fente ; il contenait quelques pièces d'argent...

Il s'interrompit et jeta un coup d'œil par-dessus son épaule, vers les silhouettes des comédiens qui se profilaient derrière les fauteuils du prince et de ses compagnons.

— Dame Lina, poursuivit-il en scrutant l'obscurité, daigne expliquer à Sa Seigneurie de quoi il s'agit !

Comme une des formes sombres avançait, la flamme des bougies éclaira le beau visage de la comédienne, teintant d'or les petites mèches qui s'échappaient de sa coiffure. Elle s'arrêta devant le prince et s'inclina jusqu'à terre. D'un signe de tête, Vladimir l'encouragea à prendre la parole.

— Ce coffret, dit-elle d'une voix qui tremblait un peu, était une sorte de tirelire où Milana mettait l'argent, euh... que lui donnaient ses galants. Elle avait l'habitude de les retrouver tard le soir, si bien que je dormais déjà au moment où elle regagnait notre chambre. Chaque fois, elle jetait les pièces rapportées dans le coffret, et chaque fois, ce tintement métallique me réveillait — au grand amusement de Milana. Avant-hier soir, pendant qu'elle se trouvait avec son boyard mystérieux, je me suis assoupie comme à l'ordinaire... Mais je ne l'ai jamais entendue rentrer ! Pourtant, quand l'arrivée du Varlet m'a tirée du sommeil, Milana était déjà là !

Lina s'interrompit et interrogea Artem du regard. Celui-ci enchaîna :

— Ainsi, Lina n'avait pas entendu le tintement caractéristique annoncer le retour de son amie, et le magistros en a déduit que, contrairement à l'habitude, Milana n'avait pas été payée pour ses services... Par conséquent, ou bien elle faisait confiance à Alexei pour être récompensée plus tard, ou bien elle lui accordait gratuitement ses faveurs... Dans tous les cas, pour se connaître d'une façon aussi intime, la comédienne et Alexei devaient être de vieux amants et complices !

Artem se tut, l'air pensif. Lina et le pseudo-gouverneur échangèrent un regard chargé de haine. Après un silence, le droujinnik s'adressa de nouveau à ce dernier.

— Cette fable concernant Milana la séductrice et toi, le boyard vertueux, victime de ses charmes... Tu l'as inventée à l'intention de Théodore car il était au courant de votre premier rendez-vous, soit. Mais pourquoi diable es-tu venu me la débiter à moi ?

— Parce qu'il valait mieux que tu l'apprennes par moi que par lui ! Tant que le magistros se contentait de mener sa propre enquête, j'étais certain qu'il ne me trahirait pas. Mais lorsqu'il a voulu s'entretenir avec toi en particulier, j'ai pris peur... Pour peu qu'il décidât de te confier ce qu'il savait sur Milana et moi, j'étais perdu... Car tu es bien plus malin que le Grec, boyard — je le reconnais sans façon ! Je ne pouvais neutraliser cette menace qu'en t'apprenant moi-même cette lamentable aventure, comme si mon secret me pesait trop. J'étais convaincu que cet aveu sincère endormirait ta vigilance !

Il eut un petit sourire satisfait et ajouta :

— En vérité, je ne me suis jamais autant amusé que pendant ces deux derniers jours !

— Tant mieux, car tu ne risques pas de t'amuser beaucoup durant le reste de ta vie, répliqua Artem en se levant. Tu mérites la mort, mais comme la peine capitale a été abolie par Iaroslav le Sage et ses enfants, tu seras condamné à la servitude à vie.

— Moi, un serf ? Un homme de ma trempe réduit en esclavage ? s'exclama l'ancien moine en se reculant d'un pas. Finalement, tu n'es pas aussi intelligent que je le pensais, boyard. Songe donc au parcours que j'ai accompli ! Crois-tu pouvoir changer la destinée exceptionnelle qui m'est réservée ?

— Tu auras tout le temps de méditer cette grave question. Maintenant, assez discuté : au nom du prince, je t'arrête ! Mitko, à toi de jouer, ajouta le droujinnik en se tournant vers son collaborateur.

Le Varlet opina du chef et se leva à son tour. Il était toujours accoutré de ce manteau en tissu léger que Zlat lui avait prêté pour le rôle du fantôme, mais cela ne semblait pas le gêner. Sortant une cordelette des plis de son ample habit, il s'approcha du prisonnier pour lui lier les mains derrière le dos.

Mais celui-ci, rapide comme l'éclair, lui envoya son poing dans le creux de l'estomac. Comme le Varlet se pliait en deux, son assaillant s'écarta d'un bond et une longue lame mince brilla dans sa main. Il continua de reculer tout en menaçant Mitko de son poignard.

Artem se gardait bien d'intervenir, sachant que le Varlet n'avait pas son pareil dans les combats à mains nues et à l'arme blanche. Par contre, si l'assassin comptait s'enfuir du palais, le droujinnik pouvait lui couper la retraite ; il alla donc se poster entre les portes-croisées donnant sur la salle des banquets.

Cependant, les deux hommes décrivirent un cercle sans se quitter des yeux. L'imposteur brandit soudain son poignard, prêt à se ruer sur Mitko. Celui-ci ébaucha une manœuvre pour se protéger de la lame et bloquer la main qui la serrait. Mais son adversaire n'avait nulle intention de passer à l'attaque...

C'est alors que l'imprévisible se produisit. En deux enjambées, l'homme rejoignit Lina et l'attira brutalement vers lui. Personne n'eut le temps d'esquisser le moindre mouvement. Terrifié, Artem rencontra le regard éperdu de la comédienne. L'assassin la retenait par la taille d'un bras puissant, tout en pressant son poignard contre sa gorge d'albâtre.

— Écoutez-moi, tous ! s'écria-t-il, tandis qu'il dévisageait Artem et le Varlet, puis le prince et les convives figés dans leurs fauteuils. Que personne ne bouge ! Un geste brusque ou un pas dans ma direction se solderont par un bain de sang !

Artem échangea un coup d'œil désespéré avec Mitko, avant de tourner son regard vers Dimitri. Le visage livide et décomposé, l'enlumineur faisait pitié à voir. Se prenant la tête entre les mains, il laissa échapper un gémissement avant de lancer d'une voix qui se brisait :

— Alexei — ou qui que tu sois... au nom de notre Sauveur, Dieu de miséricorde, je te supplie d'épargner Lina ! Fais ce que tu veux, mais laisse-lui la vie !

— Lâche-la, traître ! intervint Vladimir, foudroyant le meurtrier du regard. Qu'espères-tu gagner, insensé, en ajoutant cette femme à la liste de tes victimes ?

— J'ai besoin d'elle pour couvrir ma retraite, répondit celui-ci d'une voix rauque. Il ne lui arrivera rien si ton arrogant limier ne cherche pas à faire le malin ! Pour commencer, dis au boyard et au Varlet de nous laisser passer, Lina et moi, ajouta-t-il en désignant les portes-croisées du menton.

Vladimir dévisagea Artem d'un air impuissant avant d'acquiescer en silence. Le droujinnik et Mitko obéirent à contrecœur et revinrent vers leurs sièges aux côtés du prince.

— Voilà qui est mieux, approuva l'imposteur. Maintenant, je vais vous enfermer... Pourquoi cet air étonné, prince ? Aurais-tu oublié que je possède le double de toutes les clés de la forteresse ? Avant de venir à cette petite réunion, j'ai eu la bonne idée de glisser celle de la salle des banquets dans ma poche.

Sans cesser d'appuyer son poignard sur le cou de Lina, il sortit une clé ouvragée de la poche de son caftan et s'avança vers la porte-croisée la plus proche, poussant la jeune femme devant lui. Il avait dû accentuer la pression de sa lame, car un mince filet de sang coula sur la gorge de Lina. Dimitri eut un nouveau gémissement. Artem posa la main sur son poignard, prêt à le tirer de son fourreau.

— Prends garde, boyard! s'écria l'assassin. Tu peux toujours essayer de me tuer, mais la belle et douce Lina mourra avant moi!

Les yeux rivés sur Artem, il poursuivit après un silence :

— Je ne relâcherai la femme qu'au moment de quitter la citadelle. Tu peux me faire confiance, je choisirai le meilleur destrier des écuries du prince! Quant aux gardes et aux serviteurs, ils n'ont aucune raison de me retenir. Vous serez encore en train de hurler pour attirer l'attention de ces paresseux, que j'aurai déjà rejoint la grand-route! Eh oui, boyard, force est de constater que tu m'as sous-estimé...

Soudain, il s'interrompit et laissa échapper un cri de douleur. Au même instant, ses doigts crispés sur le poignard se desserrèrent et l'arme tomba sur le sol. C'est alors seulement qu'Artem comprit ce qui s'était passé : du fond de la terrasse envahi par l'obscurité, quelqu'un avait lancé un couteau vers l'assassin. La lame s'était enfoncée dans son bras droit, juste sous l'épaule.

Relâchant son emprise sur Lina, l'assassin empoigna la dague et, poussant un cri aigu, s'efforça de la retirer de son bras. La jeune femme en profita pour se mettre hors de sa portée : elle lui enfonça le coude dans le creux du ventre, bondit de côté avec la souplesse d'un chat et courut se réfugier dans les bras de Dimitri.

L'imposteur poussa un hurlement de fureur. La main toujours crispée sur le manche du couteau, il avança d'un pas. Au même instant, une silhouette enveloppée d'une longue cape noire surgit devant lui, et il se figea, comme pétrifié.

L'inconnu rejeta son capuchon, et Artem reconnut la chevelure blonde comme les blés du comédien Zlat.

Le droujinnik tenta de se représenter ce qui s'était passé : après avoir confié le rôle du fantôme à Mitko, l'acrobate avait dû se glisser en catimini dans la salle des banquets puis sur la terrasse. Tapi dans l'ombre, il avait écouté l'assassin avouer ses crimes, entre autres, le meurtre de Milana ; il l'avait vu prendre Lina en otage et s'apprêter à s'enfuir, se vantant de pouvoir échapper à la justice... Or Zlat était habile dans l'art du lancer, Artem le savait par Lina. N'y tenant plus, il avait fini par intervenir — grâce à Dieu, songea le droujinnik.

Le jeune homme venait de repérer le poignard que l'assassin avait laissé tomber sur le sol. Sans perdre une seconde, Zlat le ramassa et se tourna vers l'ancien moine. Celui-ci semblait transformé en statue de sel. Il fixait l'acteur d'un regard morne et résigné, le regard de celui qui renonce à lutter, acceptant de se soumettre à la fatalité.

— Milana, murmura-t-il d'une voix à peine audible.

— Je l'aimais, et tu l'as tuée ! lança Zlat d'une voix qui vibrait de haine et de désespoir. Tiens, voilà pour toi !

Avant que quiconque puisse — ou veuille — intervenir, il plongea le poignard dans le cœur de l'imposteur. Le retirant d'un geste brusque, il frappa de nouveau avec une telle violence que la lame s'enfonça jusqu'à la garde dans la poitrine de l'homme. Celui-ci s'effondra comme une masse.

L'espace d'un instant, l'acteur resta immobile, à contempler le cadavre. Puis il s'élança vers la balustrade de bois ajouré qui entourait la terrasse.

— Attends ! lui cria Vladimir. Tu n'as pas besoin de te sauver !

Zlat ne sembla pas l'avoir entendu. Il enjamba prestement la rambarde et, s'y tenant d'une main, jeta un rapide coup d'œil dans la cour que dominait la terrasse. Puis il se cramponna à l'un des piliers en bois sculpté qui ornaient la façade et, agile comme un écureuil, descendit jusqu'au toit du perron supporté par quatre colonnes torses. S'accrochant à l'une d'elles, il se laissa glisser jusqu'au sol.

La lumière des torches fixées au mur du palais éclairèrent de loin sa silhouette svelte et souple qui s'élança à travers la cour. Manifestement, l'acrobate avait bien préparé sa fuite : devant les écuries, un cheval sellé et bridé l'attendait, prêt à partir.

Du haut de la terrasse, Artem regardait le jeune homme enfourcher sa monture quand Vladimir vint s'accoter à la balustrade près de lui.

— Ce saltimbanque est fou ! gronda le prince. Pour quitter la forteresse, il faut passer par le donjon... et je ne parle pas des sentinelles sur les remparts ! Les gardes sont nerveux, agités par toutes ces révélations récentes, ils risquent de faire du zèle !

Artem et Vladimir suivirent des yeux la forme sombre du cavalier qui se fondit dans l'obscurité. L'instant d'après, ils entendirent un soldat lancer de sa grosse voix :

— Halte-là, qui vive ?

C'était sans doute la patrouille que le chef de garnison avait constituée le jour même.

— Garde ! cria alors le prince en direction de la voix. Raccompagne cet homme jusqu'à la tour de guet et veille à ce que les sentinelles le laissent partir. Ordre de Vladimir !

Comme Artem le regardait du coin de l'œil, il haussa les épaules et marmonna :

— Eh quoi ! Au moins cet enragé comprendra-t-il que je n'ai pas l'intention de le poursuivre !

Un peu plus tard, seuls Artem et le prince restaient encore sur la terrasse. Le cadavre de l'imposteur avait été emporté par les serviteurs ; Ludwar et Dimitri s'étaient retirés dans leurs appartements respectifs pour préparer leur départ ; quant aux comédiens, ils avaient allumé une dizaine de torches dans la cour et finissaient de charger leur chariot.

Mais les amoureux n'avaient pas encore dit leur dernier mot, songea Artem. Il ne serait nullement surpris s'il apprenait que l'enlumineur et la comédienne leur avaient faussé compagnie, à eux tous !

Il ressentit une pointe de jalousie et s'empressa de reporter son attention sur son interlocuteur. À la demande du prince, il venait d'expliquer en détail comment il avait résolu l'énigme du psautier d'Illarion.

— Toi que les manies de l'ambassadeur agaçaient tant ! s'exclama Vladimir. S'il avait été moins attaché à toutes ces civilités dont les courtisans ne laissent pas de s'abreuver, tu n'aurais point découvert l'invitation écrite de la main de l'imposteur !

— Oui, c'est en partie à son esprit tatillon que nous devons la vérité... Mais le plus incroyable, c'est que Théodore avait ce billet constamment sous les yeux sans jamais voir l'énorme vérité qu'il contenait ! souligna Artem, resserrant d'un geste frileux le col de son caftan.

Plus tôt, dans le feu de la discussion, c'est à peine s'il avait senti la fraîcheur de la nuit, mais maintenant, il avait hâte de quitter la terrasse exposée au vent glacial. Le prince et les convives avaient tous décidé de repartir pour Tchernigov le soir même, quitte à chevaucher toute la nuit, tant ils étaient impatients de quitter la sinistre forteresse. Les domestiques avaient servi une collation dans la salle de réception, mais Artem et Vladimir avaient à peine touché à la nourriture avant de ressortir sur la terrasse prolonger leur entretien.

— Moi, je m'étonne surtout de l'imprudence d'Alexei, commença le prince pour s'exclamer aussitôt : Rien à faire ! Je n'arrive pas à appeler ce coquin autrement ! Eh bien... quand je pense que, après le mot d'invitation adressé à Théodore, il n'a pas hésité à noter sous ma dictée la liste des sujets que devait traiter le jeune enlumineur... Ne craignait-il pas que son écriture puisse le trahir ?

— Non, car il ignorait encore l'existence des commentaires laissés par le véritable boyard Alexei, expliqua le droujinnik. Souviens-toi, prince : au début de cette aventure, tu as mentionné l'admiration de ton père devant l'érudition d'Alexei, mais tu as omis de préciser si le grand-prince parlait de notes écrites ou de remarques orales. C'est seulement en examinant le célèbre manuscrit que tu as attiré l'attention des convives sur les commentaires savants inscrits dans les marges.

— Exact ! Et j'avais déjà remis la liste à Iakov... Or il avait le coup d'œil juste et sûr, le coup d'œil du peintre. La différence entre les deux écritures a dû lui sauter aux yeux... En fait, ce qui a perdu notre faux érudit, c'est qu'il ne connaissait rien des trésors de sa bibliothèque !

Artem approuva d'un signe de tête.

— Je me demande si Alexei s'était donné la peine de parcourir ce manuscrit au moins une fois avant notre visite, renchérit-il. C'est toi, prince, qui as évoqué le premier le psautier d'Illarion et la qualité de ses enluminures. Il va de soi que le pseudo-gouverneur s'est empressé d'abonder dans le même sens... Et il a exhibé l'objet de sa fierté sans se douter que celui-ci recelait un piège !

— Si au moins le magistros avait regardé ce qu'il avait sous les yeux avec l'attention qu'il accordait au cérémonial ! soupira le prince. Cela aurait sauvé plusieurs vies humaines, dont la sienne... À propos, ça ne va pas être facile d'expliquer sa disparition à l'ambassade de Byzance, ajouta-t-il, rembruni.

— Dans notre métier, l'étiquette nous enseigne moins que l'observation des choses et des gens, ne put s'empêcher de relever Artem. Quant aux messagers du basileus, il faudra leur expliquer que Théodore soutenait une hypothèse différente de la mienne et qu'il ne voulait pas en démordre. Le récit de Lina a apporté de l'eau à son moulin d'une manière imprévue... Et c'est ainsi qu'il est tombé dans la gueule du loup.

À cet instant, la comédienne en personne apparut dans l'encadrement d'une des portes-croisées. La silhouette imposante de Dimitri se profilait derrière elle.

— Tu surviens à point nommé, dame Lina, remarqua Artem en souriant, nous parlions de toi.

— Je tiens à te féliciter, belle Lina, de l'admirable courage dont tu as fait preuve ! enchaîna Vladimir. L'assassin te tenait à sa merci, et tu as su garder ton sang-froid et ta présence d'esprit !

L'actrice s'inclina devant le prince en guise de remerciement, tandis que Dimitri déclarait :

— Jamais plus elle ne courra pareil danger ! Désormais, c'est moi qui veillerai sur cette dame... que j'appellerai bientôt mon épouse chérie ! ajouta-t-il en la couvant du regard.

Le prince poussa une exclamation de joie.

— Enfin une heureuse nouvelle ! C'est la seule bonne chose qui nous sera arrivée depuis le début de cette aventure, n'est-ce pas, boyard ? ajouta-t-il en dévisageant le droujinnik.

— Sans aucun doute, acquiesça celui-ci avec un enthousiasme feint.

Cependant, Vladimir poursuivit :

— Les fiançailles, les noces... tout cela entraîne des dépenses. Tu auras besoin de commandes, ami Dimitri.

Puisque l'infortuné Iakov n'est plus, acceptes-tu d'exécuter les enluminures qui orneront mon nouveau psautier ?

— Avec toute ma joie et toute ma gratitude ! répondit l'artiste, ému.

— Parfait ! Reste un détail à régler...

Vladimir mentionna deux miniatures du psautier d'Illarion dont il souhaitait la reproduction exacte. Impatient de les montrer à Dimitri, il décida de se rendre une dernière fois à la bibliothèque. Main dans la main, Lina et Dimitri lui emboîtèrent le pas, Artem sur leurs talons. En traversant la salle des banquets, le droujinnik tomba sur Mitko qui en était encore à ripailler. À contrecœur, le Varlet les suivit.

Comme ils pénétraient dans la bibliothèque, ils aperçurent un vieil homme vêtu d'une tunique claire, installé devant un lutrin, la plume à la main. Il était occupé à recopier les titres d'une douzaine de manuscrits empilés à ses pieds. Une longue barbe blanche ornait son visage rond à l'expression bonasse et paisible. Il voulut se lever, redressant son corps raide, mais Vladimir se hâta d'intervenir :

— Inutile de te déranger, petit père, reste assis ! dit-il, accompagnant ses mots d'un geste énergique de son bras valide. C'est un ancien scribe, Ludwar m'en a parlé tout à l'heure, expliqua-t-il aux autres. Il est sourd comme un pot, mais sa main est aussi ferme que celle d'un jeune clerc. Parmi les serviteurs, lui seul sait écrire, et notre futur Garde des Livres l'a chargé de commencer l'inventaire des codex et des volumes. Dès notre retour à Tchernigov, Ludwar dépêchera ici quelques jeunes copistes qui prendront la relève.

— Si je comprends bien, la bibliothèque du gouverneur est destinée à compléter la tienne — le célèbre Dépôt des Livres, n'est-ce pas ? s'enquit Artem.

— C'est la loi, confirma Vladimir tandis qu'il se

dirigeait vers les rayonnages. Comme le véritable boyard Alexei n'a pas laissé d'héritier, sa fortune va au Trésor, et le suzerain peut disposer à sa guise de certains biens, telle cette collection de manuscrits. Ludwar était fou de joie à l'idée que ce magnifique ouvrage...

Tout en parlant, le prince plaça l'échelle contre la haute étagère et chercha du regard le psautier d'Illarion. Comme lui, Artem leva les yeux à la recherche de la reliure en argent ouvragé...

... Et il sentit son sang se glacer. Le manuscrit avait disparu !

À sa place, un espace vide béait parmi les manuscrits volumineux qui remplissaient l'étagère.

L'instant d'après, Mitko et Dimitri lâchèrent un juron, et Lina poussa un petit cri de désarroi.

— Mais... il n'est pas là ! s'écria Vladimir, le dernier à prendre conscience du désastre.

— Voyons, inutile d'imaginer le pire ! déclara Artem d'un ton ferme. La panique est mauvaise conseillère ! Que chacun de vous essaie de se rappeler quand il a vu le manuscrit pour la dernière fois.

Un silence pesant se fit dans la pièce.

Artem prit une profonde inspiration, s'efforçant de calmer les battements désordonnés de son cœur. Malgré son ton résolu, il se sentait en plein désarroi. À quoi rimait cette disparition ? Le maudit psautier lui réservait-il de nouvelles surprises ?

Soudain, le prince porta la main à ses lèvres et se tourna vers le droujinnik.

— Il y a peut-être une explication ! s'exclama-t-il. Dans ce cas, le vieux scribe doit être au courant !

Il se précipita vers ce dernier. Artem, Mitko, Dimitri et Lina le rejoignirent aussitôt, entourant le vieillard installé à son lutrin. Vladimir entreprit de le questionner sur le psautier d'Illarion, hurlant chaque mot et gesticulant de son bras valide. Le sourd le gratifia d'un sourire édenté, hochant la tête avec son air placide.

— Autant parler à un mur! se désespéra Vladimir.

Artem s'approcha du vieillard et lui donna une légère tape sur l'épaule pour attirer son attention. Il l'aida à se lever et le conduisit vers l'étagère où le psautier se trouvait habituellement. Comme le prince et ses compagnons les rejoignaient, il désigna du doigt l'espace vide au milieu des rayonnages supérieurs. Le vieux scribe s'exclama alors d'une voix chevrotante :

— Où ai-je la tête! Le boyard — celui qui s'occupe des livres — m'a laissé un mot pour Sa Seigneurie. C'est lui qui a emporté le codex à miniatures.

— Ludwar! s'exclamèrent en chœur Artem et Vladimir.

Le vieil homme tira un mince rouleau d'écorce de la poche de sa tunique. Vladimir s'empara du message et se mit à le lire à haute voix.

Dans sa missive, Ludwar l'informait qu'il avait préféré s'occuper en personne, et sans tarder, du transport des manuscrits les plus précieux au Dépôt des Livres. Ayant sélectionné une dizaine d'ouvrages, dont le psautier d'Illarion, il les avait fait charger sur un chariot et était reparti pour Tchernigov sans attendre les autres. Enfin, il précisait que Vladimir et ses compagnons n'auraient aucun mal à le rattraper sur le chemin de la capitale.

Voyant que le prince avait fini de lire, le vieux scribe tomba à genoux devant lui.

— N'ordonne pas de me châtier, mais ordonne de me pardonner! gémit-il. Ma mémoire me joue des tours...

Vladimir le releva en esquissant un geste rassurant. Comme le vieillard se répandait en remerciements et bénédictions, le prince le renvoya vers son lutrin et se tourna vers Artem.

— Il aurait pu t'informer de vive voix, grommela le droujinnik.

— Allons, c'est quand même une bonne nouvelle! répliqua Vladimir, tout joyeux. Nous savons que le précieux manuscrit est en sécurité. Demain soir au plus tard, chacun pourra l'admirer au palais de Tchernigov, dans ma bibliothèque. Au fait, il est grand temps que nous nous mettions en route, nous aussi!

Le prince leur proposa de se retrouver dès que possible devant les écuries. Lorsqu'il fut sorti, suivi par Lina et Dimitri, Artem et Mitko échangèrent un regard lourd de sous-entendus.

— Ludwar était pressé de partir comme s'il avait eu le diable aux trousses, remarqua le Varlet en se grattant la nuque.

— Et il n'est pas parti les mains vides, ajouta Artem d'un ton lugubre.

Pourtant, à l'instar du prince, il faisait entièrement confiance au jeune boyard... Quel métier! songea-t-il, secouant la tête d'un air accablé. Jamais il ne connaîtrait la tranquillité, jamais il ne cesserait de soupçonner quelqu'un des noirceurs les plus abominables! Son esprit suspicieux avait sans doute déjà déteint sur son tempérament, le rendant taciturne et défiant...

S'arrachant à ses pensées mélancoliques, il pria Mitko d'aller chercher sa chapka et sa cape, puis de le rejoindre dans le vestibule.

Comme ils descendaient l'escalier ensemble, Artem observa :

— Rien que pour la forme, il faudra que tu te renseignes sur le passé de Ludwar.

— Dès notre retour, je commencerai à vérifier ses antécédents, approuva le Varlet, le visage grave.

— C'est une précaution inutile, j'en suis sûr, ajouta Artem. Mais sait-on jamais...

POSTFACE

Ce roman est construit autour d'un objet fascinant : un manuscrit enluminé byzantin, tel qu'on peut en voir dans les musées les plus prestigieux du monde et dans certains monastères célèbres. Bien que le psautier d'Illarion n'existe qu'au sein de ce roman, la façon dont il est décrit évoque un contexte historique précis.

Les manuscrits enluminés les plus anciens parvenus jusqu'à nos jours datent du VIe siècle, mais les interdictions des iconoclastes interrompirent l'évolution du livre byzantin pour plus d'un siècle (725 — 843). C'est après la crise iconoclaste que s'épanouit l'art du manuscrit à miniatures, et la seconde moitié du IXe siècle peut être considérée comme le début de son histoire, le moment où l'on pose les bases de cet art.

Cette période est essentiellement représentée par un groupe de psautiers de même type, dont celui qui m'a servi de modèle pour ce roman : le psautier dit Chludov (Musée historique d'État, Moscou). Des centaines de miniatures — rapides esquisses coloriées — tapissent les marges de ce manuscrit, renvoyant à tel ou tel passage du psaume interprété. La plupart de ces petites images respectent les principes et la technique de la peinture des derniers siècles de l'Antiquité.

Dans tous ces psautiers caractéristiques de l'art du

IXe siècle, la plupart des miniatures reproduisent les peintures des livres préiconoclastes pratiquement sans modifier les modèles anciens. L'esquisse coloriée est d'ailleurs un genre antique, et les dessins du psautier Chludov en gardent encore la grâce délicate. Mais le manuscrit doit sa célébrité aux miniatures qui reflètent l'événement le plus marquant de l'époque : la querelle entre les iconoclastes et les défenseurs des images saintes, et le triomphe final de ces derniers.

Ces croquis jetés sur les marges du texte biblique frappent par le réalisme du détail dans les visages et les proportions, les attitudes et les gestes des personnages. Un de ces croquis au goût du jour est mentionné dans ce récit, au moment où Artem examine les dessins tracés dans les marges du psautier d'Illarion. Il serait intéressant d'évoquer un peu plus en détail cette miniature particulièrement originale qui reflète si bien les préoccupations du moment : la défaite définitive des iconoclastes (843) et l'enthousiasme des iconophiles victorieux.

L'enluminure en question se rapporte au psaume 69, 22 (« Pour nourriture ils m'ont donné du poison, dans ma soif ils m'abreuvaient de vinaigre ») et donne l'interprétation chrétienne de ce verset. Un croquis représente le Christ sur la croix torturé par ses bourreaux armés de lances. Un peu plus bas, un autre croquis montre deux iconoclastes occupés à effacer à la chaux une image du Christ. Sur les deux esquisses, l'attitude des personnages est identique : les deux tortionnaires lèvent leurs lances pour en enfoncer la pointe dans le corps du Christ, tandis que les deux iconoclastes lèvent leurs longues perches, un chiffon attaché au bout, afin de badigeonner de chaux la Sainte Face. Cette mise en parallèle est renforcée par les commentaires respectifs des croquis inscrits également dans les marges. « Ils ont [mélangé] du fiel et du vinaigre », dit le premier ; « Ils ont mélangé de l'eau et de la chaux sur son visage », souligne le second.

En ce qui concerne l'identité de l'un des deux iconoclastes, le détail évoqué dans ce roman est véridique : on considère que le personnage à l'allure démoniaque, doté d'une monstrueuse tignasse hérissée, n'est autre que Jean VI le Grammairien (837-843), le dernier patriarche iconoclaste de Constantinople, la bête noire des iconodoules. Selon toute vraisemblance, le psautier Chludov appartenait à l'un des érudits fortunés entourant le patriarche Méthode Ier, qui remplaça Jean VI en 843.

Quant aux personnages des enlumineurs, Dimitri représente la tendance fidèle aux conventions de la peinture antique que le psautier d'Illarion illustre autant que le psautier Chludov. Comme dans tous les manuscrits du IXe siècle, ce style se laisse voir dans le dessin, le modelé des figures, le port des draperies... Encore très en vogue durant tout le Xe siècle, cette manière se maintient également au XIe siècle, à l'époque où se situe l'action de ce roman.

Le personnage de Iakov, lui, reflète la tendance déjà présente au IXe siècle, mais qui ne devient prépondérante qu'au milieu du XIe siècle. Les silhouettes s'allongent ; les draperies, plus schématiques, enveloppent étroitement le corps ; les visages deviennent de plus en plus émaciés et austères. L'art de l'enluminure reflète pleinement l'idéal ascétique qui prédomine à partir du XIe siècle.

Ainsi, la description du psautier d'Illarion, mais aussi le sujet de la dispute entre Dimitri et Iakov, les esquisses que chacun d'eux présente à Vladimir, illustrent l'évolution de l'art du livre byzantin. En revanche, le nom du scribe ou de l'enlumineur qui aurait travaillé sur un manuscrit particulier (ici, le moine Illarion) ne commence à apparaître qu'au xie siècle (ainsi, entre autres, le psautier dit Théodore datant du dernier quart du xie siècle). D'autre part, d'ordinaire, ce n'est pas un seul mais plusieurs enlumineurs qui exécutaient les miniatures décorant chaque manuscrit (il s'agissait souvent des frères du même atelier monastique, ou encore d'un groupe d'artistes de la cour de Constantinople).

Outre le psautier Chludov et l'histoire de l'enluminure byzantine, je me suis servie de certains éléments concrets qui se rapportent à l'histoire de la Russie ancienne. Ainsi, la description de la forteresse de Loub, où se déroule l'action du roman, s'inspire de la célèbre forteresse de Lubetch[1], monument du xie siècle, découverte par le savant russe B. Rybakov et son équipe d'archéologues lors des fouilles effectuées entre 1957 et 1960.

Les conditions extrêmement favorables des fouilles ont permis de déterminer la disposition et la destination de chaque construction au sein de la forteresse. Par la suite, Rybakov a pu élaborer une maquette afin d'en étudier tous les éléments. Il n'est donc pas inintéressant d'évoquer ici la description minutieuse que B. Rybakov fait de la citadelle[2].

La forteresse de Lubetch, telle que les archéologues l'ont découverte, fut construite ou, plutôt, reconstruite par Vladimir II Monomaque à la fin du xie siècle, pendant qu'il était prince de Tchernigov (1078-1094). Toutefois, c'est vers le milieu du ixe siècle qu'apparaît

1. Rybakov parle du « château » (*zamok*) de Lubetch, utilisant le mot russe qui signifie plutôt un château féodal occidental. Par souci de clarté, il est préférable de désigner Lubetch en français par les mots « forteresse » ou « citadelle ».

2. B. Rybakov, *La Russie de Kiev et les principautés russes des xiie-xiiie siècles*, éditions Science, Moscou, 1982.

à cet emplacement, au bord du Dniepr, la petite bourgade entourée d'une solide muraille de bois qui, deux siècles plus tard, deviendra la forteresse de Lubetch. Selon Rybakov, cette première ville fortifiée comptait parmi ses habitants un certain Malk, père du preux Dobrynia et grand-père de Vladimir Ier le Saint, ou Vladimir le Soleil Rouge, évoqués tous deux au début de ce récit. Le premier port de Lubetch et son chantier naval situé dans un bosquet de pins voisin datent également de cette époque.

Vers le milieu du XIe siècle, on érige de puissantes fortifications qui embrassent la ville et la forteresse de Lubetch. Cependant, celle-ci possède son propre système de défense, plus important et plus élaboré que celui de la ville qui s'étendait autour d'elle. Comme tout château féodal, la citadelle assurait la protection des habitants de la bourgade qui venaient s'y réfugier en cas de danger.

Elle s'entourait d'un fossé profond, ainsi que d'une épaisse muraille en bois renforcé d'argile. Après avoir franchi le pont-levis et la tour de guet, le visiteur se retrouvait dans un étroit passage entre deux murs. Pavé de bois, ce passage conduisait vers l'entrée principale de la citadelle flanquée de deux autres tours. Cette entrée était protégée par trois portes successives destinées à arrêter l'ennemi en cas d'attaque.

Laissant derrière lui les portes d'entrée, le visiteur pénétrait dans une cour exiguë, appelée « cour de la Garde » parce qu'elle abritait le bâtiment où logeait le corps de garde. On y trouvait également une prison aménagée sous terre, ainsi que quelques cabanes munies d'âtres, où les soldats se réchauffaient en hiver. Au fond de la cour, des entrepôts à un étage, construits côte à côte, longeaient la muraille de la forteresse. Ils contenaient des réserves de nourriture et d'eau, mais aussi de vin et d'hydromel. Depuis la cour de la Garde, on pouvait facilement accéder aux remparts par les toits bas et peu inclinés des entrepôts.

Situé dans le prolongement du passage reliant la tour de guet et l'entrée principale de la forteresse, un chemin pavé de bois — « la voie du Prince » — traversait la cour de la Garde et conduisait vers le donjon. Cette tour massive comptait quatre niveaux et dominait toutes les autres constructions au sein de la citadelle, y compris les tours de l'enceinte. En cas d'attaque, le donjon pouvait servir de dernier refuge aux défenseurs de la forteresse. Ses caves spacieuses et profondes contenaient d'importantes quantités de vivres. Il fallait obligatoirement traverser le donjon pour accéder à la cour principale de la citadelle et à l'imposante résidence princière — en fait, un véritable palais, de par son architecture et ses décorations.

Le rez-de-chaussée de cet édifice était occupé par les chambres des domestiques, les cuisines, ainsi que des locaux contenant des réserves de nourriture et de boissons. Les appartements du prince, de sa famille et de ses hôtes se trouvaient au premier et au deuxième étage. Le premier étage comportait également une immense salle richement décorée où le prince, ses invités et sa droujina festoyaient en hiver. En été, fêtes, banquets et réunions de la droujina se déroulaient dans une vaste galerie extérieure, sorte de terrasse qui longeait la salle de réception. Les longues tables situées dans la salle d'apparat, ainsi que sur la terrasse, permettaient d'installer plus de cent convives dans chacune d'elles.

Outre les vastes cuisines, les dépendances, les écuries, la cour principale comprenait une petite église, ainsi qu'un grand nombre d'appentis de bois adossés à la muraille. Certains étaient habités par les artisans qui travaillaient au sein de la citadelle, d'autres servaient de remises, de hangars, d'entrepôts, dont les toits permettaient également d'accéder aux remparts.

À l'exception de la résidence princière, tous les bâtiments possédaient leurs propres réserves d'eau et de grain contenues dans des jarres en terre cuite enfouies dans le sol. Enfin, en cas de danger, on pouvait quitter la forteresse par une poterne dérobée, percée dans la muraille d'enceinte, mais aussi en empruntant des passages souterrains ; quelques-uns partaient du palais, deux des entrepôts, et un seul de l'église ; conduisant à l'extérieur de la forteresse, ils donnaient dans plusieurs directions.

Entre la famille du prince, les serviteurs, les gardes, les artisans, les paysans, la forteresse de Lubetch comptait environ 250 âmes et abritait assez de vivres pour supporter un siège de plus d'un an.

Pour finir, j'aimerais évoquer brièvement un autre élément de l'histoire de la Russie moyenâgeuse : le Code, que les personnages de ce roman mentionnent au fil des pages.

Tout d'abord, voici l'article évoqué par l'assassin dans sa confession finale :

« Si quelqu'un tue un voleur dans sa propre cour, dans sa propre maison ou dans son écurie, qu'il en soit ainsi. Si l'on a réussi à retenir le voleur jusqu'à l'aurore, alors on le conduit à la cour du prince. »

En d'autres mots, de nuit, la victime d'un vol (ou ses serviteurs) peut se faire justice elle-même contre le voleur, mais après l'aurore, le vol relève de la juridiction du prince [1].

Ce paragraphe figurait dans le Code élaboré par Iaroslave le Sage, grand-père de Vladimir II, avant

---

1. Texte de l'article et son interprétation cités d'après *La Russie ancienne*, M. Laran et J. Saussay, éd. Masson, Paris, 1975.

d'être supprimé par les fils de Iaroslav (le père et les oncles de Vladimir). Ainsi, cette loi n'a été abolie que quelques années avant le moment où se situe l'action du roman.

Hérités des Varègues, les principes essentiels de la législation de la Russie de Kiev furent donc élaborés par Iaroslav le Sage (1019-1054). Intitulé *Rousskaïa Pravda* (« Le Droit russe »), le Code fixe un système détaillé et précis d'amendes destinées au Trésor, et de compensations en argent destinées à la victime ou à ses proches.

Ce système s'applique à tous les forfaits possibles, du menu larcin au meurtre. Même une dent cassée ou une touffe de barbe arrachée trouvent leur place dans l'agencement des délits envisagés et des sanctions prévues.

Le Code de Iaroslav frappe par sa modernité : ainsi, cette clause stipulant que chaque accusation doit être étayée par sept témoignages sous serment (le parjure étant sévèrement puni) ; ou encore cette autre exigeant que le plaignant comparaisse avec l'accusé devant douze « citoyens » (hommes libres) qui expriment leur point de vue sur l'affaire avant que le jugement soit rendu par le Tribunal du prince.

En ce qui concerne la procédure, elle ressemble à celle pratiquée presque partout en Europe au Moyen Âge. Elle est essentiellement fondée sur l'aveu et sur les témoignages sous serment. Les aveux peuvent être arrachés sous la torture ou par le jugement de Dieu : le combat singulier, l'épreuve du fer chauffé à blanc, etc. Si le plaignant ne dispose d'aucun témoignage, lui-même peut être soumis au jugement de Dieu avant que sa déclaration ne soit prise en considération par le Tribunal.

Les condamnations tiennent compte, d'une part, de la gravité du forfait, d'autre part, du statut social de la victime, toujours selon le code des lois hérité des Varègues. Ainsi chacun a-t-il sa valeur pécuniaire, son wergeld. Le meurtre d'un boyard, par exemple, se solde par une compensation de quatre-vingts grivnas, mais celui d'un serf, de cinq grivnas, plus une amende de douze grivnas versée au Trésor. Par ailleurs, un membre de la famille de la victime a le droit de provoquer en combat singulier le meurtrier et de le mettre à mort.

Excepté cette vengeance « légitime », la peine de mort en tant que telle n'existe pas dans le Code élaboré par Iaroslav, et les délits les plus graves sont punis par le servage à vie. Cette législation s'applique sur tout le territoire de la Russie de Kiev et elle est valable pour tous. Chaque homme est jugé en fonction de son statut social, sans tenir compte de son appartenance ethnique. Sur le plan juridique, il n'existe donc aucune distinction entre les Varègues, les Slaves et les populations locales de différentes origines.

L'exercice de la justice est entièrement soumis au Tribunal du prince (à l'exception des affaires relevant de l'autorité de l'Église); c'est devant cette autorité suprême judiciaire qu'on doit porter tout crime ou délit. Le plaignant le fait à des dates fixes, le plus souvent avant Noël, avant Pâques ou vers le 1er septembre — la Saint-Siméon, début traditionnel de la nouvelle année.

Le Tribunal se compose essentiellement de trois types de fonctionnaires : les *virniki*[1], les scribes et les droujinniks qui y sont rattachés par ordre du souverain. Outre ces derniers, le Tribunal s'appuie sur l'armée princière et peut solliciter son intervention à tout moment.

---

1. Littéralement, fonctionnaire du Tribunal chargé de percevoir les amendes.

La force principale de l'armée est constituée par les Varlets[1] (« jeunes guerriers ») qui perçoivent un salaire et vivent au palais. Pour les besoins d'une campagne militaire ou lors des périodes de tension, le prince complète son armée en recrutant des droujinniks dans tous les milieux sociaux. En temps de paix, les Varlets, également appelés « bras du prince », sont chargés de collecter les impôts, de servir de gardes à leur souverain, de protéger certains convois marchands et, bien sûr, d'effectuer différentes missions pour le compte du Tribunal.

Les hauts fonctionnaires de celui-ci appartiennent à l'aristocratie : les boyards. Ils sont souvent, mais pas nécessairement, d'origine varègue. Cette catégorie de la population comprend les riches propriétaires terriens issus de la noblesse locale, mais aussi les chefs militaires, compagnons d'armes et amis du prince. Par opposition à la droujina des Varlets, les boyards les plus puissants constituent la droujina des Anciens.

Cinq siècles plus tard, Ivan le Terrible parviendra à se débarrasser définitivement de la plupart des boyards devenus trop dangereux pour le pouvoir central. Pour l'heure, ils aident le prince à affermir son pouvoir. C'est ainsi qu'Artem et son collaborateur, le Varlet Mitko, assistent le jeune Vladimir dans la résolution de certaines affaires criminelles.

Quelques mots pour rappeler ce personnage historique célèbre, prince de Tchernigov, futur grand-prince de Kiev.

---

1. Pour désigner cette catégorie de droujinniks du prince, on utilise en russe les termes historiques *Iounnyié* ou encore *Otroki*, les deux mots signifiant « jeunes ». Pour traduire ce terme, on a choisi le mot français *varlet*, diminutif de *vassal*, qui signifie « jeune garçon » ou « jeune guerrier » pendant tout le Moyen Âge. (Cf. Émile Littré, *Pathologie verbale, ou lésions de certains mots dans le cours de l'usage.*)

Petit-fils de Iaroslav le Sage et arrière-petit-fils de Vladimir Ier le Saint, qui christianisa le pays en 988, Vladimir II dit Monomaque (1052-1125) fut un chef de guerre intrépide, mais aussi un excellent administrateur, habile diplomate, érudit et fin lettré.

Toute sa vie, il tenta de s'opposer aux guerres fratricides qui sévissaient entre les princes descendants de Rurik, fondateur de la Russie de Kiev. Non seulement il combattit vaillamment les nomades de la steppe, les Koumans et les Petchénègues, mais il œuvra sans répit pour que les chefs de toutes les principautés joignent leurs efforts afin de lutter contre leur ennemi commun. C'est à son initiative qu'en 1097 eut lieu l'une des rencontres diplomatiques les plus célèbres des princes. La rencontre avait pour objectif l'unité des terres russes, et elle se tint... à la forteresse de Lubetch !

Vladimir finit par imposer à la Russie une relative unité, semblable à celle que le pays avait connue sous son grand-père, Iaroslav le Sage. Devenu grand-prince de Kiev (1113-1125), il parvient à maintenir cette unité pendant toute la durée de son règne. Il s'agit là de la dernière période de prospérité de la Russie de Kiev avant l'invasion tatare.

Vladimir Monomaque entrera dans l'histoire comme l'un des hommes d'État les plus clairvoyants, les plus équitables et les plus populaires que la Russie ait jamais connus.

GLOSSAIRE

Boyard, **Boyarina** (femme mariée), **Boyarichna** (jeune fille) : les nobles de l'ancienne Russie. Ce mot, apparu au Xe siècle, désignait d'abord les proches compagnons d'armes du prince, puis, plus largement, toute personne noble, varègue ou slave. Un boyard pouvait faire partie de la droujina du prince ou vivre dans sa ville d'origine, voire sur ses terres.

Droujina :
  a) l'armée du prince, qui était composée de la *droujina des Anciens,* ou Grande Droujina, et de la *droujina des Varlets* (c'est-à-dire « jeunes guerriers »), ou Petite Droujina. Ce n'était pas le nombre, mais l'âge des guerriers et leur appartenance sociale qui faisaient la distinction entre les deux ;
  b) tout détachement militaire de moyenne importance composé de guerriers (souvent, de mercenaires) au service du prince ou d'un boyard.

Droujinnik : guerrier appartenant à la droujina des Anciens ou à celle des Varlets.

Grivna : principale monnaie russe : 250 g d'argent ou d'or massif. Se divisait en demi-grivna, quart de grivna, etc.

Koumans (ou Coumans) : peuple nomade d'origine

turque, venu d'Asie centrale, ennemi principal des Russes entre le XIe et le début du XIIIe siècle, auquel succédèrent les Tatars.

Sarafane : longue robe sans manches, le plus souvent boutonnée devant et portée avec une ceinture ; elle habillait les femmes de toute condition.

Varègues : nom que les Byzantins et les Slaves donnaient aux Vikings. Ces Scandinaves, excellents navigateurs, guerriers et commerçants, furent les fondateurs de la Russie de Kiev.

Varlet : voir « Droujina ».

Verste : ancienne mesure itinéraire, de 1 067 m.

Impression réalisée sur Presse Offset par

BRODARD & TAUPIN

GROUPE CPI

La Flèche (Sarthe), 18972
N° d'édition : 3492
Dépôt légal : juin 2003

Imprimé en France